アリサの事件簿

さらば南武線

【主な登場人物】

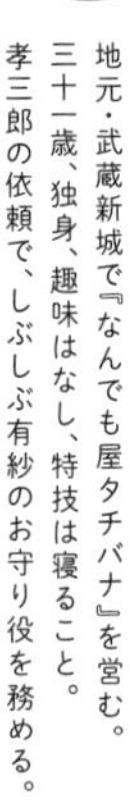

橘良太（たちばな・りょうた）

地元・武蔵新城で『なんでも屋タチバナ』を営む。三十一歳、独身、趣味はなし、特技は寝ること。孝三郎の依頼で、しぶしぶ有紗のお守り役を務める。

綾羅木有紗（あやらぎ・ありさ）

両親が探偵という探偵一家のお嬢様。十歳にして探偵を名乗るロリータ服の毒舌美少女。良太を従え、天才的な推理力で事件を次々解決。特技はミサイルキック。

長嶺勇作（ながみね・ゆうさく）

神奈川県警溝ノ口署の刑事。良太とは高校時代からの腐れ縁。

綾羅木孝三郎（あやらぎ・こうざぶろう）

有紗を溺愛する父。日本中を飛び回る名探偵。

探偵少女アリサの事件簿
さらば南武線

東 川 篤 哉

幻冬舎文庫

綾羅木慶子（あやらぎ・けいこ）
有紗の母。世界中を飛び回っている名探偵。不在がち。

長谷川さん（はせがわさん）
綾羅木家を切り盛りしている家政婦。

目次

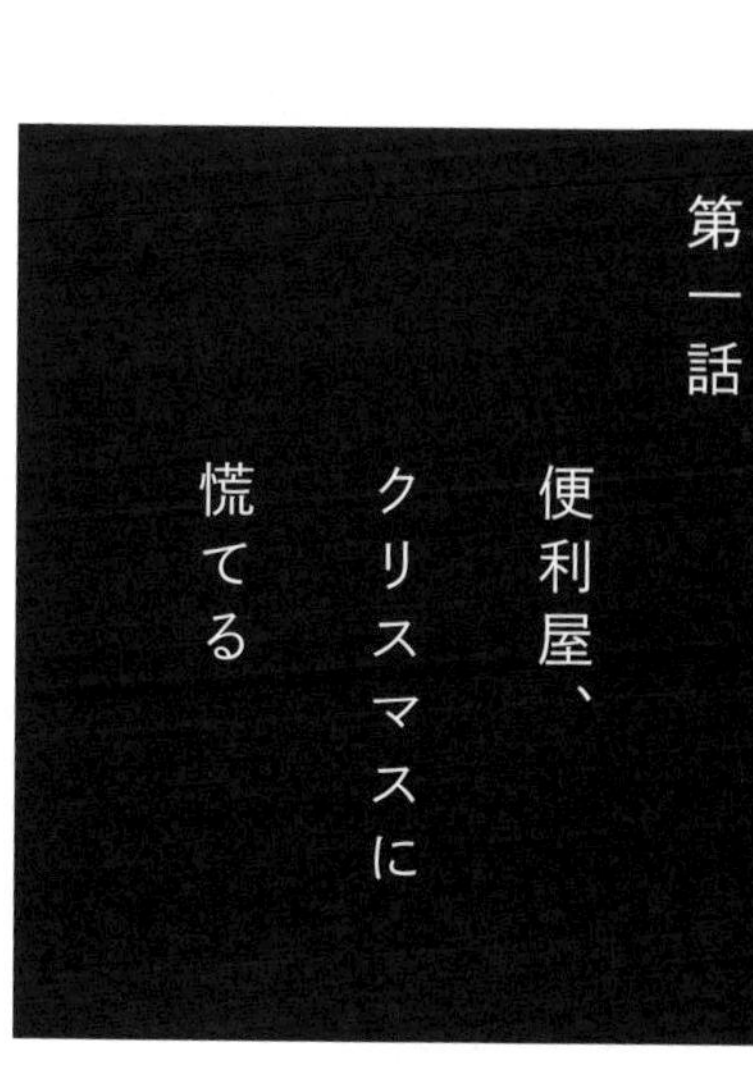
第一話
便利屋、
クリスマスに
慌てる

1

いきなりで恐縮だが、俺は深い森の中の道を、ひとり全力で駆けているところだ。あたりは完全に夜の世界。だがその一方、昨日降った大量の雪が今宵の満月に照らされ、森の中は奇妙な明るさがある。雪化粧した樹木が道の両側にずらりと立ち並ぶさまは、神々しいといっても過言ではない。だが、いまの俺にその光景を愛でている暇はなかった。

分厚いダウンジャケットに分厚いズボン、マフラーに手袋という雪山仕様の俺の手には、一本のLEDライト。その光は、足許(あしもと)の白い道だけを照らしている。降り積もった雪の上で、俺は懸命に両足を動かした。本人としては全力疾走しているつもりだが、傍(はた)から見れば歩くより少し速い程度だろう。雪は、場所によっては膝ほどの深さがあって、俺の行く手を容赦なく阻(はば)んだ。

「畜生、『今年は暖冬で雪なんか降りません』って、いってたくせに……」

数日前にテレビで見た気象予報士に対して、いまさらのように恨み言を呟く。もっとも、あれは東京あたりに関する予報だったのだろう。残念ながら、ここは東京あたりではない。北関東は茨城県の某所、《餃子の街》宇都宮から、しばらく車で走った山中の別荘地だ。

――え、宇都宮なら栃木県だって？　あれ、そういやそうか。じゃあ、きっとここは栃木県なんだろうな。そうそう、たぶん筑波山だ。筑波山麓にある別荘地。ここにくる途中で、そういう看板を見た気がするもんな。――ん、筑波山なら茨城県だってか？　じゃあ、やっぱり茨城県ってことか。いや、それとも栃木県なのかな。いや、やっぱり茨城……それとも栃木……ひょっとして大穴で群馬県って可能性も……いやいや、いまここで《現在地は何県でしょうゲーム》など、やったって仕方がないだろ！

そもそも神奈川県川崎市中原区、武蔵新城あたりに住む便利屋に、北関東の地図など判るわけがない。俺だけじゃなくて、神奈川県民みんなそうだ。まあいい。とりあえず高い山の深い森の中ということで、ざっくり理解していただくとして話を先に進めよう。

俺がひとり雪道を走っているのは伊達や酔狂ではなく、かといって雪上訓練でもない。あくまで真剣かつ重大な任務を帯びての行動だ。目指すは別荘地の外れに位置する駐在所。そこに常駐する巡査に事件の発生を報せるべく、俺は無謀な全力疾走と、その結果として当然起こる転倒を、何度も繰り返しているのだ。

そうして銀世界を突き進むこと、しばらく――

ようやく俺は目指す駐在所の玄関に到着した。「駐在さん！」と叫びながら、体当たりするように両開きの扉に突っ込む。と次の瞬間、身体は閉じた扉にバイ〜ンと弾き返され、俺は道端に積まれた雪にズボッと頭から突っ込んだ。——畜生、手前に引くタイプかよ！

俺は雪の中から首を引き抜き、顔をブルッと振った。すぐさま立ち上がり、あらためて扉を手前に引いて開け放つ。そして転がり込むように駐在所の中へと足を踏み入れた。

「駐在さん！　いますか、駐在さん！」

大声で呼び掛けると、奥の引き戸がガラリと開く。顔を覗かせたのは頭の禿げ上がった中年男性。格子柄の半纏に身を包む彼こそは、この別荘地で唯一の警察官、木戸巡査だ。彼は怪訝そうな顔をこちらに向けながら、「ん、君は確か綾羅木さんちの別荘の……」

「橘です。橘良太！　ええ、綾羅木さんの別荘にお世話になっています」簡潔に名乗った俺は、余計な会話を省いて用件を口にした。「すみませんが一緒にきてください！　大変なんです。人が……人が死んでいます。とにかく、きてください！」

「え、なんだって、人が!?」唖然とした表情を浮かべた木戸巡査は、その直後には警察官らしい引き締まった顔になって、「うむ、判った」と頷いた。着ていた半纏を脱ぎ捨て、紺色の外套へと袖を通す。それから警官の証である制帽を被ると、彼は大きな懐中電灯を手にして、駐在所の玄関を飛び出していった。「よーし、いまいくぞ、待ってろ！」

「わあ、違います違います、駐在さん！」勝手に見当違いの方角へと駆け出す木戸巡査を、俺は慌てて呼び止めた。「そっちじゃありません。――こっち、こっち！」

「え、そっち!?　じゃあ死んだのは綾羅木孝三郎さんではない!?」

「ええ、違います……」勝手に殺さないであげてほしい。俺は綾羅木家の別荘とは異なる方角を指差して叫んだ。「場所は鶴見さんの別荘です。さあ、早くきてください」

2

そもそも、なぜ普段は武蔵新城で暮らしている俺が、クリスマスを間近に控えたこの時季に、山奥の別荘地なんぞにいるのか。最近、便利屋として纏まったカネが入ったので、節税対策として別荘の購入を考えている――というようなリッチな話では、もちろんない。かといってクリスマス休暇を田舎でのんびり過ごすためでもない。あくまでも俺は任された仕事を果たすために、この地を訪れただけ。その仕事を依頼したのが、綾羅木孝三郎その人というわけだ。

武蔵新城から南武線の電車で一駅、溝ノ口の住宅街にデンと聳え立つ綾羅木邸。その主である孝三郎は、餡パンのような身体に蒸しパンのような顔を乗っけてレーズンで目鼻を描いたような中年男性。だが職業はパン屋ではなくて有名な私立探偵だ。と同時に、俺の営む『なんでも屋タチバナ』にとっては最上級のお得意様でもある。そんな彼が電話一本でいきなり俺を呼びつけたのは、師走も半ばになったころ。てっきり俺はまた例によって、ひとり娘のお守り役を任されるものと、高をくくって彼のお屋敷へと馳せ参じた。

名探偵綾羅木孝三郎のもとには、日本中から難事件の依頼が殺到する。お陰で彼は全国津々浦々を飛び回る日々だ。だが、そうして彼が探偵活動に従事している間、彼のひとり娘は寂しく自宅に取り残され、父の帰りを一日千秋の思いで待ちわびることとなる――と少なくとも父親である孝三郎は、そう信じきっている。

実際には、父親の不在は娘にとって羽を伸ばす絶好の機会。ここぞとばかりに彼女は羽目を外して独自の活動に精を出しているのだが、それは孝三郎の与り知らぬところだ。父親の目に、自宅で留守番する娘はあくまでも、か弱く頼りない存在として映っている。

そこで孝三郎は大事な娘のお守り役を、この俺に任せて旅に出る。お陰で、孝三郎は安心して探偵活動に没頭できるし、俺は安定した収入を得ることができる。両者ウインウインの良好な関係は、この四月から始まって、もう八ヶ月ほど続いている。きっと今回も同様の依頼に違いないと、俺がそう思い込んだのも無理はなかった。ところがだ――

綾羅木邸に駆けつけた俺を前にして、孝三郎は開口一番こう聞いてきた。

「橘君、君は庭木の手入れはできるかね？」

「はあ、庭木の手入れですか？」こういっちゃナンだが、屋根の修理と庭木の剪定、犬の散歩と買い物代行は、『なんでも屋タチバナ』の経営を支える主要な業務だ。俺は拳でドンと胸を叩くと、窓の向こうに広がる庭を眺めながら、「もちろんですとも。庭仕事なら任せてください。並の庭師より腕前は上ですから。——やあ、なるほど、こうして見ると確かに、庭木の枝が伸び放題になっていますねえ。これは腕の振るい甲斐がありそうだ」

「いや、うちの庭じゃなくて、手入れしてほしいのは別荘の庭なんだがね……」

「え、ああ、そうですか……」俺はバツの悪い思いで頭を掻くしかなかった。「はは、そうですよねえ……よーく見れば、こちらのお庭は手入れが行き届いていらっしゃる……もちろん、そうでしょうとも……ははは……えーっと、ちなみに別荘というのは、どちら？」

「うむ、それが実は、茨城県は筑波山麓に広がる深い森の奥なんだよ」

——そうだった、茨城県だった！　いま思い出したぜ。ごめんな栃木県民よ！

こうして俺は依頼された内容を、ようやく把握した。「では、その別荘に出向いて庭木を綺麗にすればいいんですね。ええ、もちろん構いませんよ。ただ茨城まで遠出するのが、ちょっとアレですけどね」と呟くようにいって、俺は言外に交通費と宿泊費を要求。

すると孝三郎は突然こんな計画を口にした。「実は、今度のクリスマス休暇に我々一家三人、その別荘で過ごす予定になっているのだ。そのとき君も一緒に別荘にくるといい。往復の運転手役を務めてもらえると助かる。向こうに着いたら、君は庭で作業をする。我々一家三人は休暇を満喫する。君の部屋は用意するし、食事ももちろん付く。仕事が終われば、あとはもう自由に楽しんでもらって構わない。悪くない話だと思うんだがね」

「はあ、なるほど確かに……でも」俺は少しばかり引っ掛かる点を確認した。「いま『我々一家三人』とおっしゃいました？　えーっと、一家三人って、誰と誰と誰……？」

「もちろん私と娘と妻の慶子（けいこ）、この三人だが、それがどうかしたかね？」

「えええぇッ！」衝撃のあまり、思わず声が裏返った。「つつつ、妻の慶子って、つまり、あなたよりも遥かに有名なあの名探偵『ミセス・ケイコ・アヤラギ』のことですか！」

「う、うむ、そうだ……」

と俺の言葉に若干傷付いた表情を覗かせながら、孝三郎は頷いた。旦那は日本中を股に掛ける名探偵。一方、奥方は世界中を股に掛ける名探偵。綾羅木夫妻は世にも珍しい探偵夫婦であり、世にもせつない格差夫婦なのだった。ちなみに綾羅木家と縁ができて以降の八ヶ月間、俺はこの世界的な名声を誇る女探偵の姿を、ただの一度も拝んだことがない。綾羅木慶子が実在するのか否か。仮に実在するとして本当に、この餡パンのごとく太ったオッサンと現在も婚姻関係にあるのか否か。また仮に婚姻関係が継続中だとして、そこに愛はあるのか。

それらはいまだ確認できていない綾羅木家の謎である。

だが永遠に解かれることがないかと思われた謎も、とうとう明らかになる日が訪れたらしい。俺が別荘での仕事を引き受けることは、すなわち綾羅木慶子と顔を合わせる、そして数日間をともに過ごすということを意味している。もちろん俺は孝三郎の依頼を二つ返事で引き受けた。そして別荘へ向けて出発する日を指折り数えて待ちわびたのだった。

そうして迎えた十二月二十二日の午後。俺は庭仕事の道具一式と旅行荷物を抱えて、溝ノ口の綾羅木邸を再び訪れた。だが、そこで俺を待っていたのは、残念なお報せだった。

「実は妻の慶子なんだが、別荘へは一緒にこられなくなってしまった。北海道に建つヘンテコな屋敷で密室殺人が起こったらしくてね。妻は今朝の飛行機で羽田を発ったよ」

「そうですかぁ。それはガッカリですねぇ」――だけど北海道の事件なら、国内案件ですよね？　だったら奥さんじゃなくて、孝三郎さん、あなたの出番じゃないんですか？

だが文句をいったところで、すでに飛び立った女探偵は戻らない。肩を落とす俺の前で、孝三郎は気を取り直すようにいった。「まあ、急な事件なら仕方がないさ。妻の代わりとして、長谷川（はせがわ）さんにきてもらうことにした。我々は予定どおりに出発するとしよう」

そういって孝三郎はベテラン家政婦の姿を指で示す。いかにも家政婦然とした装いの長谷川さんは、鉄のごとき無表情で旅行荷物を車のトランクにぐいぐいと押し込んでいる。

「まあ、妻がいようがいまいが、別荘の庭木の手入れが必要なことに変わりない。それに何より今回の旅行は娘が楽しみにしているからね」そういって孝三郎は愛してやまないひとり娘の姿に、とろけたレーズンのような眼差しを向けた。

そこに佇むのは艶めく黒髪を頭の両側で二つ結びにした女の子だ。

例によって不思議の国から飛び出してきたかのような青いロリータ服。今日はその上に薄いピンクのコートを羽織っている。パッと見る限り、可憐で愛くるしいルックスを持つだけの小学四年生。彼女こそは名探偵である父と、もっと名探偵な母との間に生まれた天才探偵少女。綾羅木有紗(ありさ)、十歳だ。

そんな彼女は孝三郎の愛車である黒塗りのベンツを指差しながら、「ねえ、パパー、早く出発しようよー」と甘えたような口調。そして、その指先を今度は真上に向けると、「ほら、早くしないと、なんだか雨が降りそうだよー」といって心配そうな眸(ひとみ)で上空を仰いだ。

実際、彼女のいうとおり。まるで、これから訪れる嵐を予感させるかのように、そのときすでに溝ノ口の上空を分厚い雲が覆(おお)いはじめていた。

3

そして話はいきなり今日へと飛ぶ。筑波山の麓（ふもと）の別荘地『シャングリラ筑波』は、昨日の夕刻から朝まで降り続いた雪にすっぽりと覆われ、見渡す限り一面の銀世界。どうやら交通網も至るところで寸断されているらしく別荘地は事実上、陸の孤島と化している。もちろん綾羅木家の所有する『クリスティ荘』も雪の中だ。これでは庭木の剪定作業どころではない。便利屋としての俺の任務は、庭仕事から急遽、雪掻きへと変更になった。

雪掻き用のスコップを手に、懸命の除雪作業に従事する俺。それをよそに孝三郎は暖房のきいた室内で、長谷川さんの淹れた珈琲片手に、『小説幻冬』を読んでいる。

有紗はといえば、溝ノ口では滅多に見られない雪景色に大興奮だ。降り積もった新雪の上をウサギのようにピョンピョン跳ね回りながら、

「凄いね、良太。突然の大雪。陸の孤島と化した別荘地。偶然に居合わせた名探偵。そしてクリスマス。これはもう完全に事件が起こるパターンのやつだね。間違いないよ」

と変な太鼓判を押している。これがただの《名探偵ジョーク》ならば愉快なものだが、探偵少女である有紗の周辺では過去にも度々（まあ、だいたい月イチぐらいの頻度で）凶悪事件が起こっているから、俺はまったく笑えない。雪掻き用のスコップを振るいながら、

「はは、少し期待するポイントが違うんじゃないのかな、有紗ちゃん――？」

と最低限の礼儀を心がけて、少女の発言をやんわりとたしなめる。

普段なら『おい有紗、妙な期待するんじゃない！』と一喝するところだが、なにせ今回は、わりと近いところに孝三郎の目がある。雇われる立場として、お得意様の娘を軽々しく呼び捨てにはできないのだ。すると有紗はプーッと頰を膨らませながら、

「べつに期待なんかしてないもん。ただ警戒が必要だって、いってるだけだもん」

と精一杯の反論を口にする。俺は「ハァ」と小さく溜め息をついた。――まあいいか。こいつが期待しようが警戒しようが、どうせ事件は起こるときには起こるんだしな！

とはいえ、このときの俺は、実際にこの閉ざされた別荘地で何かが起こるとは思っていなかった。当然だ。クローズドサークルの中で、わざわざ事件を起こす奴なんかいない。そんなことをすれば、輪っかの内側にいる人間たちに容疑が集中するのは必然。マトモな犯人なら、そんな状況は望まないはずだ。だから何も起こらない。俺のこの考えは、べつに間違っていないと思うのだが――それでも、やっぱりいるんだよな、この状況で事件を起こす奴って！

俺の予想を覆す出来事が起こったのは、この日の夜。豪勢な夕食後のことだった。

このとき『クリスティ荘』のリビングには綾羅木家の関係者四人の他に、二名の客人が招かれていた。同じく『シャングリラ筑波』に別荘を所有する高田（たかだ）夫妻である。

彼らは俺たちより一日早くこの地を訪れ、そして我々と同様、昨夜の雪によってこの地に閉じ込められたのだ。

夫の高田浩輔は四十歳。都心の一等地に本社を構える貿易会社において取締役を務めているエリートだ。グレーのスラックスと紺色のジャケット、左手に巻いた腕時計などは、いずれもひと目で高級品と判る代物。顔立ちは端整で日焼けした肌が精悍な印象を与える。

一方、妻の清美は三十七歳とのことだが、見た目、三十そこそこにしか見えない美貌の女性だ。シックなグレーのワンピースに真珠のネックレスが、ほっそりとした体形を際立たせている。聞けば父親が貿易会社の社長であるらしい。すなわち社長令嬢だ。夫の浩輔が若くして取締役の座についていることも、なるほどと頷ける話である。

高田夫妻と綾羅木親子、そこになぜか俺も加わって、夕食後のリビングは終始なごやかな雰囲気。長谷川さんが提供する飲み物を味わいながら、しばし歓談の時が流れた。

「……わーッはッはッはッ、そうかね……いやいや、それは実にケッサクな話じゃないか……あーッはッはッはッ……そうか雪か……雪のせいで……いや、そういうことか」

いったい誰がどんなケッサクな話を披露したのか、もはや一ミリも思い出せないが、とにかくリビングに孝三郎の笑い声が響き渡る。そんな彼はウイスキーのグラスを手にして窓辺に歩み寄ると、外の光景を眺めながら、「しかし、どうやらもう雪の心配はないようだ。ほら、今夜は綺麗な月が出ている。こうして見ると、やはり一面の銀世界というのは美しいもの。明日のイブは正真正銘のホワイト・クリスマスになりそうだな」

アルコールで頬を赤くした孝三郎は、すっかりご満悦の表情。往年の名優ビング・クロスビーに成りきったかのごとく、彼の代表曲『ホワイト・クリスマス』を口ずさむ。だが英語の歌詞を歌えたのは最初だけ。後はもう「フフフン、フンフンフンフン、フーン♪」とハミングだ。《あまりに有名な曲なので、何となく歌えるような気がして歌いだすけど、実際に歌えるのは冒頭の数小節だけで、あとは鼻歌》というのは、この時季特有の《『ホワイト・クリスマス』あるある》だ。

高田夫妻はソファの上で慌てて口許に手をやり、懸命に笑いを堪える仕草。隣で有紗は溜め息をつきながら、「あーあ、だからパパは外国で活躍できないんだよねー」と父親の英語力の低さを嘆く。俺はニヤリとしながら少女に耳打ちした。

「あんまりハッキリいっては駄目だよ、有紗ちゃん。本人に聞こえるからね……」

すると、そこで高田浩輔が横目でチラリと時計を確認。そして唐突に立ち上がった。

「それでは綾羅木さん、そろそろ約束の八時ですので参りましょうか」

「フンフン、フーンフーン、フンフン、フンフーン♪」

「綾羅木さん！」浩輔は孝三郎の鼻歌を遮るように声を張った。「ア・ヤ・ラ・ギ・さん！」

「フンフン、フーンフーン……ん、何だね、いまサビの途中なんだが……ああ、そうか、もうすぐ八時なんだね。では、そろそろいくとしようか」

そういって孝三郎はようやく窓辺を離れる。そんな父に有紗は可愛らしく問い掛けた。

「あれえ、パパー、どこかいくのー？」

すると孝三郎は申し訳なさそうな眸を娘へと向けながら、「そうなんだよ、有紗、実はこの『シャングリラ筑波』には、有名なミステリ作家である鶴見一彦先生の別荘もあってね。これからパパは、その鶴見先生と直接会ってお話しする約束になっているんだ。有紗も知っているだろ、鶴見先生の名前くらいは」

「うん、知ってるー。鶴見一彦はデビューして三十年以上、ミステリの第一線で活躍する第一人者。その作風は良くいえば大胆かつ華麗。悪くいえば大雑把で大袈裟。最近はパターン化したような作品が多く、特にトリックの使い回しが目立つ。有紗も会いたいなー」

「そ、そうか、会わないほうが良さそうだな、有紗は……」娘のあまりに辛口な鶴見評に、孝三郎も思わず苦笑いだ。「鶴見先生はパパの評判を耳にしたらしい。そこで現役の名探偵から話を聞くことで、今後の創作の糧にしたいと考えたそうだ。明日はイブだから、会うなら今夜のうちにと思ってね。そういうことだから、すまないが有紗、いってくるよ」

「じゃ、いってらっしゃい」

と少女は素っ気なく手を振る。孝三郎は捨てられた猫のような哀しげな目だ。

——おい有紗、そこは嘘でもいいから『えーッ、つまんなーい』っていうとこだぞ！

俺は横目で有紗を見やりながら無言で訴える。すると何かが確かに伝わったらしい。有紗は人気子役さながらの演技力を発揮して、「やっぱり、いっちゃやダー。有紗、パパがいないと、つまんないー」と、いかにも子供らしく駄々をこねる仕草。

——そうそう、それでいいんだよ、有紗。やりゃできるじゃねーか！

と満足してウンウンと頷く俺。だが、そんな少女の振る舞いは想像を超える破壊力を伴って父親のハートを打ち抜いたらしい。孝三郎はいきなり有紗の身体を両腕でヒシと抱きしめると、少女の顔に自分の頬を何度も何度もスリスリスリスリしながら、

「判った、判ったよ、有紗。パパはもうどこへもいかない。今夜はここにいるよ。明日も明後日もパパはずーっと有紗と一緒だ！」

「え、いや、パパ……べつに無理しなくていいよ。ほら、いってよ、パパ……」

父親のあまりに暑苦しい愛情表現に、有紗はゲンナリした表情。たちまち俺は申し訳ない気持ちでいっぱいになった。——スマン、有紗、余計なことをいわせてしまって！

一方、高田浩輔は綾羅木親子の茶番っぽい会話をハラハラした様子で見守っている。

「あのー、綾羅木さん、もう本当に八時ですので、そろそろ……」

「いや、約束はキャンセルしよう。——高田さん、申し訳ないが、鶴見一彦先生との約束は断ってもらえないだろうか。なんなら『綾羅木孝三郎はフグ食って死んだ』と嘘をついてもらっても構わないから」

「いや、そんなの困りますよ！　だって死んでないし……」浩輔は困惑の表情を浮かべながら、「鶴見先生は本物の名探偵から実際の事件の話を聞けることを、凄く楽しみにしているんです。だから、ここはどうしても綾羅木さんじゃなくっちゃ駄目なんですよ」

「そうだよ。ここはパパがいくべきだよ。有紗のことは心配しないで。有紗はパパがいなくても全然まったく少しも寂しくなんかないから」といって有紗も父親の外出を懸命に後押ししようとする。だが、これはむしろ逆効果。娘の言葉を都合良く解釈する孝三郎は、

「おお、有紗、なんと健気な娘！」

といって眸をウルウルさせる。そんな彼の姿を俺は白けた気分で眺めるばかりだ。

——オッサン、勘違いだぜ。その娘はマジで寂しがらないって！

すると話の矛先は意外な形で、俺のほうへと向かってきた。

「要するに、実際に起こった事件の体験談を語ればいいのだね」孝三郎はそういって、いきなり俺を指差すと、「だったら、この橘良太君が充分に私の代わりを務めてくれるはずだ。何しろ彼は私が日本中を飛び回っている間、私のいない溝ノ口で数々の事件に遭遇し、それ

をことごとく解決に導いてきたのだからね。——そうだろ、橘君」

「え、えーっと……」それは半分事実だが、半分は間違っている。俺が『数々の事件に遭遇』したことは事実だが、それを『ことごとく解決に導いてきた』のは、俺ではなくて有紗なのだ。だが真実を語るわけにもいかず、俺は渋々と頷いた。「……はい、そうです」

そんな俺のことを、当の有紗は『嘘つき！』と告発するような目で睨んでいる。高田浩輔は怪訝そうな顔で聞いてきた。「そういう君は探偵助手か何かなのかい？」

「いえ、違います。ただの便利屋です」実際それ以上でも、それ以下でもない。

「ふうん、便利屋か……まあ、この際だ、それでも構わないか」小声で呟くと、さっそく彼はジャケットの上にコートを羽織る。そして俺に向かって一方的にいった。「じゃあ君、僕と一緒にきてくれ。鶴見さんの別荘まで案内するから」

どうやら代役決定らしい。唐突すぎる話の展開に、俺はポカンと口を開ける。そして念のため孝三郎に尋ねた。「あのー、これってタダ？　それとも仕事に含まれるんですか」

「これも仕事のうちだ。もちろん報酬は払おうじゃないか」

そういうことなら、こちらとしても異存はない。こうして俺は高田浩輔とともにミステリ作家、鶴見一彦の別荘を訪問することになったのだった。

4

俺は高田夫妻とともに『クリスティ荘』を出た。清美は旦那の浩輔に対して「気を付けて」と手を振りながら、すぐ隣に建つ自分たちの別荘へとひとり戻っていく。そこから先は俺と浩輔の二人で目的地に向けて進むばかり。だが歩きはじめて三十秒もしないうちに、俺は孝三郎の代役を引き受けたことを後悔した。雪が積もり、その上を人が歩き、踏み固められた道。それは酷く滑りやすくて歩きにくいものだった。

俺は前を進む浩輔の背中を全力全開のヨチヨチ歩きで追いかけながら、

「――ところでエッ鶴見先ギャッ生の別荘ワワッはここからアッ遠いのヒヤッですか？」

「え⁉　ごめん、何いってるのか、全然判らなかった」

「ですよねえ」足許が不安定すぎて、まるで会話にならない。俺はいったん立ち止まって正確に尋ねた。「鶴見先生の別荘は、ここから遠いのですか？」

「ああ、そういう話か。いや、べつに遠くはないよ。この森の道を二百メートルほどいったところだ」そういって浩輔は目の前に延びる暗い道を、手にしたＬＥＤライトの光で照らした。道は車が擦れ違えるかどうかといった道幅。その両側に背の高い樹木が立ち並んでいる。

「雪さえなけりゃ、三分とかからない道のりなんだがな……」と足許の雪に恨み言を呟きながら、浩輔は再び歩き出す。俺も遅れをとらないように、彼の後に続いた。

　道は緩やかに右へ左へとカーブを描いている。お陰で遥か先を見通すことはできない。似たような雪景色が延々と続く中で、ところどころ道沿いに並んだ樹木が途切れるところがある。そこから、また別の道が延びているらしい。それは大抵の場合、誰かの別荘に繋がる脇道である――と浩輔が教えてくれた。

「じゃあ、脇道の数だけ別荘があるってことですね。なるほど……」

　そう思って、よくよく目を凝らすと、脇道の分岐点には木製の立て札が出ていて『この先五十メートル、竹中邸』と案内が書かれている。「ふうん、この竹中さんの別荘は立て札が出ているからいいけど、何もないと迷いそうですねえ」

「うん、そうだね。まあ、僕は鶴見さんの別荘に何度もお邪魔しているから、いまさら間違えることはないけれど、君はよく覚えておいたほうがいいと思うよ。またくる機会があるかもしれないから――ああ、そろそろ見えてきたようだ。ほら、あの脇道を入るんだよ」

　そういって浩輔は前方を指差す。やはり、そこに樹木の途切れたところがあり、そこから一本、横へ向かって細い道が延びていた。いわば森の中の小さな三叉路だ。そこへ向かって歩を進める浩輔の口から、そのとき意外そうな声が漏れた。

「おや、あれは何だ……？」

浩輔が脇道の入口付近をＬＥＤライトで照らす。光の輪の中に浮かび上がったのは、何やら白っぽいオブジェのごとき物体。俺はその正体をアッサリと口にした。

「雪だるま……ですね」

やがて俺たちは、その雪だるまの傍へとたどり着いた。近くで見ると、それは案外大きくて、五歳児程度の背丈がありそうだった。クリスマスバージョンらしく、頭に赤いサンタ帽を載せている。目鼻の部分には木の枝が貼り付けてあった。

「誰が作ったんでしょうね、これ？」

俺は手袋を嵌めた手で、雪だるまの表面をポンポンと叩く。ひんやりとした感触が手袋越しにも伝わってきた。浩輔も同様に、雪だるまに触れながら、

「さあ、ここに置いてあるんだから、たぶん鶴見さんが作ったんじゃないのかな？　あの人は、別荘に自分ひとりできているはずだから。きっと退屈しのぎに作ったんだろう」

そういって浩輔は雪だるまの背後に続く脇道をＬＥＤライトで照らす。脇道はもはや車一台通るのがやっとという細い道だ。大半は雪に覆われているが、人ひとり歩ける幅だけは雪掻きがおこなわれている。そこを通って、俺と浩輔は進んだ。脇道は五十メートルほどで終わり、目指す別荘が目の前に忽然と現れた。四角い箱に三角の屋根を載せたようなシンプル

なシルエット。それは太い丸太を組んで造ったログハウスだった。正面に張り出した広いウッドデッキが特徴的だ。デッキには小さなテーブルと白い椅子が置いてある。

「ここが鶴見一彦先生の別荘。その名も『つるみ荘』だ。平仮名で『つるみ』と書く」

「へえ、『つるみ荘』――案外、普通ですね」

「まあ、そんなもんだろ。むしろ『クリスティ荘』とか名付ける人のほうが変……いや、その、ちょっと珍しい存在だろうと思うよ」

「同感です」俺はこの会社役員と初めて心が通じ合った気がした。「確かに変です。ていうか自意識過剰ですよね！」

「いや、まあ、そこまでいうつもりはないけれど……とにかく、いこう。鶴見先生は、それこそ首を鶴みたいに長くしているはずだ」

そんな軽口を叩きながら、浩輔はウッドデッキに上がって玄関へと歩み寄る。呼び鈴はないようだ。浩輔は手袋を嵌めた手で重厚な木製の扉をノックした。だが中から返事はない。首を傾げながら、今度は強めにノック。だが、やはり中からの反応はなかった。

「変だな。玄関の明かりは点いている。絶対いるはずなのに」

「もう約束の八時を少し過ぎているから、ヘソを曲げたんじゃありませんか」

「いや、鶴見先生は一般的なミステリ作家と違って、そんな偏屈なところが、いっさいない人だ。ちょっとぐらいの遅れで腹を立てたりはしないと思う」

「ふうん、穏やかな人なんですね」ていうか、一般的なミステリ作家は偏屈なのか？　それは悪意に満ちた偏見のような気がするが――「とにかく困りましたね。どうします？」

「ううむ、なんだか胸騒ぎがする。先生はおひとりだし、最近は体調もいまひとつとぼやいていた。まさかとは思うが、この寒さだしな……」心配げな表情を浮かべながら、浩輔は玄関の周囲をキョロキョロ。すると、その視線がピタリと一点で止まった。「あの窓、微かに明かりがある。ちょっと覗いてみよう」

浩輔が指差したのは、玄関と同じく建物の正面を向いた腰高窓。透明なガラスの向こうはカーテンが中途半端に引かれている。その隙間からオレンジ色の光が漏れているのだ。

浩輔は雪のないウッドデッキを歩いて腰高窓の前まで移動した。

「確か、この向こうはリビングだったはず……」浩輔はガラス窓に顔を寄せ、カーテンの隙間から室内を覗き込む。すると次の瞬間、「……わ、わああッ」

浩輔の口から飛び出したのは、泡を食ったような叫び声だ。そして彼は咄嗟に窓を開けようとする仕草。だが中から鍵が掛かっているらしく、窓はビクとも動かない。俺は慌てて彼のもとへと駆け寄った。「どうしたんですか!?」

「君も見てくれ！　ほら、アレを……」

「何です、いったい……」

俺は浩輔と入れ替わるようにして腰高窓の前へ。そして透明なガラスに顔を近づける。

カーテンの隙間から見えたのは、間接照明の柔らかな明かりと薄暗いリビングの光景だ。ソファやテーブルといった最小限の家具。フローリングの床には茶色いラグが敷かれている。その上に中年男性が長々と横たわっていた。黒っぽいセーターとグレーのルームパンツ。こちらに向いた顔は白髪まじりの知的な風貌だ。その顔に見覚えがあった。雑誌などで見た記憶もあるし、昨日はこの別荘地に到着してすぐに擦れ違ったりもした。ミステリ作家の鶴見一彦に間違いなかった。「た、大変だ……」

唇を震わせながら、いちおう俺も窓に手を掛ける。だが、やはり動かない。それもそのはず、透明なガラス越しに見えるのは、閉じた状態のクレセント錠だ。開くわけがない。

「し、死んでいるんでしょうか……」

「いや、決め付けるのは早い。まだ助かるかもだ」

いうが早いか、浩輔は再び玄関の前へ。手袋を嵌めた手でドアノブを引くと、重たい玄関扉は簡単に開いた。鍵は掛かっていなかったらしい。俺と浩輔は相次いで玄関から上がり込み、廊下に向いた扉の前に立った。「ここがリビングの扉ですね」

そうだ——と浩輔が頷くのを横目で見ながら、俺は自らドアノブに手を掛ける。だが今度の扉は簡単には開いてくれなかった。ガツッという衝撃が俺の右手に伝わっただけ。扉は押しても引いても頑として動かなかった。「駄目だ。中から鍵が掛かっています」

「そうか。他に入口はないし……うーむ、こうなったら仕方がない……」

「そうですね。やりましょう！」頷いた俺は、さっそく浩輔と肩を組むと、「せーの！」

「わあッ、馬鹿馬鹿！　何するつもりだ、君！」

「はあ、『何するつもり』って……扉を壊すんでしょ？　体当たりして」

「冗談じゃない！　体当たりで扉が壊れるのは、映画やドラマの中だけだ」

「そんなの、やってみなきゃ判らないでしょう！」

「判るよ、やってみなくても！」声を荒らげた浩輔は、すぐに冷静さを取り戻すと、「そうじゃなくて、さっきのガラス窓を壊せばいいだろ。そうすりゃ中に入れる」

「なるほど『次善の策』ってやつですね！」

「むしろこっちが『最善の策』なんだよ！」

　こうして俺たち二人は建物の玄関を出ると、さきほど覗いた腰高窓の前へ。浩輔はウッドデッキ上に素早く視線を走らせると、そこに置かれた白い椅子を手にした。それは折り畳み式のパイプ椅子だった。彼はそれを畳んだ状態で高々と掲げて、問題の窓へと向かう。その様子だけを見れば、完全に別荘狙いの泥棒か、もしくは狂乱の悪役レスラーだ。そう思った直後、浩輔がパイプ椅子を振り下ろす。ガチャンと耳障りな音が響き、窓ガラスの一部にギザギザの穴が開いた。浩輔はその穴に右手を突っ込み、クレセント錠を解錠。あらためて窓に手を掛けると、それは滑るように真横に動いた。

「よし、開いたぞ！」叫ぶようにいった浩輔は、次の瞬間には窓のレール部分に両手を突きながら、「えいッ」と気合を入れて軽快なジャンプを披露。開いた窓から室内へと降り立った。そして床に倒れた鶴見一彦のもとへと一直線に駆け寄る。だが、その身体を抱きかかえた次の瞬間、彼は悲痛な表情をこちらへと向けた。「くそッ、駄目だ……」

「駄目って……じゃあ……？」俺は窓の外から問い掛ける。

浩輔は首を左右に振りながら断言した。「駄目だ。すっかり冷たくなっている」

そして彼はLEDライトの光を中年男性の脇腹のあたりに向けた。いままで気付かなかったが、そこにはセーターと同じく黒っぽい色をした棒状の物体が見える。刃物の柄のようだった。さらに目を凝らすと、彼の横たわる茶色いラグに赤黒い染みのようなものが広がっているのが判る。間違いない。鶴見一彦は刃物で脇腹を刺されて死んでいるのだ。

「ど、どうしましょう……？」

うろたえる俺に対して、浩輔は冷静沈着な態度。いったん遺体の前を離れ、俺のいる窓辺へと歩み寄る。そして自分の持つLEDライトを、まるでリレー競技のバトンのように俺に手渡すと、懇願するような口調でいった。

「橘君、悪いが駐在所まで、ひとっ走りしてもらえないだろうか。木戸巡査を呼んできてほしい。きっと、そのほうが早いだろうからね」

5

というわけで話はようやく、いまへと戻る。駐在所に駆け込んだ俺は、その木戸巡査を引き連れながら、先ほど通った道を引き返しているところだ。俺は雪道を進みながら、自分が『つるみ荘』で見た光景、そこに至る経緯などを、かいつまんで説明したが、このそそっかしい中年巡査に果たしてどの程度伝わったか、正直それはよく判らない。

だが、まあいい。とにかく現場を見てもらえば、状況を理解してもらえるはず。そう信じて、とりあえず『つるみ荘』を目指す。右に左に蛇行する道を、全身全霊を傾けた小走りで進む俺と木戸巡査。すでに見覚えのある景色が延々と続いた後、これまた見覚えのある立て札を発見。『この先五十メートル、竹中邸』という表示を横目に見ながら、俺は真っ直ぐ前方を指差して叫んだ。「ほら、この先です」

「教えられなくても知っとるよ、鶴見さんの別荘ぐらい！」

それもそうか、地元の巡査だもんな——と納得して、俺は足を動かす。しばらく進むと樹木の切れ目が現れた。そこから続く脇道へと、迷うことなく足を踏み入れていく。

すると背後から「おい、ちょっと君、そっちなのか!?」と慌てたような巡査の声。

「ええ、こっちです、早く早く！」と俺は前を向いたまま巡査を手招き。

すると間もなく、見覚えのある三角屋根のシルエットが前方に現れた。建物の正面にウッドデッキを備えたログハウス。『つるみ荘』に間違いなかった。ところが勢い良くウッドデッキに駆け上がろうとする直前、「——あれ!?」と違和感を覚えた俺は、デッキの手前でピタリと足を止めた。小走りしながら後に続いていた木戸巡査が、止まりきれずに「ギャッ」と叫んで俺の背中にドスンとぶつかる。本当に、この人はそそっかしい。

「ど、どうしたのかね、急に止まって!?」鼻面を押さえながら、木戸巡査が聞いてくる。

「いや、あの……窓に人影が……」

呟くようにいって、建物正面を向いた腰高窓を示す。その窓辺に男性の姿があった。それは俺と巡査の到着を待ちわびる高田浩輔の姿——ではなかった。木戸巡査ほどではないものの、額の生え際が著しく後退した中年男性。俺の知らない顔だ。男は白い服を着て立っている。男が振り向いた瞬間、透明なガラス窓越しに、その男と俺の視線が交錯した。

すると男はビックリしたような表情。一瞬の間があってから窓辺に歩み寄ると、透明なガラス窓にピタリと両手を当てて、シゲシゲとこちらを見やる仕草。やがて男は俺の背後にいる木戸巡査の姿を認めたらしい。目の前の窓をガラリと音を立てて開け放つと、身を乗り出すようにして聞いてきた。

「どうしたんですか。そこにいるのは木戸巡査ですよね？」

「はい、木戸です」巡査は敬礼で応えながら、「どうも夜分に失礼いたします」

「いや、構いませんけど――いったい何事ですか？」

「ええ、いったい何事なんでしょうねえ……」と愛想笑いを浮かべた木戸巡査は、振り向きざま、怖い顔で俺に聞いてきた。「おい君、どうなっているのかね？」

「え……ええっと……どうなってるんですかねえ……」混乱する俺は頭を掻きながら、窓の向こうの男に尋ねた。「あのー、こちらは鶴見さんの別荘ですよね？」

「ああ、そうだよ」

「間違いありませんか。ここが鶴見一彦さんの別荘？」

「なに、鶴見一彦だって!?　それなら僕の兄貴だ。ここは僕の別荘なんだよ」

男の言葉に、俺は思わずポカン。そんな俺に木戸巡査が説明した。

「そうだよ、君。この方は鶴見正継（まさつぐ）さん。一彦さんの弟さんだ。――おい君、あらためて聞くが、君が私を連れていきたいのは、一彦さんの別荘なんだね？」

「ええ、そうですよ」

「だったら、ここじゃない。ここは正継さんの別荘。その名も『ポアロ荘』だ」

「え、『ポアロ荘』⁉」ってことは、孝三郎と似たり寄ったりのセンスを持つ変わり者が、ここにもひとり。——と余計なことを思いながら俺は尋ねた。「じゃあ『つるみ荘』は？」

「兄貴の別荘なら、もう少し先だ。君は道を間違えたんだよ」といって鶴見正継は真剣な顔を、こちらへと向けた。「ところで、兄貴がどうかしたのかい？　ねえ、木戸巡査、兄が何かやらかしたんですか？」

「いいえ、そういうわけでは……ただ、この青年がいうには、鶴見一彦さんが別荘のリビングで倒れていて……冷たくなっていて……」

「な、何だって！　それを早くいってくれ」そう叫ぶや否や鶴見正継は「ちょっと待っててくれよ」といって全開になった窓をピシャリと閉める。そしてカーテンを引くと、ほんの十数秒でログハウスの玄関から、その姿を現した。部屋着らしい白いスウェットの上下。そこに赤いダウンジャケットを羽織っただけの恰好だ。「信じられない話だが、とにかくいってみよう。——兄貴の別荘だな」

鶴見正継は先頭を切って歩き出す。俺と木戸巡査は黙って彼の後に続いた。

それから数分後。俺たち三人は今度こそ『つるみ荘』へと続く、正しい脇道の入口にたどり着いた。赤いサンタ帽を頭に載せた雪だるまが、俺たち三人を迎える。その純白のフォルムを横目で見やりながら、木戸巡査が嫌味を呟いた。「しかし君ねえ、こんな立派な目印がありながら、道を間違えたのかね？　随分と迂闊な話じゃないか」

「はあ、すみません」俺は言い返す言葉がなかった。

一方、鶴見正継は俺と木戸巡査を置き去りにするように、脇道をズンズンと進む。俺と木戸巡査も懸命に彼を追いかける。やがて見えてきたのは三角屋根のログハウス。今度こそ『つるみ荘』だ。先ほども間違いないと思ったけれど、今度こそは間違いない――と思う。

それが証拠に建物の正面を向いた腰高窓はガラスが割れていて、ギザギザの穴が開いている。窓は俺が出ていったときと同様に、全開になっている。開いた窓の向こうには、高田浩輔の心配そうな顔が見えた。浩輔は俺たち三人の姿を認めるなり、待ちわびた様子で窓から身を乗り出す。そして責めるような眸を俺へと向けた。

「おいおい、遅かったじゃないか。何してたんだ、君？」

俺は真っ先にウッドデッキに駆け上がると、彼のいる窓辺へと向かった。「すみません。実は道を間違えて……ウッカリ弟さんの別荘に……」

腰高窓を挟んで浩輔と会話を交わす俺。その視線の先には先ほどと変わらず、横たわったまま微動だにしない鶴見一彦の姿がある。すると、そんな俺を押し退けるようにして、鶴見正継と木戸巡査が腰高窓の前に立つ。そして揃って室内を覗き込むと――

「あ、兄貴ッ、兄貴！」

「ああッ、鶴見先生！」

二人はほぼ同時に悲痛な叫び声をあげたのだった。

6

「それで、それで？」ピンクのシーツが掛かった木製のベッド。その端にチョコンと腰を下ろしながら、青いロリータ服に身を包む少女が問い掛ける。「それで、どーなったの？」

つぶらな眸には好奇心が満ちあふれ、両頬は興奮の度合いを示すかのごとく薄らピンク色。ツインテールにした黒髪は、何かを期待するように顔の左右でゆらゆらと揺れている。

どうやら綾羅木有紗の中では、すでに探偵少女としてのスイッチがオンになり、自ら事件に立ち向かう気マンマンらしい。そんな彼女の暴走する好奇心に、一本太い釘を刺すように、俺は険しい声を発した。「おいこら有紗！　何が『それで、それで？』だ。おまえは《おとぎ話の続きをせがむ無邪気な女の子》かよ。いっとくが、これはおとぎ話でも昔話でもない。昨夜、実際に起こった出来事なんだからな」

「知ってるよー。ていうか、おとぎ話や昔話なら有紗がこんなに興味を持つわけないよー」

「うん、まあ、そりゃそうだ……」開き直ったような少女の言葉に、俺は頷くしかない。

衝撃的な出来事から一夜が明けた二十四日の午前。場所は綾羅木孝三郎の別荘、その名も『クリスティ荘』の二階にある子供部屋。そこで俺は有紗と向き合っていた。ここならば、さすがに会話の内容が孝三郎や長谷川さんに漏れる心配はない。この別荘に便利屋として呼ばれている俺だが、ここなら雇い主の娘のことを『おいこら有紗！』と呼び捨てにしても全然平気――という実に素敵な空間だ。この場所で俺は彼女に対して、昨夜の出来事の顛末を詳しく説明してあげているところだった。

なにせ有紗は、大人顔負けの頭脳を持つといっても所詮は十歳の女の子。昨夜の出来事があって、大人たちが右往左往しているころ、すでに彼女はこの部屋のベッドで眠りの中にいた。そして今朝になってから、ようやくミステリ作家鶴見一彦の死を知ったのだ。自らを探偵であると信じる有紗が、事の詳細を知りたがったことはいうまでもない。

俺は彼女の『それで、それで？』に応えるべく、再び口を開いた。

「それで、木戸巡査は室内に入っていった。壊れた窓からじゃないぞ。ちゃんと玄関から入って、リビングに足を踏み入れたんだ。そして巡査は、あらためて鶴見一彦の死亡を確認した。そして所轄の警察署に通報。応援部隊の到着を待つ間、俺と高田浩輔、鶴見正継の三人を現場から追い払って、自ら現場保存に当たった」

「ふうん、そのわりに応援部隊は、まだ到着していないみたいだね」

有紗は片方の耳に手を当てて、耳を澄ます素振り。実際、別荘地にパトカーのサイレンは響かず、警官たちの声も聞こえてこない。『シャングリラ筑波』は静まり返ったままだ。

「仕方がないだろ。なにせ、この雪だ。周辺の交通網が寸断されていて、パトカーといえども簡単には駆けつけられないらしい。木戸巡査がそう説明してくれた」

「ふうん、そうなんだ」有紗は探偵らしく顎に手を当てながら、「てことは、まさしくこれはクローズドサークルで起こった殺人事件だね。容疑者は雪に閉ざされた、この別荘地にいる人たちすべて。しかも警察がこられない状況。頼りになるのは、たまたま別荘地を訪れていた名探偵——っていっても、パパのことじゃないから勘違いしないでね、良太」

「判った判った。誰も勘違いしねーって！」

要するに難事件を解き明かすのは、警察でも孝三郎でもなく、探偵少女たる有紗自身。そう彼女は主張したいのだろう。だが、そんな探偵少女の膨らんだ野望やら期待やらを容赦なくぺしゃんこにするべく、俺は退屈極まる事実を告げた。「でもな有紗、残念ながら今回に限って、おまえの出番はないぞ。なぜって鶴見一彦は自殺だからだ。ああ、殺人ってことは絶対ない。犯人がいないんじゃ、名探偵の出る幕はないだろ？」

「はあ、自殺ぅ!?」案の定、有紗は落胆の声を発した。「なんで、そうなるのさ?」

「すでに説明したとおりだよ。いいか?　俺と高田浩輔は『つるみ荘』のリビングで鶴見一彦が死んでいるのを発見した。だが、そのときリビングの窓には中からクレセント錠が掛かっていた。俺たちは室内に入ってリビングの扉を開けようとしたが、ここも中から施錠されていた。後から判ったことだが、分厚い扉には昔ながらのカンヌキが掛かっていたんだ。しかもこれが金属製の頑丈なやつでな——え、何だって!?　ああ、そうだ、確かに有紗のいうとおり。あのとき扉に体当たりしてたら俺、間違いなく骨折だったろうな」

「ホント良かったねえ、良太。肩が砕けなくて……」ニヤリと意地悪な笑みを浮かべながら、有紗はさらに俺の話を促した。「それで?」

「リビングに出入口は二箇所しかない。扉と窓だ。その両方が内側から施錠されていた。すなわち現場は完全な密室だった。鶴見一彦はその密室の中で脇腹から血を流して死んでいた。脇腹にはナイフが突き刺さっていた。これは何を意味するか」

「密室殺人だね」

「馬鹿、考えすぎだ」俺は呆れた声でいった。「殺人じゃない。これは自殺だ。鶴見一彦は鍵の掛かった部屋で、自らナイフで脇腹を刺して息絶えた。いわゆる割腹自殺ってやつだな。——え、自殺の動機!?　さあ、詳しいことは知らないが、人気作家にもいろいろあるんだろ。

アイデアの枯渇とか締め切りのプレッシャーとか、漠然とした不安とか……」

俺の語った推理は、実のところ昨夜、現場を眺めた木戸巡査が個人的見解として口にしたことだった。とりあえず動機の点は措くとして、彼の述べた《自殺説》には俺もまったく異議ナシだ。現場の状況から判断して、他に考えようはない。

ところが有紗は腑に落ちない表情で、ささやかな疑問点を突いてきた。「なんで自殺する人が、わざわざリビングを密室にするの？　窓はともかくとして、扉にカンヌキを掛けるなんて変だよ。死体が発見されたとき、面倒くさいことになるって判りきっているのに」

「そりゃそうだが、死んだ後のことまで考えなかったんじゃないのか。あるいは誰にも邪魔されずに死にたかったとか……。うん、きっとそうだ。思いがけず早々と発見されて、万が一、命が助かったりしたら恰好が付かない。そのことを恐れた鶴見一彦は、部屋を密室にすることで、少しでも発見を遅らせようとした。これなら筋が通るだろ」

「はあ!?　全然だよ、良太」有紗は落第生を眺めるような目で俺を見た。「早々と発見されるのが嫌なら、なんで鶴見一彦はパパと午後八時に会う約束なんかしたのよ。誰とも約束なんかしなけりゃいいじゃない。そうすりゃ、たぶん死体発見は翌朝になったはずだよ」

「そ、そうでした……忘れてました……」俺は面目ない思いでボリボリと頭を掻いた。

そもそも午後八時の約束があったからこそ、孝三郎の代役として、この俺が『つるみ荘』

を訪れたのだ。確かに、ひとり静かに死にたいなら、そんな約束をする必要はない。

「だったら、むしろ早く発見してほしくて、そんな約束を交わしたんじゃないのか。自殺した後、冷たい部屋に長時間放置されるのは嫌だと思って。……だけど、それなら現場を密室にはしないか。すみやかに発見されるよう、扉の鍵は開けておくよな……ふむ」

果たして人気作家は本当に自殺したのか。理詰めで考えるにつれて、俺の中にあった確信がぐらりと揺らぐ。有紗の指摘したとおり、彼の死の現場に不自然な点があるのは確かなようだ。とはいえ――「そもそも、これから自殺しようという人間が、死の直前に理性的に行動したとは限らない。大した意味もなく現場を密室にしたのかも。パパさんとの約束だって、それを交わした時点では、まだ死ぬ気じゃなかったのかもしれないもんな」

と自らに言い聞かせるような言葉を口にして結局、俺は《自殺説》を堅持。すると有紗は残念そうな顔つきになりながら、「うーん、良太ってさあ、いろいろ考えるわりに、最後は安易な結論に飛びつきがちだよねえ」

そんなことはない。俺は《安易》なのではなくて《堅実》なだけ。小説に出てくるような密室殺人なんて、あるわけないではないか。そう信じて疑わない俺をよそに、青いロリータ服の探偵少女は、やはり納得いかない表情。皺なんて一本もないはずの綺麗なおデコに無理やりのごとく皺を寄せながら、ひとりベッドの端から立ち上がる。そのまま窓辺へと歩み寄った彼女の口から、そのとき小さな呟き声が漏れた。「――あれ、パパだ」

「ん!?」といって俺も椅子から立ち上がった。有紗の隣に立ちガラス窓から庭へと視線を落とす。目に入ったのは確かに孝三郎だった。白いダウンジャケットを着込んだ彼の姿は、まるで歩く雪だるまのよう。捜し物でもするかのように、俯き加減になりながら雪化粧した庭先をウロウロと歩き回っている。俺は彼の姿をガラス越しに指差しながら、「何やってんだ、おまえのパパ？　雪の中に『雪見だいふく』でも落っことしたのか？」

「だったら確かに見つけづらいよねえ。――だけど、そうじゃないと思うよ」

「違うのか」では、いったい何だ。『雪見だいふく』じゃないとすると……？

「きっとパパも推理中なんだよ。パパも有紗と同じように、人気作家の死を単なる自殺だとは考えていないんだね」

「そうか。やっぱりカエルの子は……じゃない、『カエルの親はカエル』ってことか……」

そう呟きながら、俺は歩き回る有紗パパの姿を二階の窓から眺める。それは新鮮な光景だった。考えてみると俺は、名探偵綾羅木孝三郎がマトモに活動している姿を見たことがない。俺と会うときの孝三郎は、『××村で○○が△△されるという怪事件が起こったんだ。スマンが有紗を頼む！』とか何とか言い残してアッという間に姿を消す――というのが、お約束の展開。今回のように彼の周囲で事件が起こって、その活動を間近で眺めるという機会は、いまだかつてなかったのだ。——まあ、《活動》といっても、いまのところは考え込みながら庭先を歩き回っているだけ。あれで本当に何か考えているのか？

と若干の疑念を抱く俺の視線の先、孝三郎の歩く速度が徐々に速まっていくのが判った。ゆっくりだった足取りはセカセカと小刻みになり、脈絡のなかった歩みは次第に一定のコースへと収斂（しゅうれん）していく。やがて彼の歩行は雪の上にひとつの大きな円を描きはじめた。それを見て有紗が「ハッ」と緊張に満ちた声を発した。「こ、これは、ひょっとして……うん、どうやら間違いないわね……良太、これは『名探偵の環』だよ！」

「え、何だよ、『名探偵の環』って!?」

「パパはね、難事件についての推理が煮詰まってくると、すっかり我を忘れて、そこら中を歩き回るの。その歩みはいつしか、ひとつの円を描くようになる。人はそれを称して『名探偵の環』と呼ぶの」

「てことは、つまり『名探偵の環』っていうのは……？」

「そう、パパの頭の中で、ひとつの推理が堂々巡りしていることの、動かぬ証拠よ！」

「じゃあ駄目じゃんか」——何だよ、『推理が堂々巡り』って！

俺は思わず落胆の声。だが有紗はなおも真剣な表情で続けた。

「ううん、そんなことないよ。円を描きながら歩き回るパパの頭の中では、何色か判らない脳細胞が、確かに活動している。堂々巡りの推理も少しずつ纏まってくる。そして、ふとした瞬間にパパは閃くの。そう、まるで雷に打たれたみたいにね」

と有紗が余計なことをいったのを、雷神様が聞いていたのだろうか。穏やかだった空がにわかに掻き曇ったかと思うと、低く垂れ込めた雲の底がピカッと妖しく輝く。そして稲妻が空を切り裂いた次の瞬間――ドーン！　大地を揺るがす雷鳴があたりに轟いた。

「きゃあああーッ」

探偵少女とはいえ、そこは十歳の女の子。やはり雷は苦手らしい。悲鳴をあげた有紗は耳を押さえながら、こちらに突進してくる。少女の無意識の頭突きを腹部に受けて、俺の口からは「ぐふうッ」と短い呻き声。息が止まるほどの衝撃に耐えながら、俺は何とか口を開いた。「は、はは、大丈夫だって。ただの雷じゃないか……お、おい、ちょっと待てよ。それより有紗、おまえのパパが大丈夫じゃないみたいだぞ！」

窓の外を見やれば、雪の庭にはバッタリと倒れた孝三郎の姿。まさか雷の直撃を受けたわけではあるまいな。そう心配する俺の眼下で、しかし彼は何事もなかったかのように、むっくりと上体を起こす。そして突然何を思ったのか、自分の掌を拳でポンと叩く仕草。彼が昭和の漫画キャラだったなら、その頭上には電球マークが描かれるところだ。

「きっとパパ、何か閃いたんだよ、まるで雷に打たれたみたいに！」

「ああ……ていうか実際、雷に打たれて閃いたふうだったが……」

まあ、いずれにしても同じことだ。いや、だいぶ違うか？　とにかく何かしらの閃きを得たらしい孝三郎は、その場ですっくと立ち上がる。そして雪の上に一直線の足跡を残しながら、別荘の玄関へと飛び込む。その直後、階下から彼の興奮した声が響いた。

「判ったぞ！　エウレカ、エウレカ！」名探偵はそう叫んでいるようだった。

7

そして話は唐突に飛ぶが、その日の午後、綾羅木孝三郎はこの俺を探偵助手として引き連れながら、一路『ポアロ荘』へと向かった。被害者の弟、鶴見正継の別荘だ。到着してみると、正継は庭の雪掻きの真っ最中。突然の来訪者に驚いた様子の彼は、スコップを動かす腕を止め、禿げ上がった額を手袋をした右手で拭った。「やあ、これはこれは、誰かと思えば綾羅木さんじゃありませんか。いったい、どうされました？」

すでに面識があるらしく、正継は中年探偵にのみ親しげな笑みを向ける。俺は自分が透き通った存在であり、正継の目には何も映っていないのではないかという不安に襲われた。

俺の存在を無視したまま、二人の会話はしばらく続いた。「いやなに、雪のせいで何もすることがない。そこで退屈しのぎに事件の現場を見せてもらおうかと思いましてね」

「ほう、現場というと、亡くなった兄の件ですね。だったら、ここじゃなくて『つるみ荘』のほうでしょう。もう少しいったところですよ。よく間違われるのですが……」

「いや、ここで良いのですよ。ここも現場のひとつに違いありませんからな」

「はあ、どういう意味でしょうか」正継は訝しげに眉間に皺を寄せると、「そもそも『事件の現場』といいますが、兄は自殺したのですから事件とは呼べないでしょう。綾羅木さんのような名探偵が調べてどうなるものでもないと思いますが」

「いいえ、鶴見一彦氏は自殺ではありません。あなたに殺されたのです！」

いきなりズバリと断言して、孝三郎は正継を真っ直ぐ指差す。殺人犯として告発された正継はギクリとした表情。その様子を傍らで眺める俺は唖然として言葉を失う。と同時に雪を被った灌木の陰からは、なぜか「きゃッ」という小さな悲鳴のようなものが聞こえた。

「……あれ」なんだ、いまの声は？　疑惑の視線を灌木のほうに向けると、次の瞬間、聞こえてきたのは「ニャ、ニャア」という妙に遠慮がちな猫の鳴き声。どうやら筑波山麓の猫は雪の中で「ニャア」とか「きゃッ」とか鳴くらしい。きっと青いフリフリのお洋服を着た仔猫だろう。灌木の陰に隠れながら好奇心に満ちた眸で、こちらの様子を窺っているのだ。事実、俺の立っている位置からだと、枝の端からぴょこんと覗く黒髪のひと房がハッキリと確認できた。

――やれやれ、『頭隠してツインテール隠さず』だな！

密かに苦笑いしながら、俺は何食わぬ顔でいった。「ただのメス猫ですね」

「ん、なぜメスだと判るのかね？」孝三郎は不思議そうに首を傾げる。

「メスだろうがオスだろうが、そんなのどうだっていい！」正継は声を荒らげて、話を元に戻した。「それより、どういうことですか綾羅木さん、この僕が兄を殺したというのは？そんなことできるわけがないじゃありませんか」

「そうですよ。正継さんのいうとおりです」と思わず俺も横から口を挟む。「鶴見一彦さんは密室の中、ひとりで血を流して死んでいたんですよ。正継さんだろうが誰だろうが、一彦さんを殺せたはずがありません」

「いや、彼にはできた。ただし、ひとりでは無理だろうな。共犯者が必要だ。その役割を担ったのは、高田浩輔と見て間違いない」

再びの爆弾発言に、俺と正継は揃ってハッと息を呑む。灌木の陰に身を潜める仔猫だけが「ヒュウ！」と変な声を発した。この仔猫は口笛が上手らしい。

俺は孝三郎へと視線を戻しながら、「鶴見正継さんと高田浩輔さん、この二人が手を組めば、密室での殺人が可能になるというのですか」

「うむ、あとは善意の目撃者がひとり必要になるのだがね。もちろん、その役割を振り分けられたのは君だよ、橘君」孝三郎の太い指先が、今度は真っ直ぐ俺へと向けられる。

意味が判らず、俺は首を左右に振った。「どういうことでしょうか。小学生にも判るように説明してもらえませんか」

「うむ、いいだろう」と名探偵らしく頷いた孝三郎は、しかし次の瞬間、俺の言葉に若干の引っ掛かりを覚えたらしく、「ん、『小学生にも〜』って、どういう意味かね？」

「え!? いや、要するに、『誰にでも判るように』って意味ですよ」

誤魔化すような笑みを浮かべる俺の前で、正継も真っ直ぐに頷いた。

「ええ、ぜひ判りやすくお願いしたい。どうやれば密室での殺人が可能になるのか」

挑発するかのように正継は孝三郎を睨む。探偵は余裕の表情で説明を開始した。

「要するにこれは、ミステリでお馴染みの犯行現場誤認トリックですよ。――橘君、君は昨夜の八時過ぎに、高田浩輔とともに鶴見一彦氏の別荘『つるみ荘』を訪れた。そして、そのリビングには一彦氏の遺体が転がっていた……」

「ええ、そのとおりです」

「いいや、『そのとおり』ではない。実際には、君が最初にたどり着いた別荘は『つるみ荘』ではなかった。この『ポアロ荘』だったのだよ」

「な、なんですってえ！」

俺は思わず素っ頓狂な声をあげる。すると、その直後には灌木の陰から「そんなに驚くことかしら？」と仔猫の声。もはや鳴き声でも何でもなくて、普通に人間の言葉を喋っている。俺は仔猫の言葉を掻き消すような大声で、「じゃあ僕は『ポアロ荘』のことを『つるみ荘』だと勘違いしたというのですか!?」

「うむ、正確には勘違いさせられたのだよ。高田浩輔の巧みな誘導によってね。だがまあ、君が間違えるのも無理はない。『ポアロ荘』と『つるみ荘』は、いわば双子のログハウス。しかも君は、この別荘地を初めて訪れた新参者だ。高田浩輔が君をこの場所に連れてきて、『これが〈つるみ荘〉だ』とひと言いえば、君はそう信じ込む。疑う理由がないからね」

「それは確かに、そうですが……しかし実際に僕は見たんですよ、別荘のリビングに転がる一彦氏の遺体を！」

「残念ながら、君が見たのは一彦氏ではなく正継氏だった。死んだフリをした正継氏だ。一彦氏と正継氏、二人は兄弟だけあって背恰好や顔立ちなどが、実によく似ている」

「え、似てる!?」俺は傍らに立つ正継の頭部を示しながら、「この禿げ上がった額の彼が、一彦氏と似てるっていうんですか。どこがです？　歴然と違うじゃありませんか」

「畜生、誰が『禿げ上がった額の彼』だ！　こら、指を差すな、指を！」

不躾な指先を睨みつけながら、正継は頭部を両手で覆う仕草。そうして額を隠した彼の顔を見るなり、孝三郎は嬉しそうに頷いた。「そうそう、そんなふうに禿げ上がった額さえ隠してしまえば——ほら見たまえ、正継氏の顔は一彦氏にそっくりじゃないか」

ズバリと指摘されて正継は慌てて両手を下ろすが、もう遅い。俺は深々と頷いた。

「なるほど、確かに似てるかも……ということはカツラか何か使えば……」

「そう、正継氏が一彦氏の替え玉を演じることは充分に可能だ。だとすれば密室の謎なんて、もはや無いも同然。生きてピンピンしている正継氏が、自分の手で部屋の中から扉と窓を施錠すれば、リビングは密室になるのだからね」

「…………」正継は探偵の話を黙って聞いている。肯定とも否定とも読み取れない態度だ。

孝三郎は説明を続けた。「死んだフリの正継氏を見て、もちろん高田浩輔は慌てたフリだ。そして窓と扉が開かないこと——つまり現場が密室であること——を君にしっかりと印象付けた。そうした後に彼は窓ガラスを叩き割り、クレセント錠を外して窓を開け、自ら室内へと飛び込んだ。ここでもし橘君が高田浩輔に続いて室内に入り、床に横たわる男の身体に触れたなら、君はその瞬間、それが死体でないことに気付けただろう。だが、さすがの橘君も、初めて訪れた他人の別荘に土足で踏み込むほど破廉恥ではなかった。君は窓の外に立ったままで、中の様子を窺うばかりだった」

「そこで高田浩輔は、『駄目だ。すっかり冷たくなっている』といって首を振りましたが、あれも演技だったんですね。その演技に僕はすっかり騙(だま)された」

「そういうことだ。そして彼は君を駐在所へと走らせた。木戸巡査を連れてくるようにといってね。もちろん君は大急ぎで駐在所へと向かった。では君が立ち去った直後、リビングで何が起こったか、考えてみたまえ。――面白いじゃないか！　そう、床に横たわっていた《死体》が、むっくりと起き上がったのだよ。そしてカツラを取り、着ていた黒い服を脱ぎ去った。こうして一彦氏の《死体》は、生きている正継氏に戻ったというわけだ」

どうだね、とばかりに大見得を切る孝三郎。それに応えるように、灌木の陰からは「パチパチパチ……」と仔猫の拍手が響く。

――おいおい、随分と器用すぎる猫だな！

呆れる俺は仔猫の拍手を掻き消すように自分の両手を連打しながら、「す、すばらしいッ。さすがは名探偵ッ」と孝三郎の推理を絶賛。だが正継は眉根を寄せながら『そこにいるのは本当に猫なのか？』という疑念に満ちた視線を灌木へと送っている。ひとり孝三郎だけが何ら疑問を持たない様子で満足そうに頷き、また説明を続けた。

「正継氏が起き上がる一方で、高田浩輔は『ポアロ荘』を飛び出す。そして本物の『つるみ荘』へと移動した。だが、その途中で例の雪だるまを、どうにかする必要がある。脇道の入口に置かれた雪だるま。それこそは双子のログハウスを勘違いさせる、重要なアイテムなのだからね」

「そう、そこが判りません。あなたの推理が正しいなら、僕が最初にここを訪れたとき、雪だるまは『ポアロ荘』に続く脇道にあったことになる。しかし木戸巡査を連れて戻ったときには、雪だるまはちゃんと『つるみ荘』に続く脇道にあった。ということは、ほんの短い時間に雪だるまが脇道の間を移動したことになる。しかし、あの大きな雪だるまを、そう簡単に右から左へと動かすことは不可能なはずでは？」

「だろうね。だが雪だるまを苦労して動かす必要はないんだ。雪だるまは最初から二つあったのだよ。『ポアロ荘』と『つるみ荘』、両方の脇道の入口にひとつずつね」

「はあ!?　雪だるまが二つ……」

「そうだ。君が木戸巡査を呼びにいった際は、まだ『ポアロ荘』の脇道の入口には雪だるまがあったはずだ。だが君が通り過ぎた直後、その場所に高田浩輔がやってきた。そして、そこにある雪だるまを滅茶苦茶に破壊したのだよ。棒で叩くなり足で踏み潰すなりしてね。雪だるまは粉々に砕かれた状態で道の端に寄せられて、単なる雪の山となった。それから高田浩輔は雪だるまが頭に載せていた赤いサンタ帽だけを手にして、『つるみ荘』の脇道へと向かう。その入口には、もうひとつの雪だるまがある。彼はその頭にサンタ帽を載せた。木戸巡査を連れた君が、この雪だるまを目印にして、本物の『つるみ荘』にやってくることを期待してね。そして彼は脇道を進んで『つるみ荘』へとたどり着いた。このときログハウスの窓ガラスは、すでに割られている。リビングの床には鶴見一彦氏が横たわっている。こちらは正真正銘、人気ミステリ作家の亡骸だ。もちろん冷たくなっていたことだろう。――おそらく、その数時間ほど前に、正継さん、あなたが殺害したのです」

　そういって正継の胸を再び指差す孝三郎。その指先を、正継は無言のまま見詰めている。孝三郎はラストスパートとばかりに残りの説明を急いだ。

「高田浩輔はリビングに入ると、本物の死体の傍に立ち、木戸巡査と橘君の到着を待った。やがて『つるみ荘』にやってきた橘君は、そこが先ほどと別のログハウスだとは夢にも思わない。リビングに横たわった男が、『死んだフリの正継氏』から『実際に死んでいる一彦氏』に替わっていることにも気付かない。割れたガラスの形状が、先ほどと微妙に違うことなど当然気付くはずもない。そんな中、木戸巡査は一彦氏が間違いなく死んでいることを確認する。そして橘君や高田浩輔から聞いた話をもとにして、彼はこう結論付けた。『鶴見一彦氏は中から鍵の掛かった部屋で、ひとり脇腹から血を流して死んでいる。すなわち、これは自殺である』――と。こうして、あなたは一彦氏の死を自殺に見せかけることに、見事成功したというわけです。だが残念でしたね、正継さん、田舎のお巡りさんの目を欺くことはできても、この綾羅木孝三郎の目を欺くことはできませんよ！」と調子に乗った名探偵の口から、地方勤務の巡査に対して差別的発言が飛び出す。だが、ちょっと言いすぎたと感じたのか、「……いや、しかしまあ、木戸巡査だって時間的な余裕と、ちょっとした閃き次第では、私と同じ結論にたどり着くことができたかもしれませんけどね……」と何かに配慮したかのごとく言い添える孝三郎。

一方、犯人として名指しされた正継は顔面蒼白だ。ワナワナと唇を震わせながら、

「しょ、証拠はあるのかね、この僕が犯人であるという証拠が……」

「え、証拠だって!?」

そんな単語、いま初めて知った——といわんばかりに探偵は目をパチクリ。瞬間、灌木の陰でツインテールの黒髪が驚いた猫の尻尾のごとくビクッと揺れる。俺は猛烈な不安に襲われつつ、祈るような思いで問い掛けた。「ちょ、ちょっと……もちろん、あるんですよね、証拠のひとつや二つぐらいは……ねえ、ありますよね……あるんでしょ、オッサン？」

「こら、誰が『オッサン』だ！」咄嗟に声を荒らげた孝三郎は、しかし次の瞬間には腕組みして呻き声を発した。「うーん、証拠か。証拠と呼べるものは、いまのところ……」

——ないのかよ！　あんた、よくそれで他人のことを犯人呼ばわりできたな！

呆れる俺の前で、ＫＯ寸前だった正継は元気を回復。強気な顔を探偵へと向けた。

「なるほど綾羅木さんは、さすがに名探偵だ。いまの説明を聞く限りでは、僕にも兄を殺すことは不可能ではないらしい。しかし可能性がある、というだけで犯人扱いされたんじゃ堪らない。実際のところ、あなたがいうようなトリックはおこなわれていないのです。綾羅木さんはその証拠を、いまこの場所で目の当たりにしているではありませんか」

「というと？」

「ほら、あの窓ですよ」といって正継はログハウスの腰高窓を指差した。「あなたの推理が正しいなら、あの窓ガラスは昨夜のうちに叩き割られているはず。だが現に窓ガラスは、こうしてここにあるではないですか。これは、どう説明されるのですか」

「当然、ガラスは交換されたんでしょうな。窓枠から割れたガラスの破片を取り除き、新品のガラスを嵌めなおしたんだ。時間さえかければ、素人にも可能な作業だと思いますよ」

「そう、『時間さえかければ』ね。だが、その時間が僕にはなかった。そうだろ、橘君？」

いきなり話を振られて、俺は戸惑いがちに頷いた。

「え、ええ、そう思います。僕は木戸巡査を連れて『つるみ荘』に向かう際に、ウッカリ道を間違えてこの『ポアロ荘』にきてしまったわけですが……あれ、この話、孝三郎さんにもしたはずですよね？」

「うむ、聞いた気がするが、事件に関係のない失敗談だと思って聞き流していた。では何かね？　橘君と木戸巡査が間違って『ポアロ荘』を訪れたとき、この腰高窓は……」

「ええ、べつに異状はありませんでした。窓の向こう側には、何事もないかのように正継さんが佇んでいました。彼は僕らに気付くと窓ガラスに両手を突くようにして顔を寄せ、それから窓を開け放ち、木戸巡査に声を掛けたんです。『どうしたんですか』ってね。もしも窓ガラスが割られていれば、その時点で僕か木戸巡査が気付いたはずです」

「ううむ、確かにそうだ。では、ちなみに聞くが、君が木戸巡査を呼びにいってから間違ってこの『ポアロ荘』を訪れるまでに費やした時間は、どの程度かね？」

「正確には判りませんが、掛かったとしても五分でしょう。仮にも僕は雪道を全力で走って巡査を呼びにいったのですからね。五分以上は掛からなかったはずです」

「ほらね」と正継が指を鳴らした。「探偵さんの推理によれば、そのたった五分の間に、この僕が割れた窓ガラスを新品と交換したという話になる。そんな早業が可能ですか？」

「いえ、不可能ですね」とキッパリ答えたのは、この俺だ。「僕は便利屋として窓ガラスの交換作業をやることも、しばしばですが、慣れてる人がやっても三十分程度は掛かる作業です。ズブの素人ならば、もっと掛かる。たった五分ではまったく無理でしょうね」

俺の示す見解に、我が意を得たりとばかりに正継は頷いた。「そうでしょうとも！」

「ううむ、そうか、無理か……」呻き声をあげた孝三郎は、うなだれて降参のポーズ。

灌木の陰で聞き耳を立てていたツインテールの仔猫も、激しく落胆したのだろう。いかにも残念そうに、「あ～ぁ！」と力のない《鳴き声》を発した。

8

孝三郎が謎解きに失敗した数時間後。俺は『クリスティ荘』の庭で、大きな枝切り鋏を持ちながら脚立のてっぺんに上っていた。人気作家、鶴見一彦の死は自殺か密室殺人か。その判断は、なお保留になっている。雪による交通マヒは継続中らしく、いまだ警察は別荘地にたどり着くことができない。どうやら本格的な捜査は明日以降のことになりそうだ。

その一方で『クリスティ荘』周辺の雪掻きは、もうひと通り済んでいる。新たに雪が降る心配はなさそうだ。したがって俺には当座やることがない。仕方がないので、俺はこの別荘を訪れた当初の目的を果たすことにしたのだ。

「考えてみりゃ、俺は名探偵の助手を務めるために、ここへきたんじゃなかった。もちろん雪掻きするためでもない。俺は別荘の庭木の枝を払うために呼ばれたんだった……」

そう独り言を呟きながら、俺は雪を載せた枝をバッサバッサと切り落としていく。その脚立の下には、青いロリータ服にピンクのコートを羽織った有紗の姿。少女は不安定な脚立を形ばかり押さえて、便利屋のお手伝い。そんな彼女は俺の呟きを無視して、先ほどの謎解きの場面について、しきりに嘆きの言葉を漏らしている。「……にしても、パパは詰めが甘いのよねえ。せっかく、あと一歩のところまで真犯人を追い詰めたのに……」

俺は枝切り鋏を動かす手をいったん休めて、「ほう、それじゃあ有紗は、やっぱり正継が犯人だと考えるのか。鶴見一彦は自殺じゃなくて殺されたのだと？」

「その可能性が高いと思う。パパの語った犯行現場誤認トリックは、相当いい線いってたと思うから。——まあ、娘の口からいうのもナンだけど、パパにしては上出来の推理ね」

「その台詞、パパさんの前でいっちゃ駄目だぞ」俺は脚立の上から有紗にひとつ釘を刺してから「だけど」と続けた。「その上出来の推理にも辻褄の合わない部分があった。実際、俺が木戸巡査を呼びにいっている短い時間に、割れた窓ガラスを修復するのは不可能だ。してみるとパパさんの推理にも、どこかしら間違っている部分があるんだろうな」

「それが何か判れば、パパの推理は完璧になる気がするんだけれど……」

「ああ、そこでひとつ思ったんだがな。孝三郎さんは正継が割れた窓ガラスを片付けて、新品のガラスを嵌めなおしたという考えだったろ。これだと相当な時間が掛かる。だけど、もっと簡単で時間の掛からないやり方があると思うんだ」

「へえ、どんなやり方？」

「前もって、別の窓枠を用意しておくんだよ。新品のガラスが嵌った窓枠だ。これとガラスの割れた窓枠を交換する。アッという間に割れたガラス窓は新品のガラス窓に生まれ変わる。面倒なガラスの交換作業なんて必要ないってわけだ。――な、簡単だろ？」

「うん、簡単だね」と有紗は素直に頷いてから意地悪な質問。「だけど窓枠の交換が終わった後、いらなくなった窓枠はどこに処分するの？　窓枠って結構かさばると思うよ。そのへんにポイするわけにはいかないし、燃やせば燃えカスが残る。穴を掘って埋めても、きっとすぐに発見されてしまうでしょうね。警察の目は誤魔化せないと思うんだけど」

「ううむ、確かに……」俺が提示した《窓枠ごと交換説》は、有紗の指摘によって、まさに砕かれたガラスのごとく粉々になった。「あ、じゃあ、こういうのは、どうだ？」

「どんなの？」

「割れた窓ガラスを窓枠ごと取り替えるのは、さっきの説と同じ。で今度は、その外した窓枠を高田浩輔が持って『つるみ荘』に向かうんだ。このとき『つるみ荘』のリビングの腰高窓には、すでに窓枠が嵌っていない。前もって取り払ってあるんだ。そこへ運んできた窓枠を嵌めれば、どうだ？　これなら無駄がなくて綺麗だろ」

「悪くないけど、じゃあ、その前もって取り払われた窓枠は、どこに処分されたの？」

「そりゃあ、前もってどこか遠くの山奥かどこかに……」と俺は曖昧かつ適当な答え。

しかし有紗は納得できないらしく不満げな表情。つるんとしたおデコに皺を寄せて、ゆるゆると首を左右に振った。「やっぱり無理ね。だって、ガラスの割れた窓枠を持って、二つのログハウスの間を急いで移動したら、どうなると思う？　移動する間に、ガラスの破片がポロポロ落下して、道の途中に散らばるはずじゃないの」

「そっか、それは確かにマズいな。――じゃあ大きな袋に包んで運ぶ、とか」

「それでも駄目でしょうね。窓枠を持ち運べば、ガラスの破片は、やっぱり窓枠から外れてバラバラになると思う。――そもそも根本的におかしいと思うのよね」

「おかしいって、何がだ？」

「だって犯人は割れたガラス窓を、いますぐ何とかしようとは思わないはずでしょ？」

「ん、どういうことだよ？」俺は意味が判らず脚立の上で首を傾げた。「『ポアロ荘』の割れたガラス窓を何とかしようと思うのは、犯人なら当然のことだ。だって放っておくわけにはいかないだろ。犯人は『つるみ荘』のほうを犯行現場に見せかけたいんだから」

「それは確かにそう。だけど、べつに急ぐ必要なんかないよ。よく考えてみて。木戸巡査を連れた良太は、ウッカリ間違えて『ポアロ荘』に足を踏み入れたんだよね。本来なら良太たちは雪だるまを目印にして、『つるみ荘』へと向かうはずだった。つまり計画どおりなら、『ポアロ荘』には当分の間、誰もやってくるはずはなかった。だったら正継はゆっくり時間を掛けて、割れたガラス窓を処理すればいいよね。それこそパパがいうように、窓ガラスを嵌めなおしてもいいはず。それなのに、ガラス窓はほんの五分程度で修復されていたみたい。そこが妙だと思うんだけど……」

「そうかな？　犯人なら事を急ぐのは当然だと思うが」

「そうかしら。有紗はそうは思わないけど……」納得いかない顔の探偵少女は、不安定な脚立を押さえるという重要な役目を、もうすっかり放棄している。それどころか、腕組みした彼女は「うーん」と考え込む様子で、脚立の一段目にドスンと無造作に腰を下ろす。

俺は高いところから慌てた声を発した。「お、おいこら有紗、そんなところに座るなよ。ほら、脚立のバランスが崩れるだろ！」

グラグラと揺れる脚立の上。俺は有紗の座る場所とは反対側に体重を掛けて、脚立のバランスを保とうと懸命になる。すると有紗はこんなときに限って「あ、そっか。ゴメンね、良太」と素直すぎる反応。いきなりヒョイと腰を浮かせたから堪らない。

「わあ、馬鹿馬鹿！　急に立ち上がっちゃ、なおさら駄目だろぉぉぉーッ」

余計にバランスを崩した脚立は、見る間に傾いていく。俺は枝切り鋏を手にしたまま、脚立の上から飛び降りて難を逃れる。だが、その直後には――ガッチャーン！

倒れた脚立の先端は大きな弧を描くようにして別荘の腰高窓に衝突。ものの見事にガラスの一枚を叩き割った。粉々になったガラスの破片が周囲に飛散し、さらに耳障りな音を奏でる。それは一瞬の油断とタイミングの悪さが招いた大惨事だった。

ガラスの割れた腰高窓。その惨状を俺と有紗は、ただ呆然と眺めるしかない。

「だ、誰が悪いわけでもないさ。――なあ、有紗」

「そうだよ、誰も悪くないって。――ねえ、良太」

とりあえず責任の所在を曖昧にする俺と有紗。だが自分の家だろうが他人の別荘だろうが、窓ガラスを割って何のお咎めもナシ――などということは、この世の中にそうそうあるものではない。案の定、非難めいた甲高い声が、こちらに向かって急接近してきた。

「あらまあ、いったい何ですの、いまの音は!?」

そういって庭先に姿を現したのは、家政婦の長谷川さんだ。彼女は割れたガラスと倒れた脚立を見るなり、「まあ！」と掌で口許を覆う仕草。それから俺たち二人に雪よりも冷たい視線を浴びせながら、「いったいこれは、どなたがおやりになったことですの？」

問われて思わず息を呑む俺。その隣で有紗は微妙な視線を中空にさまよわせながら、

「ほ、ほら、良太、正直にゴメンナサイしたほうが、いいんじゃないのかな……？」

――畜生、俺のせいかよ！　この裏切りツインテールめえ！

俺は睨むような視線で有紗に不満を訴える。ところが探偵少女は、こちらの憤りを完全無

視。かといって長谷川さんのほうを見ているわけでもない。気が付くと彼女の視線は、すっかりガラスの割れ落ちた窓へと一直線に注がれているのだった。

9

そうして迎えた、その日の夜。別荘地『シャングリラ筑波』は、凍える寒さと静寂の中にあった。上空に雪雲はなく、明るい月が『クリスティ荘』の庭をほのかに照らしている。そんな中、聞こえてくるのは雪を踏みしめる足音。現れたのは、黒いコートを着た中年男性だ。男は庭の中ほどまで歩を進めると、何かに気付いたようにピタリと足を止める。そして暗闇に向かって問い掛けた。「そこにいるのは……綾羅木孝三郎さんですか」

「ええ、そうです」短く答えながら名探偵が、ぬっとばかりに月明かりの下へと進み出る。白いダウンジャケットを着込んだ丸い身体が、月明かりの中に浮かび上がった。「そういうあなたは、鶴見正継さんですね」

「ええ、そうですとも。なんですか、探偵さん、こんな時間に呼び出したりして」

「ん、なんですと!?　私はあなたを呼び出したりは、していませんよ。あなたのほうこそ、私に話したいことがあるのでは？　私のもとに、そういう言伝が届いていますよ」

「何をおっしゃっているのか、意味が判りません。あなたの助手が夕刻に『ポアロ荘』にやってきて、私に直接いったんじゃありませんか。『今夜ここへくるように』――と」

「ん、助手!? はて、私に助手などいたっけか」と大きく首を傾げる孝三郎。

俺は思わず抗議するような声で、「ちょっとちょっと! 冷たいことといわないでくださいよね」といって昼間に枝を払ったばかりの樹木の陰から姿を現した。「僕ですよ、僕」

「なんだ橘君か。では、これは君の采配だというのかね?」

「まあ、そういうことです。この僕が二人をお呼びしました」と本当らしく答えたが、実際は少し違う。この二人を夜の庭先に呼び出すようにと、俺に無理やり命じたのは、あの名探偵である。もちろん、名探偵とは孝三郎のことではなくて綾羅木有紗のことだ。

ちなみに秘密主義の探偵少女は、俺に命令するだけしておいて、その目的や意味するところを、いっさい教えてくれなかった。だから俺は内心ドキドキだ。これから何が起きるのか。有紗は何を目論んでいるのか。不安でいっぱいの俺は、しかし内心の動揺を見透かされまいとして余裕のポーズを取った。「まあ、もうしばらく、お待ちくださいよ」

「ここでか!? この寒空の下でか!?」正継が雪の地面を指差して訴えると、

「うむ、まったくだ」と孝三郎も頷いて、「いくらなんでも失敬ではないかね、橘君」

「…………」知りませんよ、そんなこといわれたって! そもそも、これは全部あなたの娘が言い出したことなんですからね。僕はただ彼女の命令に従っただけ。所詮は小学生女子の単なる操り人形に過ぎないんですから！　そう言い返してやりたいところだったが、いえばいうだけ我が身が哀しく思えるだけだから、何とか自重する。そして俺は素知らぬ顔で周囲を見回した。——畜生、何やってんだ、有紗！　さっさと姿を現しやがれ！

すると俺の念が通じたのか、前方に見える部屋の窓にパッと明かりが灯った。間接照明らしい橙色の明かり。その光を受けながら部屋の中に佇むのは、青いロリータ服に身を包むツインテールの美少女だ。俺は明かりの灯った窓を指差しながら、「あッ、ほら、有紗だ——いや、有紗ちゃんですよ、孝三郎さん」

手遅れながら慌てて言い直す俺を、横目でジロリと見やってから、

「うむ、確かに我が最愛の娘だ。しかし何をしているんだ、マイ・エンジェルは……？」

孝三郎は真っ直ぐな視線を明るい窓へと向ける。一方の正継は、「何だっていいでしょう、小学生の女の子なんて」と、まるで他人のエンジェルなど眼中にないといった態度だ。

すると室内の少女は窓の外にいる大人たちに、ようやく気付いたらしい。ひとり窓辺に歩み寄ると、小さな掌を窓にピタリと押し当てて外の様子に目を凝らす素振り。その小さな唇は『あッ、パパー』と動いたようだった。それを見るなり、膨れたパンのような孝三郎の顔つきが、たちまちとろけた餅のように変化した。

「おお、娘が私のことを呼んでいるようだ……」

プログラムされた自動人形のごとく、孝三郎はふらふらと窓辺に歩み寄る。そんな父親をさらに呼び寄せようとするように、有紗は握り拳を作って目の前のガラス窓を叩く仕草。それから再び小さな掌がピタリとガラス窓に押し当てられる。――ん、ガラス窓⁉

何事か引っ掛かり眉をひそめる俺。その視線の先で、ようやく孝三郎は明るい窓辺へとたどり着く。そして目の前の窓を開けようと、自ら窓枠に手を伸ばそうとした次の瞬間！いきなりガラス窓の向こう側から少女の両手が伸びてきて、孝三郎の肩をむんずと摑む。少女の口からは相手をビックリさせるための「わッ」という叫び声が発せられ、孝三郎の口からは心底ビックリしたような「わあぁッ」という、あられもない悲鳴が漏れた。

おそらく孝三郎の目には、透明なガラスを通り抜けて娘の両手が自分の肩を摑んだように映ったのだろう。だが、もちろん実際は違う。そもそも、その窓にガラスは嵌っていない。昼間、俺と有紗のしでかした不始末によって窓ガラスは割れて粉々になったのだ。以来、その窓にはガラスの嵌っていない窓枠が残されているだけ。しかし有紗は、そのフレームしかない窓に、両手を押し付けたり拳で叩いたりというような、巧みな手の動きを付け加えることで、あたかもそこに透明なガラスが存在するかのように印象付けた。孝三郎はそんな娘の演技に、すっかり騙されたというわけだ。

「な、なんだ、有紗。ビ、ビックリするじゃないか」

窓の外で孝三郎は心臓を押さえながら上擦った声をあげる。すると室内にいる有紗は、可愛く両手を合わせるポーズで、父親に向かって必殺のウインク！

「ごめんなさーい、パパ。ちょっと悪戯したくなったのぉ」

「はッはッはッ、有紗めー、困った奴だなー」と孝三郎はたちまち相好を崩す。

「上手だったでしょ、有紗のパントマイム。ガラスがあるように見えたでしょ？」

「ああ、ガラス越しに有紗の腕が伸びてきたかと思ったよ」

「でも実際にはガラスはないんだよ。昼間に良太お兄ちゃんが割っちゃったから」

「やれやれ、困った便利屋だなぁ。わざわざ連れてくるんじゃなかったよ」

「でも、お陰で事件の謎が解けたと思わない、パパ？」

「はあ、何のことだい、有紗？」

――おいこら、この親馬鹿名探偵！　いい加減、気付けよ。あんたの娘は事件の最後のピースをどこにどう嵌め込めばいいのか、判りやすく教えてくれているんだぞ！

イライラしながら探偵親子の会話に聞き耳を立てる俺。その隣では青ざめた横顔の鶴見正継が、黒いコートの肩をブルブルと震わせている。いまさらながら夜の冷気が身に沁みたわけでもあるまい。彼は不安と恐怖におののくあまり、身体の震えが止まらないのだ。

するると、そのとき孝三郎の思考回路が、ようやく接触不良の状態を脱したらしい。

「ん、待てよ……ということは……」といって顎に手を当てた探偵は、窓の外でぐるぐると同じ場所を歩きはじめる。積もった雪の上にまたしても描き出される『名探偵の環』。それを眺める有紗は、窓辺で頬杖を突きながらウンザリした表情。一方の俺はまた雷が落ちてくるのではないかと気が気ではない。だが今回は落雷の刺激を必要とするまでもなく、彼の思考は纏まったらしい。ピタリと足を止めた孝三郎は、くるりと振り向きざまに黒いコートの男を指差す。そしてズバリと断言した。「そうだ、今度こそ間違いない。やはり、あなたが一彦氏を殺したのですね、鶴見正継さん！」

真犯人と名指しされた彼は、緊張が最高潮に達した表情。そして次の瞬間、さながら糸の切れたマリオネットのごとく、へなへなと雪の地面に膝を屈したのだった。

10

それから、しばらくの後。『クリスティ荘』のリビングでは、有紗がうっとりとした表情でクリスマスケーキを見詰めていた。小皿に切り分けられたひと切れをフォークでブスリと突き刺してパクリと頬張る。たちまち彼女の唇から「美味しぃ～ッ」と歓喜の声。そして大皿に載ったホールケーキの残りの部分――ちょうど七十五パーセントを示す円グラフのような形状――を指差しながら、「ねえ、これ有紗が全部食べていいの？」

「馬鹿いうなよ」俺はソファの上で湯気の立つ珈琲カップを片手にしながら、隣に座る有紗を横目で見やった。「全部食べたら糖尿病になっちまうぞ」

「大丈夫よ、糖尿病になんてならないもん」

「太るぞ」

「小学生は太りません。オジサンとは違います」

やれやれ――と頭を掻きながら《三十一歳のオジサン》は溜め息をつくしかない。「判った判った。俺の分は食ってもいいぞ。でもパパさんの分は残しておいてやれよ」

孝三郎は鶴見正継を連れて駐在所へ出向いていて、ここにはいない。いまごろは木戸巡査を前にして、得意げに自らの推理を語っているところだろうか。だがまあ、それもいいだろう。名探偵綾羅木孝三郎が自らの頭脳と落雷の力を借りながら、殺人トリックの半分以上を見破ったことは事実なのだから。「結局、あの人が今日の昼に『ポアロ荘』で語った推理、そこで暴いた犯行現場誤認トリックは正鵠を射ていたんだな？」

そう尋ねると、有紗は鼻の頭に生クリームをあしらった素敵なお顔で、

「うん、ほういふこと。ぱはのすいひはたらしかったろ……」

「こらこら、食べ物を口いっぱいに入れたまま喋るんじゃない！　食ってから喋れ。あるいは喋ってから食え。それから、おまえ、鼻の頭に生クリーム付いてるぞ！」

「ふええッ」と焦りの声を発した有紗は慌てて鼻の頭を指先で拭う。それからゴクンと喉を鳴らすと、あらためて先ほどの不明瞭な台詞を言い直した。「『うん、そういうこと。パパの推理は正しかったの』っていったの。判った？」

「判った。『すいひ』って『推理』のことだったんだな」俺はニヤリと笑って続けた。「要するに鶴見一彦を殺したのは弟の正継。それを手伝った共犯者が高田浩輔ってわけだ」

「そうよ。トリックもパパが説明したとおり。事件の夜、良太が最初に『つるみ荘』だと思ったログハウスは、実は『ポアロ荘』だった。リビングに横たわっていたのは、一彦の死体ではなくて、カツラをかぶった正継だった。高田浩輔は死んだフリの正継に自ら駆け寄り、あたかもそれが死体であるかのように一芝居打った。そして良太は何の疑いも抱かないまま、駐在所へと走らされたの」

「で、俺がいなくなった後で、死んだフリの正継はむくりと起き上がったわけだ。その一方で、高田浩輔は『ポアロ荘』を出ると、脇道の雪だるまを破壊。その先にある別の脇道に向かい、そこにある別の雪だるまに赤いサンタ帽を被せた。やがて戻ってくる俺を、本物の死体が転がる『つるみ荘』へと誘導するために」

「そう。それこそが今回の犯行現場誤認トリックの肝だった。――ところが！」有紗は興奮気味に手にしたフォークを振りながら、「ここで犯人たちにとって思いもよらぬ大誤算。間抜けな良太は、雪だるまという目印が用意されているにもかかわらず、それをいっさい考慮せずに、ウッカリ『ポアロ荘』へ続く脇道へと入っていったの。木戸巡査を連れてね」

有紗の話を聞く限りでは、俺はマトモな注意力を欠いた、底なしの駄目人間であるかのようだ。納得いかない俺は、ひとつ言い訳を試みることにした。

「いっとくが、俺は単に注意不足だったわけじゃない。俺には雪だるまの他に、もうひとつ目印とする物があったんだよ。それは森の道の途中で見掛けた立て札だ。『この先五十メートル、竹中邸』という案内が書いてあった。その立て札から少しいったところにあるのが、犯行現場へと続く脇道。そういうふうに俺は認識していた。だから俺は犯人側の誘導には引っ掛からなかったんだよ。――これって、むしろ褒められていいんじゃないのか。ちゃんと俺は、もときた道を間違えることなく引き返したんだからな」

「そうね。実際、良太の行動は、『ポアロ荘』にいた正継を大いに慌てさせたはずよ」

有紗は当時の状況を思い描くように中空を見やった。「そのとき彼はすでに服を着替えてカツラを外し、正継の姿に戻っていた。そして窓枠に残ったガラスの破片を丁寧に取り除いていた。後でゆっくり時間を掛けて、ガラスを嵌めなおそうと思いながら……」

「ところが、そこに思いがけず、この俺が木戸巡査を連れて舞い戻ってきた」

「そう、正継にしてみれば想定外のピンチよ。リビングの窓にガラスが嵌っていないことに気付かれたら、それで一巻の終わり。トリックは台無しになるわ。それを回避するために、正継は咄嗟の機転を利かせたの。彼は窓枠に囲まれただけの何もない空間に、両手を突くような恰好をした。そうすることで、あたかもそこに透明なガラスがあるかのごとく振る舞ったの。さっき有紗がパパの前でやってみせたようにね」

「つまりパントマイムの最も基本的な動作だ。正継はそれを咄嗟に応用したんだな。そして俺はそのパントマイムにすっかり騙された。一緒にいた木戸巡査もだ」

「そうやって正継は窓に異状がないことを印象付けてから、その窓を――ガラス窓ではないフレームだけの窓を――一気に開け放った。そして木戸巡査に問い掛けたの。『どうしたんですか』って何食わぬ顔でね」

「なるほど。あの場面、正継は随分と危ない橋を渡っていたんだな。だが彼は上手く演じ切った。お陰で俺と木戸巡査はトリックに気付く千載一遇の機会を見逃したってわけだ」

俺は有紗の説明に深く納得して頷いた。

「にしても有紗、よく真相を見抜けたな。俺の割ったガラス窓――いや違う、俺と有紗、二人で割ったガラス窓だ――あれを見てピンときたのか」

「まあ、そういうことね。あのとき、ふと思ったの。窓枠にガラスの破片が残っているから、窓ガラスが割れているって、ひと目で判る。だけど、もし破片を取り去ってしまったら、かえって何事もない普通の窓のように映るんじゃないかってね。そう思って良太の話を振り返ってみると、正継の振る舞いは何だか不自然に思えてきたの。だって窓の向こうを覗き込むとき、わざわざガラスの表面に両手を突いたりする？　そんなこと滅多にしないよねえ。あり得るとすれば、それは《ミュージシャンに憧れる貧乏な少年がピカピカのトランペットが飾られたガラスのショーケースを覗き込むシーン》ぐらいじゃないかしら」

「な、なるほど……」有紗の的確すぎる指摘に、思わず俺は唸った。「要するに正継のアクションは妙に芝居がかっていたんだな。いわれてみれば、確かにそうだ」

「それでハハーンって気付いたの。これはその場しのぎのパントマイムだわ——ってね」

そのことに思い至った探偵少女は今日の夜、正継がやったのと同様のパントマイムを彼と父親の前で披露してみせた。何も知らない孝三郎は俺や木戸巡査と同じように、すっかり騙された。そして敗北を悟った正継は、その場で膝を屈したというわけだ。

こうして有紗は、ひと通りの説明を終えた。俺は彼女の話に充分に納得したが、それでも判らない部分は、まだまだある。中でも判らないのは、なぜ正継が鶴見一彦を殺害するに至ったか。その動機に纏(まつ)わる部分だ。これについては、さすがの探偵少女も具体的なことをいえなかった。そもそも彼女は動機の解明については、あまり興味がないのだ。

結局、動機が明らかになったのは、それから小一時間後のこと。それは駐在所から戻ってきた孝三郎によって語られた。彼は愛する娘の隣から俺を追い払い、自分がそこに腰を下ろすと、まずは残ったケーキをひと口。それから得意げな顔で口を開いた。

「鶴見正継はすべてを自白したよ。やはり私の推理したとおりだった」

「そうですか」――正確には、《あなたと娘さんの推理したとおり》ですよね。あなただけの手柄じゃありませんよね！　そう心の中で呟いてから、俺は孝三郎に尋ねた。「で、殺害の動機はいったい何だったんです？」

「なに、遺産目当てだよ。鶴見兄弟の両親は、すでに他界している。妻も子も持たない一彦氏がこの世を去れば、彼の財産や著作権は、すべて弟である正継のものになるというわけだ。そこで正継は一彦氏が密室の中で自殺したかに思えるような、そんな犯罪を企んだのだ。その犯行を手伝ったのが高田浩輔なのだが、どうやら彼は正継に弱みを握られていたらしい。

え、どんな弱みかって!?　それはな……」

といって孝三郎は有紗から距離を取ると、俺にだけ聞こえるような小声で耳許に囁いた。

「要は浮気をネタに共犯を強いられたのだよ。高田浩輔は奥さんの清美さんに隠れて、こっそり別の女を自分の別荘に連れ込んで楽しんでおった。そのことを正継に知られてしまい、以来、彼の奴隷に成り下がってしまったというわけだ。奥さんに浮気がバレてしまったら、彼は会社取締役という地位を維持できないからな」

「ふうん、そういう事情があったのですねえ」

と頷く俺の視線の先、有紗はいかにもお転婆な女の子らしく父親のケーキを摘み食い。だがその実、類稀(たぐいまれ)な地獄耳を持つ探偵少女は、大人たちの密談をしっかり聞き取ったらしい。生クリームの付いた小さな唇は、『なるほど、そっかー』というように動いていた。

こうして事件は、とりあえず解決した。明日になれば、寸断された交通網も回復して、大勢の警官やパトカーが別荘地に集結することだろう。そして鶴見正継と高田浩輔は揃って連行され、厳しい取り調べを受けるはずだ。正継のログハウスを調べれば、何かしら証拠の品が出てくるだろうか。だが、それは溝ノ口に住む探偵親子の与り知るところではない。もちろん便利屋だって、知ったことではない。後はもう地元の警察の仕事である。

巧みな演技で父親の手柄をアシストした有紗は、大好きなケーキを食べるだけ食べて満足した様子。とろんとした目を擦りながら、「おやすみなさぁーい」といって二階の子供部屋へと戻っていった。リビングに残ったのは俺と孝三郎の二人だけ。長谷川さんはキッチンで洗い物でもしているのか、先ほどから姿が見えない。俺は頃合を見てソファを立った。

「それでは、そろそろ僕も部屋に戻ることに……」

するとと有無をいわさぬ口調で、「いや、待ちたまえ」といって孝三郎が強引に俺を引きとめた。「君には、まだ働いてもらわねばならん」

「え、働くって……探偵助手として？」

「いや、すでに事件は解決したからね」

「ですよね……じゃあ、雪掻きとか？」

「もう雪なんて一ミリも降っとらんよ」

「まさか、こんな夜に庭木の枝切り？」

「ふん、そんな仕事は口実に過ぎんよ」

アッサリそう打ち明けた孝三郎は、俺の目を真っ直ぐ見詰めながら、「この私がわざわざ何のため、この日、この別荘に便利屋を呼んだと思っておるのかね。――君は忘れているんじゃないか、今夜がクリスマス・イブだってことを！」

「いや、べつに忘れてはいませんが……」しかし突如として巻き起こった難事件のせいで、せっかくのクリスマス気分が吹っ飛んでしまったことも事実だ。俺は不安な視線を依頼人へと向けながら、「いったい、この僕に何をやらせようというんです？」

「うむ、君にはアレを着てもらいたい。――長谷川さん、例のアレを、ここへ！」

するとリビングの扉が開き、無表情な長谷川さんが黙って登場。その両手には、この時季お馴染みの、あの赤と白の衣装が抱えられている。俺は思わずゴクリと唾を飲み込んだ。

「サ、サンタクロース……これを着てサンタになれと……」

「そう、そして娘に、これを届けてもらいたい」そういって彼が差し出したのは、ピンクのリボンで飾られた緑色の箱。クリスマス・プレゼントらしい。「いいかね、くれぐれもサンタとして振る舞うのだよ。武蔵新城の便利屋ではなく、筑波山麓のサンタとしてね」

「つ、筑波山麓のサンタって……」いくらなんでも注文が無理すぎる。俺は「ハア」と溜め息を漏らすしかなかった。――あのねえ、親馬鹿名探偵さん、あなたの娘はサンタクロースなんて、もうとっくに信じちゃいませんよ！　むしろ彼女は合理主義的な精神に凝り固まった、可愛げのない探偵少女なんですからね！

だが、そう思う俺の前で孝三郎は両手を合わせて、一介の便利屋を懸命に拝む仕草。隣で、あの長谷川さんまでもが深々と頭を垂れている。もはや俺に断るという選択肢は、いっさい残されていないらしい。――やれやれ、仕方がない。ひと肌脱ぐとするか！

意を決した俺は、長谷川さんの持つ衣装へと自ら手を伸ばしていった――

そうして迎えた、その日の深夜。二階の子供部屋にて悲劇は起こった。

「や、やあ、お嬢ちゃん。いい子にしてたかな。サンタのおじさんからプレゼントだよ」

サンタになりきって大きな袋の中から緑の箱を取り出す俺。

すると寝間着姿の有紗は眠そうな目を瞬かせて、ひと言。

「あれえ、良太ぁ……そんな馬鹿みたいな恰好して、いったい何の真似……？」

第二話

名探偵、金庫破りの謎に挑む

1

世の中、タイミングの悪いことって、実際あるだろ？　例えば、傘を持たずに家を出ると、歩きはじめて三十秒後に雨が降り出すみたいなこと。で、慌てて家まで引き返して傘を持って再び家を出ると、もうすっかり雨は止んでいる。でも、どうせまた降るんだろ、と思って傘を持ったまま一日過ごすけれど、もう雨なんて一滴も降らない。やれやれ、なんだよ、結局いらない傘を一日中持ち運んだだけで終了かよ、なんて帰りの電車でボヤいていると、その電車を降りるときに傘をウッカリ車内に置き忘れる。シマッタ、傘がない。そう気付いたときには、もうとっくに改札を出た後だ。でもまあ、いいや。どうせ安物のビニール傘だしよ。そう思って気にせず駅を出ると、畜生、外は土砂降りの雨じゃねーか！

てな具合。思い当たる節が、きっとあるだろ。――え、何だって？　それはタイミングが悪いんじゃなくて、おまえの運がトコトン悪いだけ？　なるほど、確かにそうかもしれないな。自慢じゃないが、この橘良太、運の悪さと顔の良さには自信があるぜ！

ま、顔はともかく、タイミングの良し悪しは確かに重要。だとすると、この男の場合は、どうだったんだろうな。タイミングが良かったのか、それとも最悪だったのか。――とにかく聞いてくれ。これはタッチの差で、たまたま俺の依頼人になってしまった男の話だ。

「ああ、橘君、正月早々、君を呼んだのは他でもない。また仕事を頼もうと思ってね……」

溝ノ口の某所にデンと建つ豪邸、綾羅木邸。まだ松飾りの残る玄関を入ると、すでに外出の支度を万端整えた中年男性が、俺の到着を待ち構えていた。

彼の名は綾羅木孝三郎。全国にその名声を轟かせる私立探偵であると同時に、俺の営む『なんでも屋タチバナ』にとっては最上級のお得意様だ。そんな彼はビヤ樽を思わせる立派な体軀から野太い声を響かせながら、一方的に捲（まく）し立てた。

「実はまたまた事件なのだよ。先ほど警視庁から緊急の出動依頼があってね。なんでも文京区の団子坂というところにある古書店で謎の密室殺人事件が起こったらしい。私はこれから急いで現場に駆けつけなくてはならない。解決には数日を要するかもだ。その間、君には最愛の娘、我が愛しのエンジェル、私の生きがいであり安らぎでもある……」

「判ってます。有紗ちゃんですね」

俺は孝三郎の言葉を遮るようにいって、彼の傍らに佇む少女の姿に目をやった。

綾羅木有紗十歳は、盆も正月もなく、今日も普段どおり不思議の国から飛び出してきたような青いエプロンドレス姿。長く艶めく黒髪を小さな顔の両側で二つ結びにした容貌は、繊細な細工が施された西洋人形を思わせる。小さく結ばれた可憐な唇は、まるで生まれてこのかた愛情あふれる言葉以外、ひと言も発してこなかったかのようだ。まさに絵に描いたごとき理想的なひとり娘の役を、今日も有紗は父親の前で完璧に演じている。そう、まさに演じているだけなのだが……

小さく吐息を漏らした俺は、気を取り直して孝三郎のほうを向く。そして自らを鼓舞するように、胸に拳を当てた。「ええ、大丈夫です。有紗ちゃんのことなら、この僕にお任せを。孝三郎さんはどうか事件解決に専念なさってください」

「うむ、そういってもらえると、私も安心だ。なにせ妻が海外なのでね」

「…………」毎度のことだ。いちおう聞いてみるか。「ちなみに奥様は、いまどこで何を？」

「ん、慶子か？　彼女なら、いまはイギリスのとある孤島に招待されて出掛けているのだよ。確か招待客が八名で使用人が二名、合計十名だといっていた。実をいうと昨日から連絡が付かなくなって心配しているんだ。まあ、彼女のことだから大丈夫だとは思うが……」

「そ、そうですか。無事に戻られるといいですねえ」

いまは、それしかいえない。あとは、その孤島に建つ屋敷の食卓に妙な人形が存在しない

ことを祈るばかりだ。すると有紗は自慢のツインテールを揺らしながら、

「大丈夫だよ、だってママはパパと違って世界的に有名な名探偵だもん！」

と母親に対して全幅の信頼を寄せる発言。孝三郎は娘の言葉に「ああ、そうだとも」と深く頷きながらも、その頬は微妙に引き攣っている。無意識に毒を吐く少女の姿を、俺は横目で軽く睨みつけた。――おいこら、有紗、『パパと違って世界的に有名』とか、いっちゃ駄目だろ！　確かにパパさんは、世界的には無名だろうけどな！

一瞬、微妙な雰囲気が漂う玄関ホール。その重たい空気を吹き払うように、有紗は天真爛漫な笑顔を父親へと向けた。「パパもお仕事、頑張ってね。有紗、応援してるから！」

「あッ、あッ、ありがとう、有紗ぁ〜〜〜ッ」

感極まった表情の孝三郎が愛する娘の身体をムギューッと抱きしめる。毎度のことながら、彼の娘に対する愛情表現は大袈裟で暑苦しい。無理やりそれに付き合わされる有紗はウンザリを通り越して、とっくに死んだ魚の目だ。俺は気の毒で見ていられない。

やがて気が済んだのか、孝三郎は愛されすぎて死にそうな娘を、ようやく解放。そして腕時計を確認すると、「やあ、もうこんな時刻か。そろそろ私は出掛けるとしよう。後のことは頼んだよ。――では、長谷川さん！」

孝三郎が呼び掛けると、玄関ホールの片隅から「はい、旦那様」という女性の声。いまま

で気配を消していた有能かつ無表情な家政婦、長谷川さんがコートと鞄を持って進み出る。

コートに袖を通した孝三郎は、鞄を受け取って玄関を出ていく。俺と有紗は内心で『面倒くさい……』と思いつつ、わざわざ門のところまで足を運んで孝三郎の出発を見送った。

名残惜しそうに何度も何度も何度も——本当に何度も何度も——後ろを振り返っては、「元気でな」「車に注意しろよ」「知らない人に付いていっちゃ駄目だぞ」「オレオレ詐欺には用心な」などと実に有益（？）なアドバイスを与えながら娘に手を振る親馬鹿名探偵。有紗は満面の笑みで両手を振って父親に応えているが、その口許からは「ああもう、いい加減、さっさといってよね！　手が痺れちゃうじゃない！」と容赦なく本音の呟きが漏れていた。

そんなこんなで、ようやく孝三郎は住宅街の角を曲がって退場。俺と有紗がホッと息を吐き、ようやく疲れた手を下ろした、その直後——

「あ、ちょっと！　ちょっと、待って！」

突然、背後から焦りまくった男性の声。「おや!?」と呟いて後ろを振り返ると、住宅街の道を小走りに駆けてくる、ひとりの男性の姿があった。グレーのスーツにノーネクタイ。俺よりは少し年上と思しき中肉中背の男だ。見知った顔でないことは、遠目に見ても判る。

「誰だ、あれ？　有紗の知り合いかよ？」

「誰よ、あれ？　良太の知り合いなの？」

互いの問い掛けが偶然被った。直後に顔を見合わせた俺と有紗は、「いいや、全然」「全然、知らない」と揃って首を左右に振る仕草。そんな俺たちの前で、駆けてきた男はピタリと足を止める。そして真っ直ぐ前方を指差しながら、喘ぐように質問の言葉を口にした。

「あッ、あッ、あの人は……いま向こうに去っていった、あのダンディな紳士は、ひょっとして名探偵、綾羅木孝三郎さんだったのではありませんか！」

「ダンディな紳士ぃ……？」その言葉を聞いて、俺は彼の視力を大いに疑った。

一方の有紗は何の疑問も抱かなかったらしい。少女は青いロリータ服の胸を張りながら、

「ええ、そうよ。いまの人は有紗のパパなの。パパはね、都内で起こった密室殺人事件の謎を解き明かすために、ちょうどいま出掛けていったところよ。――ところで、おじさんは誰？　パパの知り合いの人？」

「いや、知り合いじゃないんだけどね、お嬢ちゃん」男は荒い息の隙間から答えると、小さく舌打ち。それから両手をスーツの腰に当てると、「困ったな……どうしよう……」と呟き声を漏らしつつ、俯いてみたり天を仰いだり。いかにも挙動不審な様子である。

俺は堪らず彼に問い掛けた。「いったい、どうしたんです？　何か孝三郎さんに大事な用事でもありましたか」

「ええ、そうですとも。大事なんてもんじゃない。頼みたいことがあったんですよ。名探偵、

綾羅木孝三郎氏の腕前を見込んで、ぜひとも依頼したいことがね。――ああ、それなのに、まさかタッチの差で別の依頼が舞い込むなんて！」男は芝居がかった仕草で、頭を抱えて髪の毛を掻きむしる。その口許からは「駄目だ」「不幸だ」「お仕舞いだ」というネガティブな言葉が立て続けに漏れ聞こえる。

随分と大袈裟だな、この人――と苦笑いしながら、俺は肩をすくめた。

「まあ、仕方がないですよ。なにせ孝三郎さんは……」実態はともかくとして、世間的な評判によれば――「全国にその名を知られた名探偵ですからね。そりゃあ依頼はひっきりなしに舞い込みます。おまけに今回は密室殺人だっていいますしね」

「な、何が密室殺人ですか。だったら、こっちだって！」見えない強敵と張り合おうとするかのように、男はスーツの胸を張った。「こっちの事件だって、立派な殺人事件です！」

「はあ、立派な殺人って!?」俺は隣にいる有紗と思わず顔を見合わせた。

「そうです。しかも、ただの殺人じゃない。凶悪極まる強盗殺人事件です。おまけに……」

「おまけに……何です？」

俺と有紗は固唾を呑んで次の言葉を待つ。男はあたりを憚るように声を潜めていった。

「おまけに、この僕が事件の第一発見者なんですからね。お陰で僕は大変に困った立場に追い込まれてしまったんです。ああ、まったくツイてない。僕は不幸だ。ひょっとしたら、もうお仕舞いかもしれない。ああもう、正直、誰でもいいから助けてほしいんですよ」

──ん、誰でもいいから!?

だったら便利屋でも構わないということか。あるいは探偵少女でも？

俺と有紗は互いの思惑を滲ませながら、揃ってニンマリとした笑みを浮かべた。

2

「ふむ、あなたのいう凶悪な強盗殺人というのは、これのことですね、下村洋輔さん？」

綾羅木邸の二階の一室にて。俺は今日の朝刊の社会面を示しながら尋ねた。

スーツにノーネクタイの男、下村洋輔はすがるような目をしながら、「そうです。その事件です、便利屋さん」といって、いかにも気弱そうな顔で何度も頷く。先ほど自分で掻きむしった髪の毛が、乱れた状態のまま上下に揺れた。

すでに交わした挨拶によれば、下村洋輔は年齢三十五歳。武蔵溝ノ口から南武線で三駅いった宿河原に自宅があり、そこで奥さんと二人暮らし。父親から受け継いだ板金加工の町工場を経営しているという。気弱そうな顔立ちのこの男に、果たして工場の経営が務まるのだろうか。余計な心配をしつつ、俺は手にした新聞を覗き込んだ。

「なるほど、この件ですか。これなら僕も今日の朝に読みましたよ」

有能な便利屋を演じようとして、俺はもっともらしく頷く。だが、実際には新聞なんて読むのは久しぶりのことだ。俺は素早く目の前の活字に目を通した。見出しには【溝ノ口で独居老人殺害】、加えて【金庫に物色された形跡】とある。俺は自分のために、そして何より探偵少女に聞かせるために、記事の中身を声に出して読み上げた。

〈一月六日の午後九時ごろ、川崎市高津区溝口に住む芝山有三さん（73）が自宅で血を流して倒れているのを、訪ねてきた男性が発見して警察に通報した。芝山さんは救急車で病院に運ばれたが、死亡が確認された。現場は芝山さん宅の蔵の中で、芝山さんは刃物で腹部を刺されていた。蔵にあった金庫の扉が開けられており、中身を物色した形跡があることから、警察では強盗殺人事件と見て捜査を進めている。死亡した芝山さんは元農家で、現在は引退してひとり暮らしだった〉

「ふうん、こんな事件がねえ……」と密かに驚いた俺は、読み終えた新聞を学習デスクの上に放り投げる。そしてピンクの回転椅子の上から目の前の依頼人（になってくれそうな男）へと視線を向けた。「ん、どうしたんですか、下村さん？　そんなところに突っ立っていないで、そのへんにお座りになったらいかがです？　ほら、その娘の隣にでも……」

そういって俺は、有紗がチョコンと腰を下ろす天蓋付きベッド（いわゆるお姫様ベッド）

を指で示す。下村は疲れた顔に戸惑いの色を滲ませながら、「あの、いまさら聞くのもアレですが……」と前置きしてから尋ねた。「なんで僕は子供部屋に通されたんですかね？」

なるほど、彼が不思議に思うのも無理はない。もちろん、せっかくのお客様なのだから、こちらとしてもリビングや応接室にお通しして差し上げたいのはヤマヤマだ。しかし、それだとおそらく長谷川さんの目に留まるだろう。会話を聞かれるかもしれない。そうなれば、あの融通の利かない家政婦さんのことだ。まなじりを吊り上げながら、『有紗お嬢様を妙な事件に巻き込むのは、おやめくださいッ。私が旦那様に叱られますッ』とか何とか文句をいうに決まっている。結局、内緒の話をするには、有紗のファンシーでラブリーな子供部屋がいちばんという結論になるわけだ。

しかし説明するのも面倒くさいので俺は「他の部屋には鬼がいるんですよ。鬼が！」とテキトーなことをいって、話を元に戻した。「で、下村さん、あなたがこの事件の第一発見者だというんですね」

「ええ、そうです」下村は有紗の隣に腰を下ろしながら答えた。「その記事の中にある『訪ねてきた男性』というのが、実はこの僕なんです。昨夜、芝山有三の家を訪ねた僕が、彼の遺体を発見したのです」

そして下村は被害者について簡単な説明を加えた。

「亡くなった芝山有三は、数年前まで溝ノ口で果樹園を営む農家でした。七十歳のときに妻を亡くし、それを境に引退したのですが、後継者がいなかったため、農地はすべて売却されました。それ以降は土地を売って得た資産と年金で、悠々自適のひとり暮らしを送っていたのです。まあ、豊かな老後といって差し支えないと思いますが」

「そのようですね。記事によれば、蔵のある家にお住まいだったようですし……」

「ええ、要するに昔ながらの農家の屋敷ということです」

宅地化の進んだ溝ノ口にも、そういう農家の屋敷がまだ多少は残っているらしい。俺は質問を続けた。「で、あなたはその家を昨夜、訪ねていった。それは、おひとりで？」

「ええ、僕ひとりです。――え、僕と被害者の関係ですか？　僕の妻の有里子（ゆりこ）は、芝山有三のひとり娘。つまり被害者は僕にとって、義理の父というわけです」

「なるほど、義理の父親ねえ……あれ、じゃあ、義理の父親が亡くなったということは、その人の遺産は!?　農地を売り払って得たという老後資産と蔵のある屋敷は、ひとり娘である有里子さん……てことはつまり、下村さん、あなたの奥さんのものに!?　で、あなたはその義理の父親の遺体を……蔵の中の遺体を……最初に発見したというのですね……自ら蔵の中に足を踏み入れて……ふむふむ、なるほど」ようやく状況を理解した俺は、とりあえずベッドの端に座る少女を手招きした。「おい有紗、こっちへいらっしゃい。いいから、きなさい。

ほら、こいっての！　とにかく、その人から離れなさいッ、危ないから！」

「うん、判った。そっちいくね」

コクンと頷いた有紗は、天蓋付きのベッドから立ち上がり、学習デスクへと歩み寄る。

回転椅子から立ち上がった俺は、少女の身体を素早く自分の背後に隠す。そしてベッドに腰掛けた男から、なるべく距離を保ちながら、「下村さん、あなたは本当に単なる第一発見者なのですか。義理の父親の遺体を、偶然に発見しただけなのですか。いえ、もちろん疑うわけではありませんよ。疑うつもりなど全然ありませんけど……でも、本当に？　あなた本当に、ただの第一発見者ですか……？」

「メチャメチャ疑ってますよね、便利屋さん！」

「…………」いやいや、そんなことありませんよ。疑うなんてトンデモない。ただ、この天才少女の身に万が一のことがあったら、『なんでも屋タチバナ』は収益の太い柱を失ってしまうんですよ。それは困るんですよ、マジで——と俺は視線で訴えたが、《強盗殺人事件の最重要容疑者》である彼に、こちらの思いが正しく伝わったか否かは、よく判らない。

ドンヨリ重たい雰囲気が漂う子供部屋。その微妙な空気を振り払ったのは、有紗の無邪気で可愛らしい声だった。少女は俺の背後からぴょこんと顔を覗かせながら、「そもそも、おじさんは昨日の夜、何のためにわざわざ溝ノ口くんだりまでやってきたのー？」

無邪気で可愛らしい声には間違いないが、質問の内容には邪気と憎たらしさが満ちている。《溝ノ口くんだり》という言い回しは、あまりに酷い。だが下村は気にする様子もなく、

「ん、義理の父親に会いにいった理由ってことかい？」

「そう。強盗とか殺人のためー？」

「まさか、違うよ」下村は苦笑いしながら答えた。「昨夜はね、有三さんと一緒に飲む約束があったんだ。年も改まったことだし、新年の挨拶がてらね」

「新年っていっても、昨日はもう一月六日だったよね？」

「うん、だけど有三さんは年末年始を友達と一緒に海外で過ごしたんだ。日本に戻ったのは、つい一昨日のこと。だから僕が昨日、新年の挨拶に伺うことは、べつにおかしくはないんだよ。妻の有里子も一緒にと思ったんだが、生憎ここ最近、妻は体調が優れなくてね」

判ったかい、お嬢ちゃん――と優しく問い掛ける下村に、有紗は「うん、判ったー」と子供っぽく頷く。俺は彼女からバトンを受け取るように、さらなる質問を口にした。

「それで実際、あなたは昨夜の九時ごろに芝山さん宅を訪ねた。そのとき屋敷の様子は、どうだったんですか」

「屋敷はガランとしていましたね。玄関の鍵は開いているし、窓にも明かりが見えるから、留守ではないらしい。それは判るんですが、呼び掛けても返事がない。僕は心配になりまし

た。義父はひとり暮らしですからね。ひょっとして急な病気で倒れているのかもしれない。そう思った僕は靴を脱いで玄関から上がり込むと、部屋の中を見て回りました。しかし義父の姿は、どこにも見当たりません。ところが、そのとき窓の外をヒョイと覗いてみた僕は、『おや!?』と思いました。暗い庭に微かな明かりが見えます。敷地の片隅にある古い蔵――それは昔ながらの土蔵なのですが――その普段はピッタリ閉まっているはずの扉が僅かに開いていて、隙間から明かりが漏れているのです」

「有三さんは土蔵の中にいる。あなたはそう考えたわけですね」

「ええ、当然そう思いました。と同時に、こんな時刻にあの土蔵で、義父はいったい何をしているのだろうか、と訝しく思いました。そこで僕は再び靴を履いて玄関を出ると、真っ直ぐ土蔵へと足を運んだのです。薄く開いた扉越しに『お義父さん、僕です、洋輔です』と呼び掛けてみましたが、返事はありません。そこで僕は半開きだった扉を一気に開け放ち、中を覗き込みました。すると……」

「すると……あ、ちょっと待ってくださいね」俺は彼の話を中途で遮ると、念のため十歳女子の両耳を自分の掌でピッタリ塞いでから、「はい、いいですよ。すると――どうなってたんですか、土蔵の中は？」

下村は嫌な記憶がぶり返したかのごとく、眉間に皺を寄せながら答えた。

「目の前に広がっているのは、実に凄惨な光景でした。天井のライトによって照らしだされていたのは、床に広がる真っ赤な血だまりです。その中にグレーのルームウェアを着た白髪の男性が、横向きに倒れていました。義父に間違いありません。腹のあたりから出血しているようでした。その傍らには血まみれのナイフが転がっています。僕は叫び声をあげながら、義父のもとに駆け寄りました。彼の身体を抱き上げて、呼吸や脈拍などを確かめましたが、やはり駄目でした。その時点で、義父は完全に息絶えていたと思います。とはいえ刺されてから、まだそれほどの時間は経っていなかったのでしょう。義父の身体には、まだ体温のぬくもりが感じられます。僕はいちおう自分の携帯から救急車を呼び、それから警察に通報したのです」

「そうでしたか……」ゲンナリした顔で頷くと、俺は少女の耳から両手を離して、事実のみを簡潔に伝えた。「要するに、芝山有三さんはナイフで腹を刺されて死んでいた。下村さんは被害者が亡くなって間もないタイミングで、それを発見した。――以上だ」

それ以外のことは知らなくていい。そんな口調で断言すると、有紗も何かを察したかのごとく、「うん、判った」と素直に頷く。下村はいまさらながら、『なぜこの場面に小学生の女子が同席しているのか』と不思議に思った様子だったが、俺は無視して質問を続けた。

「この新聞記事によると、土蔵には金庫があって、その中身が荒らされていたのだとか。下村さん、あなたは問題の金庫を見ましたか」

「ええ、もちろん。金庫は土蔵のいちばん奥の壁際にあって、足を踏み入れれば自然と目に入ります。家庭用としては中型サイズぐらいの耐火金庫です。その扉が全開になっていて、金庫の中が丸見えになっていました」

「というと、金庫の扉が壊されていた？」

「いいえ、壊されてはいません。扉は普通に開けられていたのです」

「では、誰かがダイヤルの数字を合わせて……？」

「いや、ダイヤルではなくて、テンキー式ですね。あの金庫は暗証番号をテンキーで打ち込んで開け閉めするタイプなんですよ。土蔵は古くからある建物ですし、そこに保管された道具類や家具なども、大半は昔からあるものですが、その金庫だけは最新式のものです」

「その最新式の金庫が開けられていた。犯人は暗証番号を知っていたのかな……？」

ウッカリ間抜けなことを呟く俺の隣で、有紗が残念そうに首を左右に振った。

「ううん、そうじゃないと思うよ。だって番号が判っているなら、家が留守の間にこっそり盗みに入ればいいだけの話でしょ。そうしなかったってことは、つまり犯人は……」

「そう、お嬢ちゃんのいうとおり」

下村が後を引き取るようにいった。「おそらく犯人はナイフで義父を脅して、彼自身に金庫を開けさせたんでしょう。何しろ義父は金庫の暗証番号を知る唯一の人物ですからね。そして犯人は扉が開いた直後には、『もうおまえに用はない』とばかり、そのナイフを義父の腹に突き立てた。そういった流れだったのではないかと……」

「なるほど。荒っぽいやり方ですが、それなら暗証番号を知らなくても、誰にだって金庫が開けられるわけですね」だが誰にでも可能ということは、必ずしも娘婿殿の犯行を否定するものではない。相変わらず《下村洋輔犯人説》は有力であり続けるのではないか。

そんなことを思う俺をよそに、有紗があどけない口調で下村に尋ねた。

「ねえねえ、それで金庫の中から何が盗まれていたのー？　その金庫って凄いお宝か何か、仕舞ってあったのー？」

「ああ、実はそのとおりなんだよ、お嬢ちゃん」下村は苦渋に満ちた顔で頷いた。「金庫の中には、土地や家屋に関する書類や図面、古い手紙や契約書など、様々なものが保管されていた。だが犯人は、そういったものには手を付けなかったらしい。他人にとっては意味のないものだからね。ただし、その一方で、同じ金庫の中には芝山家に代々伝わる年代物の掛軸があってね、家宝として大事に仕舞われていたんだが……」

「ふうん、それがなくなってたんだー」

アッサリ言い切る有紗の前で、下村洋輔はガクリとうなだれるようにして頷いた。

「なるほど、事件の概要は判りました。——それで下村さん、結局のところ、あなたはこの僕、橘良太にいったい何を依頼したいというのですか？」

どうも話がよく見えませんねえ——といわんばかりに、もったいぶって問い掛ける俺。

するとベッドに腰掛けたスーツの男は、不満げに唇を尖らせながら、「べつに僕は便利屋さんを頼るために、ここにきたんじゃありませんよ。本当は名探偵、綾羅木孝三郎氏に依頼したかったんだ。——え、何をって？　決まってるじゃありませんか。この僕が無実であるということの証明ですよ」

叫ぶようにいうと、下村はジッとしていられなくなったように、ベッドの端から立ち上がる。そして窓辺に歩み寄ると、カーテンの陰に身を隠すようにして外の様子を窺った。

「ほら、やっぱり思ったとおりですよ。——見てください、あれを」

「ん、なんですか？」いわれるままに俺は二階の窓ガラス越しに、外の景色を見下ろした。目に入るのは何の変哲もない住宅街の風景。だが、よくよく目を凝らすと、その中にどうしようもなく違和感を放つ二つの影が見える。黒いコートの男性が二名だ。街路樹に身を寄せながら、綾羅木邸の門前に注意を払っている。俺は彼らを指差しながら尋ねた。

「あれって、ひょっとして刑事ですか？」

「ええ、そうです。彼らは第一発見者であり通報者でもある僕のことを、まるで容疑者か犯人のように扱い、今日の朝まで質問攻め。ようやく僕を解放したかと思うと、あんなふうにピッタリ僕に張り付いている。——このままじゃあ、僕はやってもいない事件の犯人にされてしまいそうだ」

「なるほど。それで恐怖を覚えたあなたは、この僕を頼って、ここへ……」

「だから違いますって！」下村は身をよじりながら叫んだ。「僕が本当に頼りにしたかったのは、名探偵の綾羅……いや、もういいです。さっきもいいましたが、助けてくれるのなら誰だっていい。便利屋さんだって何だって構いません！」

「わ、じゃあ小学生の女子でもいいのー？」

何かを期待するように、つぶらな眸で問い掛ける探偵少女。下村は一瞬ドキリとしたように目をパチクリさせると、

「あ、ああ、もちろん、助けてもらえるならね」

優しい笑顔で答える下村の前で、探偵少女の目が何事か企むようにキラリと輝く。思わず俺はムッと眉をひそめた。——おいコラ、有紗、俺の客を横取りする気かよ！

俺は事件に前のめりになる少女を押し退けるようにして、下村の前に歩み出る。そして自分の胸に手を当てながら訴えた。「そういうことなら、この僕にご依頼ください。この橘良

太はしがない便利屋ですけど、いっとき探偵となって、あなたのお役に立つ所存ですよ。なーに、心配いりません。こう見えても僕は案外、経験豊富でしてね。過去には名探偵と一緒になって、数々の難事件を解決に導いた実績だってあるんですから」

「え、あなたが綾羅木孝三郎氏と一緒に難事件を……それは凄い！」

と下村は自分ひとりで勘違い。実際のところ俺と一緒に事件を解決した名探偵は、綾羅木は綾羅木でも、孝三郎ではなくて有紗のほうなのだが、まあ、世の中には知らないほうが幸せってこともある。そう思って黙っていると、下村はまた自分ひとりで決断を下した。

「そういうことなら期待できそうだ。本命の名探偵が不在なんだし、この際だから、よろしくお願いします。どうか僕の無実を明らかにしてください」

そういって下村は俺の前で深々と頭を下げる。こうして彼は『なんでも屋タチバナ』の正式な依頼人となった。俺の隣で、有紗はまるで自分の客を横取りされたかのような不満顔。ロリータ服の腕を組み、赤い頬をプーッと膨らませている。

俺はニヤリとしながら、再び依頼人へと視線を向けた。「それで下村さん、あなたの無実を証明するために、僕は何をどうすればいいのでしょうね？」

俺の発言は、あまりに頼りなく響いたのだろう。依頼人は「はあ」と溜め息まじりに肩を落とした。「それが判れば、苦労はしませんよ。もちろん真犯人を見つけ出すのが、いちばんであることは間違いありませんが……」

「ねえねえ、だったらさあ」と探偵少女が横から口を挟んでいった。「その奪われた掛け軸を欲しがっていた人とか、いないのかな？　犯人の狙いが掛け軸にあったのなら、その人物が怪しいってことになると思うんだけど……そういう人って、いる？」

その瞬間、下村の表情がパッと明るくなった。

「うん、実はいるんだよ、お嬢ちゃん。確かに以前から、あの掛け軸を欲しがっていた人物が、ひとり！」

3

それから、しばらくの後。俺と有紗は下村洋輔とともに、川崎行きの南武線快速列車に揺られていた。以前にも話題にしたことがあったと思うが、やれ遅いだの、古いだの、本数が少ないだのと、散々に陰口を叩かれることの多かったJR南武線にも、いまは快速が走っている。しかも新型車両に至っては乗降口の上に液晶モニターまで装備しているというのだから、これはもう山手線や中央線に肩を並べたも同然だろう。

いやはや南武線も立派になったものだなあ——と感慨にふけりながら俺は吊り革を摑み、

進行方向に目をやった。青いロリータ服の上にピンクのダウンコートを着た探偵少女が、黙ってそこに立っている。《隠れ鉄子》である有紗が陣取るのは、例によって先頭車両のいちばん前。運転席が見えるガラス窓に張り付き、運転手と同じ動作を真似しながら、有紗は自ら南武線快速列車を《運転中》だ。そんな彼女の姿を、下村は不思議な小動物を眺めるような目で見詰めていた。

俺たち三人は川崎の市街地にある『がらん堂』という骨董店を訪ねる目的で、この電車に乗り込んだのだ。下村の話によると、『がらん堂』の店主である正木照彦という男は、殺された芝山有三と親しい仲だった。そんな正木照彦は芝山家の金庫に保管された掛け軸に目を付け、再三にわたって『あれをぜひ譲ってほしい……』と申し出ていた。お陰で生前の芝山有三は、酷く困っている様子だったらしい。

そういう事情なので、土蔵の金庫から掛け軸がなくなっていることを知ったとき、下村の頭に真っ先に浮かんだのは、正木照彦の名前だったという。下村は俺の隣で吊り革を摑みながら、『がらん堂』店主への疑念を、あらためて口にした。

「問題の掛け軸は、江戸時代に狩野派の絵師によって描かれた水墨画の逸品らしく、市場に出せば百万は下らないとのこと。――ええ、百万円です。確かに安くはないが、絶対に手が出せないほどの金額でもない。車一台買うようなものですからね。しかし、どうやら正木照彦はその水墨画にそれ以上の価値があると踏んでいたらしい。だから彼は執念深く、義父にそれを譲ってくれるよう持ちかけていたわけです」

「しかし、有三さんには家宝をカネで売る考えはなかった。だから殺して奪ったと？」

「決め付けるつもりはありませんよ。ただ疑うだけの理由は充分あると思うんです」

そう訴えながらも、彼の視線はチラリチラリと車両の後方に注がれている。そこに見えるのは黒いコートに身を包んだ男性二人の姿。何食わぬ顔で乗降口にもたれかかっているが、明らかに刑事だ。下村は嘆息しながら、囁くような声でいった。

「あの刑事さんたち、この僕が、奪ったお宝をどうにかするとでも思っているんですかね。僕はいっさい何も盗んでいないのに……」

「まあ、仕方がありませんよ。彼らは疑うのが仕事ですから」そう答えながら、ふと俺はあることが気になった。「そういえば、下村さん、あなたが疑われるのは仕方ないとして――いや、まあ、仕方ないっていうのもアレですが――刑事たちは、あなたが金庫から掛け軸を奪った後、それをどうしたと考えているんでしょうね。だって、あなたが警察に通報した後、近所の交番からすぐさま警官が現場にやってきたんでしょう？　しかも被害者は殺されて、それほど時間が経過していない。だとすれば、仮にあなたが犯人であり、第一発見者のフリをしているのだと考えた場合、あなたには奪った掛け軸を、どこか遠くに持ち出すような時間的余裕が、まるでないってことになる。そうじゃありませんか？」

「そう、そのとおりなんですよ」我が意を得たりとばかりに、下村は頷いた。「おそらく刑事たちは、僕がほんの僅かな時間で、掛け軸を現場から持ち出して、それをどこかに隠した。あるいは何者かにそれを託した。そんなふうに考えているのでしょうね」

「ははぁ、そうだとすれば、あなたは必ずその隠し場所を訪れる。あるいはその託した共犯者と接触する。刑事たちはそう考えて、あなたを尾行しているわけですね」

「まあ、そういうことなんでしょう。僕にいわせれば、まったく見当外れの捜査ですが」

憮然とした表情を浮かべて下村は車窓を見やる。俺は何食わぬ顔で、離れた場所に立つ刑事たちを観察する。有紗は飽きる様子もなく、南武線快速列車の《運転》を続けている。

電車は大きなカーブを曲がり、いままさに川崎駅のホームに滑り込むところだった。

4

俺と有紗、下村洋輔の三人はＪＲ川崎駅を出ると、最新の商業スペース『ラゾーナ川崎プラザ』などにはいっさい目もくれず、最新じゃない商業スペース『銀柳街』を目指した。昭和の川崎の雰囲気を現代に伝える、いまどき貴重なアーケード街だ。そこからさらに路地へと入っていくと、道沿いに立ち並ぶのは小規模な飲食店や安売りの洋品店など。道行く大人たちは、青いロリータ服にピンクのダウンコートを羽織った美少女の姿を目に留めては、物珍しそうに「アリスだ、ほら、アリスがいるよ」と小声で囁きあっている。

そんな中、照れる様子もなく歩いていた有紗は、ふと前方を指差しながら、

「あ、見てよ、良太。ゴミ屋敷だ。ゴミ屋敷があるよ！」

「こら有紗、指を差すんじゃない。黙って通り過ぎろ！」

「あ、通り過ぎないでくださいね」下村が慌てていった。「あれが『がらん堂』ですから」

――え、マジか！　どこが骨董店だよ、ガラクタを扱う古道具屋じゃねーか！

俺は『がらん堂』の看板が掛かる店舗の前で足を止め、雑然とした店頭を眺める。古い電気ストーブ、薄汚れた本棚、年代物のラジカセ（Wカセット！）、作者不明の抽象画、両目の入った達磨(だるま)、クラシックな鳩時計などが、まるで終盤戦を迎えたジェンガのごとく絶妙なバランスで積み上げられている。ウッカリ欲しい商品に手を伸ばそうものなら、たちまち大惨事が巻き起こりそうな塩梅だ。

――これじゃあ誰も買わないって！　ていうか、買えないって！

と心の中で呆れた声を発しながら、店内へと足を踏み入れる。店の奥には小さなカウンターとレジがあり、そこでひとりの中年男性が店番をしていた。薄くなった頭髪と黒縁眼鏡が

印象的な痩せたオジサンだ。身に纏った茶色いセーターは厚手のタートルネック。いや、彼の風貌からするならトックリのセーターと呼ぶべきだろうか。それはともかく、俺は黙ったままで素早く下村に目配せ。すると彼は囁くような小声で答えた。

「ええ、そうです。あれが正木照彦。義父の掛け軸を熱望していた男です」

なるほど、そうか。頷いた俺は、ひとりレジ前へと進み出て、眼鏡の中年男性と対峙した。

カウンターの向こう側に立つ正木照彦は、俺を見るなり怪訝そうな表情。黒縁眼鏡に指を当てながら、「いらっしゃい。――何かお探しですかな？」

「ええ、実は……」といって俺は何食わぬ顔で尋ねた。「江戸時代に狩野派の絵師が描いたという掛け軸の逸品を探しているんですがね。価値はだいたい百万円ぐらい……」

ご存じありませんか、というように視線で問い掛けると、正木照彦はギクリとした表情。分厚いレンズ越しに俺を見やりながら、「ひょっとして、お客さんがおっしゃっているのは、芝山有三さんという方が所蔵されている掛け軸のことでは？」

「おッ、あるんですか、心当たりが!?」

「ええ、知っていますとも。私も過去に何度となく譲ってもらおうと交渉したが、とうとう駄目でした。百万円でも『譲らない……』といわれ、百二十万円でも『無理……』。百五十万円でも『お引き取りを……』と撥（は）ね返されて、最終的には、『こうなったら仕方がない。

うちの店にある骨董品すべてと交換でどうですか』と持ち掛けたところ『二度とこないでくれ！』と追い返されました。よーっぽど大切な家宝だったんでしょうな」

「…………」いや、むしろ交渉の進め方に問題があったのでは？

俺は店舗の壁際に並ぶ《骨董品》という名のガラクタどもを横目で見やった。下村は離れた場所で、こちらの様子を窺っている。有紗は俺の隣にいて、「意味ワカンナイ……」と呟きながら、トリプルカセットの古いラジカセを弄っている。もちろん少女の地獄耳は、俺と店主の会話を一言一句、逃さず聞いている。トリプルカセットの意味は、正直、俺にもよく判らない。

俺は再び正木照彦に向きなおり、さりげない口調で尋ねた。

「ところで、芝山有三さんが昨夜に亡くなったことは、ご存じですか」

「ええッ、芝山さんが!?　いや、知らない。初耳だ。いったい何で急に……!?」

驚く店主の表情に注目したが、それが演技なのかリアルなのか、正確な判断は付かなかった。とりあえず俺は彼の疑問に答えた。「芝山さんは何者かに刃物で刺されて殺されたんです。自宅の土蔵でね。そして金庫の中にあったはずの掛け軸が盗まれていました」

「そうだったのか……朝から新聞もニュースも見ていなかったから……」

「そこでひとつ、お尋ねしたいのですがね」といって俺は店主の目を覗き込む。そしてズバリと核心に迫る問いを発した。「昨夜の九時ごろ、あなたはどこで何をされていましたか。――いかがです、正木照彦さん？」

その問いを聞くなり、店主の顔に警戒の色が広がった。

「な、何だ、君たちは？　まさか警察じゃないよな。だったら何だ。ひょっとして探偵か？」

「ん、僕らですか？」俺は隣の少女に一瞬目配せしてから、「はい、そうです。探偵です」

――といっても、探偵なのは、こっちの女の子のほうですけどね！

俺は心の中で密かにペロリと舌を出す。店主は勝手に納得した様子で、

「そうか、判った。つまり犯人を捜しているってわけだな？」

「ええ、それと奪われた掛け軸の行方をね」

「小学生の女の子を連れながらか？」その点は若干腑に落ちないらしい。

「ええ、女の子を連れながらです！」俺は断固とした口調で言い切った。

「ううむ、そうか」唸り声をあげた店主は腕組みして答えた。「残念ながら、昨夜についてはアリバイと呼べるほどのものはないな。私は独身のひとり暮らし。昨夜は閉店時刻の午後八時以降は、もう自宅でずっとひとりだった。自宅といっても、ここの二階だがな」

そういって店主は頭上を指差す。店舗兼自宅ということらしい。

「そんなわけでアリバイはないが、私には何ら疚しいところはないぞ。あの掛け軸だって、

ちゃんと交渉した上で譲ってもらおうとしたんだ。芝山さんを殺して奪うなんて、そんな卑劣な真似をするわけがない。だいいち掛け軸は金庫に入っていたはずだ。ナンバーも知らず鍵も持たない私に、金庫を開けられるはずがないじゃないか！」

弁明するうちに気持ちが昂ぶってきたのだろう。店主はカウンターを回り込むようにして、こちら側へと歩み寄ってくる。俺は両手を前に突き出しながら説明した。

「いやいや、金庫が開けられなくても問題ないんですよ。刃物で芝山さんを脅して、金庫を開けさせればいいんですから。べつに暗証番号を知らなくたって犯行は可能で……」

「そうだとしても、私じゃない！　刃物で脅すなんて、そんな野蛮なことするか！」

すると俺の背後から響いてきたのは、いままで沈黙を守っていた依頼人の声だ。

「そんなことといって、本当は掛け軸欲しさに、全部あなたがやったことなんじゃありませんか、正木さん！　本当のことをいってください！」

「な、何だと！」唖然とする店主は、すでに面識があるのだろう、下村の顔をマジマジと見詰めながら、「なんだ、そういうあんたは、芝山さんの娘婿じゃないか。だったら、あんたのほうこそ芝山さん殺しの張本人なんじゃないのかね？　知っとるよ。義理の父親が死ねば、あんたの奥さんに多額の遺産が転がり込むんだろ」

「勝手な想像はやめてくれ！」下村が鋭い目つきで歩み寄ると、

「そっちこそ勝手なことを！」店主が相手の胸倉に手を伸ばす。

まさに一触即発の雰囲気。争いを回避しようとする俺は、二人の間に割って入ると、

「まあまあ、落ち着いて、二人とも。ほら、子供が見てるじゃないですか」

そういってツインテールの少女を指差す。しかし有紗はアサッテのほうを見やりながら、

「ううん、有紗、全然見てないから。ほら、構わないで、やってやって！」

と大人たちの醜い争いを、むしろ後押しする構え。

――畜生、コイツ、完全に面白がってやがる！

呆れる俺は再び男二人に向きなおると、「と、とにかく喧嘩はいけません、喧嘩は……」

「ええい、君は黙っていてくれ！」興奮した依頼人の腕が、俺の身体をドンと突き飛ばす。

「あッ」と思わず声をあげた俺は、壁際まで弾き飛ばされる。そこにもまた、店頭と同じくたくさんのガラクタ――いや、違う、骨董品か。いやいや、やっぱりガラクタだ。なんならゴミと呼んでもいい――とにかく山積みになった商品があり、俺は勢い良くドスン。背中から衝突すると、次の瞬間、山積みの商品たちは雪崩を打つようにガタガタと崩れ落ち、バラバラとあたりに散らばった。

狭い通路には、鮭をくわえた熊の置物や『努力』と書かれた東京タワーの置物、カープ坊やの人形やプラスチックケースに収まった熊本城のミニチュアなどが転がった。これがジェ

ンガなら最後に触った俺が負けになるところだ。だからというわけではないが、「ごめんなさい」と俺は素直に謝罪した。「弁償します。千円でいいですか？」

「えー、千円もしないよー」と有紗が失礼なツッコミを口にする。その直後、少女の眸は床の一点に向けられた。「ん!? これは何……これだけ、やけに立派な箱だけど……」

有紗が手にしたのは、時代がかった木製の箱だ。妙に細長い直方体をしている。判りやすく喩(たと)えるなら、長さ五十センチ程度の太巻きを収めるのにちょうどいい大きさ。だが、この木箱の中に、まさか恵方巻きが収納されているわけではあるまい。

――ん、待てよ。この大きさ。この形状。これって、まさか！

瞬間、俺と有紗の視線が交錯する。そのとき、依頼人の右手が横から伸びてきたかと思うと、有紗の手から問題の木箱を素早く奪い取った。「あッ、ひょっとしてこれは！」

下村は手にした木箱を正木照彦の目の前へと突きつける。たちまち店主の口から「ハッ」という声が漏れた。「これは……まさか……嘘だろ」と呟く店主は青ざめた表情だ。

するとその直後、いきなり背後からドヤドヤと響いてくる乱暴な足音。

「どうしました、何かありましたか？」問い掛けてきたのは、さっきまで店先にいて、中の様子を窺っていた刑事だ。「喧嘩か？　喧嘩ですね。――おい、喧嘩なんだな、橘？」

「喧嘩じゃねーよ。ちゃんと見てたくせに、とぼけるな、長嶺(ながみね)！」

互いに『橘』『長嶺』と呼び合う俺と刑事のことを、依頼人が不思議そうに見詰めている。

俺は黒いコートを着た眼鏡の刑事、長嶺勇作へと視線を向けた。彼と俺とは高校時代からの腐れ縁。いまは溝ノ口署の刑事課に所属する現職刑事だ。その背後には相棒なのだろう、大柄で強面の刑事を従えている。俺は二人の姿を見やりながらいった。

「電車の中でも、ずっと俺たちのこと見張っていただろ。ちゃんと気付いていたぞ」

「あッ、有紗も気付いてたんだからねッ、も、もちろん！」

とプライドの高い探偵少女は言い張るが、彼女は電車の《運転》に夢中だったから、本当に気付いていたか否か、定かではない。が、それはともかく――

「べつに橘ごときを尾行していたわけじゃないさ」と俺のことを軽視する長嶺は、「もちろん、有紗ちゃんのこともね」と少女の頭にポンと手を置く。そして今回の尾行のターゲットに向きなおると、あらためて警察手帳を示した。「下村洋輔さん、その木箱をこちらへ」

「ええ、どうぞ、刑事さん……」といって下村はおとなしく木箱を刑事へと差し出す。

手袋をした手で木箱を受け取った長嶺は、さっそく蓋に手を掛けた。

蓋が取られると、箱の中から現れたのは一本の太巻き――ではなく、やはり掛け軸だ。

俺は依頼人に尋ねた。「これって、例の狩野派の逸品とかっていう掛け軸……？」

「ええ、間違いありません。箱で判ります。ほら、絵師の名前が墨で書かれているでしょ」

といって下村は蓋の表面を指で示す。そこに書かれた文字は達筆すぎて、俺には黒いミミズが這い回った痕跡にしか見えない。それでも正木照彦の顔が驚愕で強張っているところを見ると、確かにこの掛け軸は芝山有三が所蔵していた逸品に違いないのだろう。

「な、なんで……この掛け軸が、なぜうちの店に……？」

唇を震わせる正木照彦に、一同の疑惑の視線が集まる。そのことに気付いた店主は、慌てて両手をバタバタと顔の前で振った。

「ち、違う！　私じゃない。私は知らないんだ。――なあ、刑事さん、信じてくれ。私は犯人じゃない。私が犯人なら、盗んだ品をこんな場所に置くわけがないじゃないか！」

「いや、そうとは限らないと思いますよ」長嶺は眼鏡を指先で押し上げると、「ほら、『木の葉は森に隠せ』って、よくいうじゃありませんか。だったら『骨董品は骨董品の山に隠せ』だ。少なくともあなたが、そう考えた可能性は充分ある」

「いやいや、あり得ません！　だって、これは骨董品の山じゃないですから。ガラクタですから。ガラクタの山ですから。なんならゴミと呼んでもいい。ゴミの山だ。そのゴミの山に、なんで私が百万円もするお宝を隠すんですか。そんなことするわけないでしょ！」

自らの営む店を《ゴミの山》であると認めてまで、無実を訴えようとする正木照彦。だが、そんな彼の主張は雑然とした店内に虚しく響くばかりだ。やがて口を開いた長嶺は穏やかな、しかし有無を言わせぬ口調でいった。

「とにかく、溝ノ口署まで一緒にきていただけませんか、ご主人？」

5

長嶺勇作と相棒の厳つい刑事は新たな容疑者、正木照彦を参考人として溝ノ口署に同行していった。その一方で、いままで警察の監視下にあった下村洋輔は、晴れて自由の身だ。

そんな下村は、頭上を覆っていた暗雲が吹き払われたかのごとく爽快な笑顔。川崎駅前の路上で、俺の手をひっしと握り締めながら、早口に別れの挨拶を捲し立てた。

「いやはや、助かりましたよ。これも便利屋さんのお陰です。――え、支払い？　ああ、報酬のことね。ええ、もちろんお支払いいたしますよ。請求書は宿河原にある、うちの工場宛に送ってください。それじゃあ、私はこれにて失礼を。いや、ホント良かった！」

軽く片手を挙げると、下村は意気揚々とした足取りで、川崎が誇る歓楽街へと姿を消していった。きっと、ひとりで祝杯でも上げるのだろう。あるいは綺麗なお姉ちゃんのいる店に入るのかもしれないが、まあ、確かに気持ちは判る。警察に目を付けられて、刑事たちから尾行される立場にあった下村洋輔。だが最重要容疑者としてのポジションは、いまや完全に正木照彦へと移動したのだ。

きっと長嶺は正木照彦を取り調べるだろう。その追及の厳しさに耐えかねて、彼の口から アッサリと『私がやりました……』の台詞が飛び出すケースさえ、あり得るかもだ。

が、しかし疑り深いことでは誰にも負けない探偵少女の口から、事ここに至って疑問の声が湧きあがった――「本当に、あの『ガラクタ屋』の店主が犯人なのかしら？」

「こらこら、『ガラクタ屋』じゃなくて『がらん堂』だぞ、有紗」

まあ、中身はほぼガラクタだったがな――と辛辣なことをいいつつ、俺は手にしたハットグにかぶりつく。伸びるチーズを堪能しながら俺と有紗が歩くのは、イタリアのお洒落な街並みをモチーフにした商業施設『ラ チッタデッラ』。要するに昔でいう『チネチッタ』とか『クラブチッタ』とか、あの界隈だ。不思議なもので、溝ノ口あたりでは大いに浮いて見える有紗のロリータファッションも、この街ではそれほど違和感がない。

――この娘、ここに住めばいいんじゃないか？　溝ノ口じゃなくて。

などと余計なことを思う俺の隣で、有紗はビローンと伸びた熱々チーズに苦戦中だ。そんな彼女に俺は尋ねた。「有紗は、あの店主のことを無実だと思うのか？」

「ううん、まだ判らない」少女は唇に付いたチーズを舌で舐めながら首を振った。「けど、盗んだ品を自分の店にわざわざ置いておく犯人っていうのは、実際いないと思うのよねえ。

だって、いたら馬鹿じゃん！」

「…………」駄目ですよ、有紗さん、どんな間抜けな犯人だろうと、他人のことを『馬鹿』って呼んじゃ！　美少女探偵のイメージに傷が付きますからね！　心の中で俺は少女にダメ出ししながら口を開いた。「えーっと、確か長嶺は『骨董品は骨董品の山に隠せ』っていってたぞ。要するに正木照彦は捜査の裏を掻くつもりだったんじゃないのか」

「それは考えすぎだと思う。現実の強盗犯は、盗品を人目に付く場所には隠さないわ。それに、なんだか話が出来すぎているような気がするのよねえ。――下村洋輔にとって」

「話が出来すぎ、というと……？」

「そもそも、正木照彦っていう人物が問題の掛け軸を熱望していたという情報を、有紗たちに伝えたのは誰？　もちろん下村だよね。それで正木の店を訪ねてみたら、そこから実際、盗まれた掛け軸が出てきた。しかもだよ――良太も見たと思うけど――あのとき正木と下村の間で小競り合いがあったでしょ。あの争いはなぜ起きたんだっけ？」

「んーっと、確か、下村が正木のことを犯人扱いしたからだ。『全部あなたがやったことなんじゃありませんか』って面と向かって問いただしたから、正木が腹を立てた」

「そう。良太は正木を刺激するような真似はしなかった。それなのに、下村のほうが無理やり事を荒立てたの。そして、いきなり良太を突き飛ばした――」

「そうだ。俺はガラクタの山に背中からぶつかって、弾みで山が崩れた——」

「そしたら掛け軸の箱が転がり出てきた。——これって本当に偶然だったのかな？」

「まさか、下村が狙ってやったことだっていうのか？」

「その可能性はあると思う。下村は盗んだ掛け軸を正木照彦に押し付けることで、彼に殺人の罪を擦（なす）り付けようとしたってわけ。——違うかしら？」

「うーん、面白い考えだとは思うけど、それって可能か？　だって下村は昨日の夜から、ずっと警察に見張られる立場だったんだぞ。その下村が、どうやって『がらん堂』の店内に盗品の掛け軸をこっそり隠すことができるんだ？　そんなのほとんど無理じゃないか」

「んー、それもそうか……」

的確な反論を思いつかなかったのだろう。有紗はうなだれるように下を向いた。

実際それは不可能なのだ。仮に下村が強盗殺人の真犯人であり、なおかつ善意の第一発見者を装っているとする。その場合、彼は盗んだ掛け軸を、自分の手で遠くに運ぶことができない。可能性があるとするなら、事件直後、自らが一一〇番通報して警官が駆けつけるまでの短い間に、盗んだ掛け軸を何者かに託す。その何者かが、今日の午前中にでも川崎駅を訪れて、預かった掛け軸を『がらん堂』の店内に置いてくる。そのやり方しかない。

「誰か共犯者が必要だね……」

「そういうことになるな……」

だが、そんな都合の良い共犯者など、果たして下村の周囲にいるだろうか。互いに信頼関係があり、犯罪によって得られる利益を共有でき、秘密裏に密接なコミュニケーションが取れる存在。そんな相手は鉦や太鼓で探したところで――「いや、いるぞ。ひとりいる！」

理想の共犯者たり得る人物が、ひとりだけ存在するではないか。有紗も俺と似たような思考をたどって、同様の結論にたどり着いたらしい。彼女は指を鳴らしていった。

「奥さんだね。下村洋輔の奥さん！」

「そうだ。名前は確か有里子とかいったはず。殺された芝山有三さんの実の娘だ」

幸か不幸か、この世の中、子による親殺しは珍しくない。実際に手を下すのが夫の役割だったなら、奥さんのほうはそこまで心理的な負担を感じずに済む。盗んだ掛け軸を運ぶだけなら女性の手でもＯＫ。有里子が共犯者である可能性は充分だ。それに――

「考えてみりゃ、そもそも被害者の遺産は、実の娘である下村有里子のもとに入るんだ。当然、その夫である下村洋輔の懐も潤うだろうけど、最大の利益を得るのは、むしろ奥さんのほうだろう。ひょっとして奥さんのほうが主犯という可能性さえ、あり得るかもだ」

俺の言葉に、有紗は深く頷く。そして腕組みしながら呟くようにいった。

「どうやらこの事件、まだまだ調べてみる必要がありそうだね……」

6

翌日の昼間、俺は長嶺勇作と電話で連絡を取った。正木照彦が溝ノ口署に任意出頭した後、事件がどのように進展したのか、密かに探りを入れようと思ったのだ。てっきり、うるさがられるものと見込んでいたのだが、意外にも電話越しの長嶺の声は愛想がいい。

『そうか、ちょうど良かった、橘。実は俺もおまえに聞きたいことがあったんだ』

そういって長嶺はJR武蔵溝ノ口駅のすぐ傍、ポレポレ通りにある喫茶店の名を告げた。電話ではなく、直接会って話そうというわけだ。もちろん、こちらとしても望むところ。さっそく俺は指定された時刻に、約束の喫茶店へと出向いた。

ちなみに名探偵綾羅木孝三郎の出張捜査は本日も継続中らしい。ということは、ひとり娘のお守り役という俺の任務も、同様に継続中だ。したがって喫茶店に向かう俺の隣には、当然のごとく青いロリータ服にツインテールの少女の姿があった。

俺と有紗が店に入ると、奥まったボックス席に長嶺の姿。湯気の立つ珈琲を前にして、こちらの到着を待っている。俺と有紗は彼の向かいの席に腰を下ろして、それぞれ珈琲とフルーツパフェを注文。それらが届くのを待って、俺のほうから質問の口火を切った。

「それで長嶺、あの後、事件はどうなったんだ？　正木照彦は罪を認めたのか？　いや、待てよ。その前に――」俺はまず大事な点を確認することにした。「念のために聞くが、あの掛け軸は本当に芝山さんちの金庫から盗まれたお宝だったのか。正真正銘、狩野派の逸品だったのかよ？　有名な掛け軸って贋作（がんさく）や模造品がたくさん出回っているっていうじゃないか。よく似た贋物（にせもの）っていう可能性はないのかよ？」

「大丈夫だ。その点は心配いらない。専門家にも確認してもらったが、間違いなく本物だ。それに掛け軸からも木箱からも、芝山有三氏の指紋が数多く検出されている。あれが芝山邸の土蔵の金庫から盗み出された品であることは、まったく疑いようがない」

「そうか。となると正木照彦は、かなり苦しい立場だな」

「確かにそうなんだが、正木自身は断固として犯行を否定している。『自分は絶対やっていない』の一点張りだ。とはいえ彼の店から盗品の掛け軸が出てきたことは事実だからな。我々としては店主である彼を疑わないわけにはいかない状況だ」

「まあ、そうだろうな」俺は小さく頷いて珈琲を啜る。俺の隣で有紗はフルーツパフェに夢中になる女子を演じながらも、その両耳はしっかり俺たちの会話を聞いている。俺は目の前の友人に尋ねた。「それで長嶺、おまえが俺に聞きたいことって何だよ？」

「うむ、実は正木照彦が妙なことを主張していてな。『これは罠だ』というんだ」

「——罠!?」

「そう。要するに『誰かが自分の店の商品の中に、こっそり盗品を紛れ込ませたに違いない』と、そんなふうに正木は主張しているわけだ」

有紗がスプーンの動きをピタリと止めて、こちらを見やる。——ふうん、誰でも考えることは一緒だね！　と少女のつぶらな眸が、そう訴えている。

俺はそっと頷いて、再び長嶺のほうを向いた。「で、正木は誰のことを疑っているんだ？その盗品を紛れ込ませた人物は、誰だって……？」

俺はカップを傾けて、また珈琲をひと口啜る。その直後、テーブル越しに長嶺の右手が真っ直ぐ前に伸ばされたかと思うと、いきなり彼の口から意外な言葉。

「誰って——橘、おまえだよ、おまえ！」

瞬間、俺は驚きのあまり口に含んだ珈琲を「ぶぅーッ」と勢い良く噴いた。すっかり口の中がカラッポになった俺は、自分の顔を指差しながら、「はあ、俺!?　それって、どういう意味だよ、長嶺!?」

「なに、どうもこうもないさ……」長嶺は文句もいわず、取り出したハンカチで顔の珈琲と濡れた眼鏡を拭う。そして再び眼鏡を装着すると、おもむろに説明を開始した。「つまりだな、昨日、おまえは盗品の掛け軸を持って『がらん堂』を訪れたってわけだ。そして密かにそれを商品の山の中に紛れ込ませて、しかる後に何食わぬ顔で店主に話しかけた――というわけだ。いちおう筋は通っているだろ」

「通ってねーよ！　なんで俺がそんな真似するんだよ」

「そりゃカネで雇われたからだろ。おまえ、そういう商売じゃないか」アッサリと断言した長嶺は、憤る俺を前に右の掌を突き出した。「まあ、落ち着け、橘。これは俺がいってることじゃない。正木がひとつの可能性を提示してきたというだけの話だ。べつに俺はおまえのことを疑っちゃいないさ。おまえは便利屋だが、犯罪の片棒を担ぐような仕事は引き受けない。ああ、よく判ってるよ。お互い、長い付き合いだもんな。だから俺には本当のことをいってくれ。――おまえ昨日、あの店を訪れたとき、掛け軸、隠し持っていなかったか？」

「…………」畜生、メチャクチャ疑ってんじゃねーか、この野郎！

「どうだい、有紗ちゃん？　昨日の橘、何か細長いもの、隠し持っていなかったかな」

「こらこら、俺はともかく子供にまで妙なことを聞くな！」俺は思わずテーブルを叩く。

すると少女はあどけない顔と声で、「うーん、良太のダウンジャケットは分厚かったから、何か下に隠していても、有紗、全然気付かなかったかも……」

――疑惑を招くような答え方はよせよ、有紗！　何も隠し持つわけないだろ！

憤懣（ふんまん）やるかたない俺は、あらためて薄情な友人を睨みつけた。

「判った、長嶺。じゃあ百歩譲って、俺がそういう仕事を引き受けたとしよう」

「おッ、認めるのか、橘!? 随分と潔いじゃないか。じゃあ、さっそく溝ノ口署へ……」

「認めてねーよ！ 百歩譲った仮の話だい！」俺は再びテーブルを叩いて続けた。「その場合、俺に仕事を依頼したのは誰ってことになるんだ？」

「そりゃ当然、下村洋輔ってことになるだろうな」

「だが下村は昨日の昼に、いきなり綾羅木邸にやってきて、偶然そこで俺に出会ったんだぞ。長嶺だって下村を尾行していたんだから、その場面を見ていたはずだ」

「ああ、確かに見た。だが演技かもしれない。実際には一昨日の夜にカネで雇われたおまえが、下村の犯行を手伝ったのかも。そこで盗品の掛け軸を下村から託されたのかも。そして昨日の昼に『がらん堂』に持ち込んだのかも。――ありえない話じゃないだろ」

「あり得るか、くそッ」

俺は忌々しい思いで珈琲をひと口。だが冷静に考えてみると、話の流れはむしろ《下村洋輔犯人説》に傾いているようだ。その説に可能性アリと思えばこそ、長嶺だって、この俺に疑いの目を向けているのだろう。ならば、と思って気を取り直した俺は、ここぞとばかりに尋ねた。

「おい長嶺、俺のことを疑うくらいなら、もっと他に疑うべき相手がいるんじゃないか」

「ん、誰のことだ!? 有紗ちゃんか。いやいや、まさか有紗ちゃんが、この小さな身体で掛け軸を隠し持つなんてことは、あり得ないだろ。――ねえ、有紗ちゃん？」

「うん、有紗、何も悪いことしてないー」といって有紗は無邪気な少女を装いつつ、心とろかすような笑顔を目の前の刑事に向ける。《隠れ幼女好きキャラ》でお馴染みの長嶺は、眼鏡の奥で両の目を細めて、心の底から嬉しそうな表情だ。――ふん、この変態刑事め！

心の中で毒づいた俺は、おもむろに口を開いた。「有紗は関係ないんだよ。俺がいってるのは、下村の奥さんのことだ。俺と下村の共犯関係を疑うくらいなら、むしろ下村と奥さんの共犯関係を、真っ先に疑うべきなんじゃないのか」

「ああ、そういうことか。おまえがいってることは、よく判る。ていうか、おまえが思いつく程度の可能性は、警察だってとっくに検討済みなんだよ。だがな、下村洋輔の妻、下村有里子さんが共犯者である可能性は、まったくゼロだ」

「ゼロ!?　なぜ、そう断言できるんだよ」

「ひとつは心理的にあり得ない。要するに下村有里子さんとその父、芝山有三氏との親娘関係は極めて良好だった。二人のことをよく知る関係者は口を揃えて、二人の麗しい親娘愛について語っている。事実、父親の訃報を聞いて現場に駆けつけた彼女が、ボロボロに泣き崩れる姿を、多くの警官が目の当たりにしている。そんな彼女が、裏で父親殺しの計画に加担していたなどとは、ちょっと考えられない」

「いやいや、待てよ。そんな話は所詮、周囲の人間たちの印象に過ぎないわけで……」

「ああ、判ってるよ。傍から見れば仲の良い親娘に見えても、内情はまったく別——そういうこともないとはいえないよな。だが仮にそうだったとしても、やっぱり無理だ。なぜなら彼女にはアリバイがある」

「アリバイ、というと……？」

「知ってのとおり、今回の強盗殺人事件が起きたのは、一昨日の午後九時ごろ。この時点で川崎駅近くの『がらん堂』は、とっくに閉店時刻を迎えている。下村洋輔もしくはその共犯者が盗んだ掛け軸を店内の商品に紛れ込ませる機会は、すでにないわけだ。機会があるとするなら、それは翌日の開店時刻である午前十一時から、遅くとも橘たちが店を訪れた午後二時までだろう。だが、この時間帯、下村有里子さんは宿河原の自宅の傍にある工場にいた。彼女は夫の仕事を手伝って、工場で事務作業をしているんだ。その姿は工場の従業員たちによって、何度となく目撃されている。それらの目撃談の隙間を縫うようにして、彼女が密かに南武線の電車に乗り、宿河原駅と川崎駅の間を往復した——なんて話は到底考えられない。したがって有里子さんは共犯者ではないってわけさ」

「うッ、そういうことか……」俺は二の句がつげずに黙り込む。

そんな俺の目を覗き込むようにして、長嶺は真剣な顔で聞いてきた。

「そして橘、おまえも下村洋輔の共犯者ではない。そう主張するんだな」

「も、もちろんだとも。共犯なわけないだろ」

「そうか。友人のよしみで、その言葉、いちおう信じるとしよう。てことは結局、下村洋輔による犯行は不可能ってことになるな。死体の第一発見者である下村洋輔は、それ以降ずっと翌日の午後二時まで、警察の監視下にあった。彼は自分の手で『がらん堂』の店内に掛け軸を持ち込むことができなかった。その一方で奥さんも便利屋も共犯者とは考えにくい。ならば、下村洋輔は犯人ではあり得ない。やはり怪しむべきは、『がらん堂』の店主、正木照彦という結論に落ち着きそうだな」

　ひと通り自らの推理を語った長嶺は、さらに独り言のような口調で続けた。「だけど、その正木照彦が強硬に主張しているんだよなあ……これは橘の手による罠だって……」

「何が罠だ。なんで俺がそんな真似するんだよ……」

「そりゃカネで雇われたからだろ。だって、おまえそういう商売じゃん……」

「じゃあ百歩譲って、俺がそういう仕事を引き受けたとして……」

「おッ、認めるのか、橘。随分と潔いじゃ……」

「認めてねーよ。百歩譲った仮の話だ……」

　俺と長嶺の不毛な会話は、終わることなく延々と続く。とっくにフルーツパフェを食べ終えた有紗は、心底ウンザリしたような顔で、目の前のオトナたちにいった。

「ねえねえ、話が二周目に入ってるよー。二人ともしっかりしてー」

7

結局、事件の話は俺たちのテーブルを、ぐるっと一周半ほどして終了。やがて席を立った長嶺は「うーむ、よく判らん事件だ……」と首を傾げながら、ひとり店を出ていく。

俺と有紗は、いましばらくボックス席に居残って、受けた印象を語り合った。

「長嶺の話によれば、下村の奥さんには完璧なアリバイがあるらしい。だが、それって本当に確かなアリバイなのか？　なんか、怪しい気がするが」

「うん、そうだね。有紗もその点は疑問に思うよ」

ならば——とばかり頷き合った俺と有紗は揃って喫茶店を出ると、その足で武蔵溝ノ口駅へと直行。タイミング良くホームに滑り込んできた電車に飛び込み、三つ先の宿河原駅を目指す。

すると数分後に悲劇は起こった。軽快な走行を続ける南武線電車。その窓の向こうを猛スピードで過ぎ去っていく小さな駅。それを見るなり有紗が叫んだ。

「あーッ、この電車、宿河原には停まんないやつだよ、良太！」

「畜生、シマッタ！　ついウッカリ、快速に乗っちまったぜ！」

そもそも、なんで南武線ごときに快速が必要なんだ？　全然いらないだろ——と、この前とは真逆のことを思いながら、俺たちは仕方なく登戸駅で下車。普通電車で折り返して、ようやく念願の宿河原駅に降り立った。

改札を出ると、以前に下村洋輔からもらっていた名刺の住所をもとにして、込み入った住宅街を進む。すると十分ほど歩いたあたりに目指す二階建て住宅を発見。『下村』という表札が掛かったこの建物こそは、下村夫妻の暮らす自宅だ。そこからさらに一区画ほど離れた場所には、洋輔が営む工場『下村板金加工㈱』が大きな看板を掲げて操業中だった。

工場といっても、いわゆる町工場。ブロック塀に囲まれた敷地には、大きめのガレージを思わせるような建物が、ひとつあるきりだ。正面のシャッターは半開きの状態。工作機械が並ぶ中、作業服を着た従業員たちの動き回る様子が見て取れる。

「さて、これから、どうするかだな……」

俺は塀越しに工場の建物を眺めながら呟いた。正直、下村洋輔とは顔を合わせたくない。周囲を嗅ぎ回っているとバレたなら、きっと向こうは気を悪くするだろう。ひょっとすると、ヘソを曲げた挙句、『もう約束の報酬は払わん！』などと、いわれてしまうかもだ。同様の理由で、妻の有里子から話を聞くのもマズい。――じゃあ、どうすりゃいいんだ？

そんなふうに思い悩む俺の視線の先、町工場の小さな門を通って、ひとりの中年女性が姿を現す。おそらくパートのおばさんか何かだろう。咄嗟に彼女を呼び止めた俺は、

「あ……ちょっと、お話をお聞かせいただけませんか？」

と礼儀正しく話しかける。ところが向こうは何を勘違いしたのだろうか、

「え!? あの……社長から余計なことは喋らないようにと、いわれていますので……」

といって、なぜかバッグで顔を隠しながら逃げるように駅の方向へ立ち去っていく。

俺の姿がカメラを抱えたメディア関係者にでも見えたのだろうか。よく判らないが、とにかく下村洋輔の命によって、従業員たちに緘口令が敷かれているらしい。遠ざかる中年女性の背中を見やりながら、俺はひとつの思い付きを語った。

「考えてみりゃ、下村洋輔は社長なんだ。だったら奥さんや便利屋に頼らなくても、腹心の部下みたいな奴がいて、その人物に共犯者になってもらったのかもしれないな」

「それは確かに、そうだけど……」有紗は考え込むように細い顎に指を当てた。「共犯者、共犯者って、私たち散々いってるけど、何かちょっと変じゃないかしら？」

「いまさら何だよ。変って、何が変なんだ？」

「もし下村が共犯者を使って今回の事件を起こしたんだとするなら、共犯者の使い方が凄く

不自然な気がする。金庫から奪ったお宝を共犯者に託して、それを遠くにある骨董店に届けさせる。それによって自分の無実の証明とする——って、なんだか回りくどくない？」

「そりゃまあ、確かにな」

実際、有紗のいうとおりだ。共犯者には偽のアリバイ証言でもしてもらったほうが、よっぽどシンプルで効果的だろう。「でも実際『がらん堂』で見つかった掛け軸のお陰で、下村は無実ってことになったんだ。トリックとしては有効だったってことなんじゃないのか？」

——まあ、本当にトリックが用いられたとするならば、の話だがな！

と、そのとき塀越しに聞こえてきたのは、シューッという何かの噴射音。何だろうと思ってブロック塀の向こうを覗き込むと、開いたシャッターの奥に眩いばかりの閃光が見える。黒眼鏡を掛けた男性が手にしているのは、溶接などに用いるガスバーナーだ。強烈な青い炎が前方の金属板に当たり、激しくスパークしている。金色の火花が散る様は、見るからに危険な作業に映る。その様子に目を奪われていると、

「ねーねー、なに、なにー？」

有紗が隣でピョンピョンと飛び跳ねる。《知能は高いが背は低い》でお馴染みの探偵少女は、ブロック塀の向こうが見渡せないのだ。思わず俺はニヤニヤしながら、

「やれやれ、仕方がないな。じゃあ俺が肩車してやるよ」

普段は滅多に見せない優しさを覗かせつつ、俺は塀際にしゃがみ込む。すると有紗は善意の結晶のごとき俺の両肩に、無神経の塊かと思える両足を靴のまま乗せてきた。彼女の肩車は、俺の知ってるやつとは随分と違うらしい。

「馬鹿馬鹿！　足を乗せるんじゃなくて、跨るんだよ。おかしな乗り方すんな！」

「うーん、跨るのって、なんだか恥ずかしいんだよねー。だって子供みたいだし……」

「いいんだよ、子供なんだから！　妙なこと気にするんじゃねえ！」

というわけで、有紗は一般的な形で俺の肩に跨る。俺はブロック塀に両手を突きながら、彼女の身体を持ち上げた。もしも成人男性二人が同様の行為をしていたならば、きっとそれは《下見中の泥棒コンビ》として認識されただろう。だが成人男性と小学生女子がおこなえば、それは《子供に工場の様子を見せてあげている優しい父親もしくはお兄さん》と映るはず。要するに微笑ましい光景だ。事実、有紗は俺の肩の上で手を叩きながら、

「わー、凄ぉーい！　花火みたいー」

と無邪気な歓声をあげている。だが、その直後には「ん……」と何かが引っ掛かったような声。片手を前に突き出しながら、「あれって何なんだろ!?　敷地の中で、あの場所だけ地面が剝き出しになっていて、全然草も生えていないみたい……」

「ん、何だよ。どこ見てるんだ、有紗!?」

俺は背筋を伸ばして、塀の向こう側を覗き込む。有紗は「ほら、あそこ」といいながら、敷地の隅っこの地面を指で示す。なるほど確かに、その一角だけはコンクリート舗装がされておらず、茶色い地面が剝き出しだ。とはいえ、それが何だというのか？

疑問に思っていると、違う方角から突然聞こえてきたのは、知らない女性の声だ。

「あら、可愛らしいお嬢さんですね」

「えッ」と驚きつつ、声のするほうに顔を向けると、工場の建物からこちらに向かって歩み寄ってくる女性の姿。年のころなら三十代か。工場の関係者らしいが、作業服は着ていない。ベージュのセーターに紺色のスカート。地味ながらどことなく上品に映る装いは、良家の奥様といった雰囲気だ。整った顔立ちは充分に美人と呼べるレベルだが、その表情はどこか生気がなく、肌には疲れの色が見える。

咄嗟に俺はピンときた。――この人、ひょっとして下村有里子では？

父親を亡くしたばかりとはいえ、工場は自宅のすぐ傍にある。用事があれば顔を見せることもあるだろう。ここで有里子と出会うことがあったとしても、不思議ではない。

とりあえず俺は曖昧な笑みを浮かべながら、「どうも……」と挨拶。すると有紗は俺の肩の上から、馬鹿なフリして鋭い質問。「お姉ぇーさん、この家の人ぉー？」

「ううん、ここに住んでいるんじゃないけどね。家はすぐそこよ」

そういって彼女は下村邸の方角を指で示す。間違いない。この女性こそは下村洋輔の妻、有里子だ。そう確信する俺の目の前で、彼女は優しく有紗に問い掛けた。

「お嬢ちゃん、こういうの見るの好き？」

「うん、まあまあ好きー」

――こら有紗、そこは嘘でもいいから『大好きー』って答えるところだぞ！

俺は心の中で思わず舌打ちする。一方、苦笑いの有里子は手招きする仕草で、

「良かったら、中に入って近くで見てみない？」

「え、いいの!?　わーい」喜びの声をあげるや否や、有紗は再び俺の肩に足を乗せると、「えいッ」と叫んで勢い良くジャンプ。「あッ」と驚く大人たちの前でヒラリと塀を飛び越え、敷地内の地面にシュタッと綺麗に着地した。有里子は目を丸くしながら、

「あ、あらまあ、元気なお嬢ちゃんだこと……」

「す、すみません、お転婆で……僕の姪っ子なんですけど……ははは」

べつにつかなくてもいい嘘をついて、俺は塀越しに頭を下げる。

そんな大人たちをよそに、スタタタタッと駆け出す有紗。向かった先は、火花の散る溶接作業現場――などではなくて、先ほど有紗が注目していた、例の剝き出しの地面だ。

「おいこら、有紗、何やってんだ!?」

慌てた俺は、ちゃんと正門を通って敷地の中へと足を踏み入れる。ダッシュで有紗のもとに駆け寄ると、傍に立つ有里子に頭を下げながら、「どうもすみません。――おい、有紗、失礼じゃないか。勝手な真似は慎めよ」

「いえ、いいんですよ。叱らないであげてください」有里子は穏やかな顔でいうと、再び有紗のほうを向いて尋ねた。「お嬢ちゃん、この場所がどうかしたの？」

有里子はむしろ興味を惹かれた顔つきだ。有紗は足許の地面を指差しながら、

「ねえ、ここだけ草とか生えてないけど、どうして？」

「ああ、ここは以前、枯れ木が植わっていたの。でも邪魔だったから、昨年の暮れに切っちゃってね、そのとき根っこの部分も掘り返して取り除いてもらったの。だから、こんなふうに地面が剝き出しになっているのよ。近いうちコンクリート舗装してもらう予定なんだけどね。――それが、どうかしたの、お嬢ちゃん？」

「うん、ひょっとすると……」と、いったきり有紗は不自然に黙り込む。

俺は眉根を寄せながら、彼女の飲み込んだ言葉が何であるかに、思考を巡らせた。

この地面に何か埋まっているとでもいうのだろうか。この畳一枚ほどのスペースに、いったい何が？　そこまで考えたところで、俺はハッとなった。まさか死体？　だとすれば、いったい誰の？　もしかして俺たちが捜し求める謎の共犯者？　そいつが物言わぬ骸（むくろ）となって、

この地中に眠っているとでも？　まさか、そんなことって——

いや、あり得なくはない！　むしろ、それしか考えられない！

有紗の沈黙の意味を読み取った俺は、隣に立つ女性に向かっていった。「あの、有里子さん……下村有里子さんですよね……こんなこと突然いわれて迷惑かもしれませんが……」

「はあ⁉」

「この地面、掘り返してみませんか」

「え、どういうことでしょうか」と首を傾げた有里子は、その直後に何かを察したのだろう。声を潜めて聞いてきた。「ひょっとして父の死と何か関係があるとでも？」

有里子の問い掛けに、有紗が小さく頷く。それを見て、俺も無言のまま首を縦に振った。

だが当然ながら有里子は困惑の表情だ。しばし考え込むように黙り込むと、申し訳なさそうに首を左右に振った。

「すみません、それは……やっぱり困ります……」

8

その日の夜。明かりの消えた『下村板金加工』の正門前には、静かに停車する軽ワゴン車の影があった。運転席のドアを開けて地上に降り立つのは、この俺、橘良太。一方、助手席から小さな姿を現したのは、大きなスコップを両手に持った綾羅木有紗だ。

俺と有紗は何食わぬ顔で周囲をキョロキョロ。暗い路上に誰もいないことを確認すると、俺は素早くブロック塀のてっぺんに両手を掛ける。「ふんッ」と気合を込めて地面を蹴ると、散々もがき苦しみながら、ようやく俺の身体は塀の上。そして「えいッ」とばかり向こう側に飛び降りる。「ふう、何とか乗り越えられたな」荒い息を吐く俺は、立ち上がって塀の向こうに小声で呼び掛けた。「おい、有紗、いいぞ。スコップをよこせ」

「はい、これ、良太」

という少女の返事は、塀の向こう側からではなく、なぜか俺の背後から響いた。

虚を衝かれた俺の口から「うわあッ」と驚きの声。振り向くと目の前にスコップを差し出す有紗の姿があった。「お、おまえ、なんでここに!? どうやって塀を乗り越えた!?」

「ううん、乗り越えてないよ」有紗は首を左右に振って、タネ明かし。「門の鉄柵の隙間から、スルッと入れちゃうんだよねえ。有紗、細いから」

「なんだ、そういうことか。脅かすなよ」憮然として吐き捨てた俺は、少女の手からスコップを受け取りながら、「とにかく急ごう。さっさと済ませて帰るぞ」

「うん、判ってる」言うが早いか、有紗は暗がりの中を駆け出した。

向かった先は、もちろん例の剝き出しになった地面だ。昼間、ここを掘り返すことを下村有里子に提案したが、残念ながらやんわりと拒否された。まあ、無理もないことだ。しかし、それでも諦めきれない俺に、「だったら、夜中にこっそり掘り返してみたら？」と悪魔の囁きを吹き込んだのは、根っから小悪魔的な美少女、綾羅木有紗だった。戸惑う俺に彼女は続けて、こうもいった。「大丈夫だよ。掘り返した後は、また埋めなおして、スコップの裏側でペンペンってしておくの。そしたら誰も何も気付かないって」

それもそうか、と安易に頷いた俺は、夜が更けるのを待つことにした。もちろん、この犯罪的な行為に有紗を巻き込む必要は全然ないし、俺もそのつもりはなかった。だが、それで黙って引き下がる探偵少女ではない。ひと悶着あった挙句、俺は有紗の説得を断念。彼女を愛用の軽ワゴン車に乗せると、二人で夜の町工場を訪れたのだった。

「よし、この中央付近を掘ってみるか」

俺は畳一枚程度のスペースのド真ん中にスコップの先端を当てた。靴の裏を使ってスコップを地面に押し込む。たちまちそれは地面に深くめり込んだ。

「この土、妙に軟らかいぞ。やっぱり最近、誰かがここを掘り返したんだ」

そして何かを埋めたのだ。たぶん死体か何かを——そう思うと、背中に冷たい汗を感じる。

俺は黙々と、そして慎重に作業を進めた。一方、隣で見詰める有紗は何の恐怖も感じていない様子。穴を掘る俺の姿を興味津々といった面持ちで眺めている。

間もなく穴の深さは五十センチ程度に到達。そのときスコップの先にコツンと何かが当たる感触があった。瞬間、俺の胸がドキンと高鳴る。

「ここ、何か埋まってるぞ。いったい何だ……？」

スコップをいったん地面に置き、ポケットからペンライトを取り出す。だが、その明かりを穴の中に差し向けようとした、まさにそのとき――

「おい、誰だ、そこにいるのは！」

背後から突然響く男性の声。慌てて振り向くと、いつの間に現れたのだろうか、黒いコートを着たスーツ姿の男性が、ほんの数メートル先に佇んでいる。咄嗟に俺はペンライトを相手の顔面に向ける。光の輪の中に浮かび上がったのは、見覚えのある三十男の顔だ。

「あッ、あなたは下村洋輔さん……」

すると、男は眩い光を片手で遮りながら、「ん、そういう君はこの前の便利屋だな。いったい、どういうつもりだ。僕は便利屋に、こんなことまでしろと頼んだ覚えはないぞ」

「え、ええ、そうでしょうとも。こっちだって、頼まれてやってるんじゃありません」

俺は一歩も引かない強い気持ちで、かつての依頼人を睨みつけた。「いってみれば、これは便利屋としての意地みたいなものでしてね」

「意地だと……何のことだ？」

「嫌なんですよね。カネもらって犯罪の片棒を担がされるのが」

瞬間、下村洋輔の顔にハッという表情。それを見るなり、俺の胸中にあった疑念が確信へと変わる。俺はペンライトを真っ直ぐ前に突き出して、ズバリと断言した。

「下村洋輔さん、芝山有三さんを殺害したのは、あなたですね。もちろん、金庫の中からお宝の掛け軸を奪ったのも、下村さん、あなただ！」そして俺は手にした明かりを、今度は穴の中へと向けながら、「動かぬ証拠が、ここにあります！」

「うッ……」おそらく図星だったのだろう。下村の顔に浮かぶのは、明らかな動揺の色だ。やがて彼は地の底から湧き出るような低い声でいった。「そ、そんなものが何の証拠になる。それは僕が埋めたんじゃない。おまえが、いまここで埋めたものじゃないか。おまえが僕を陥れるために、僕の工場に忍び込んで、こっそりそれを埋めたんだ。――ええい、この犯罪者め！　おまえこそ人殺しだ！」

「えッ、えッ!?」予想もしない告発を受けて、俺は目をパチクリ。思わず胸に手を当てながら、『自分は果たして人殺しだろうか』と真剣に考えそうになる。そんな俺の心の隙を衝くように、そのとき下村が猛然と俺に飛び掛かってきた。咄嗟に俺は背後に隠れる有紗をガード。だが彼の狙いは、俺の足許に転がるスコップだった。一瞬の後、スコップを手にした下村は、それを振り上げて、今度こそ俺のことをやっつけにかかる。普段の気弱そうな顔立ちからガラリ一変。その形相は怒り狂う鬼のようだ。まさに常軌を逸している。

俺は彼が振り回すスコップの先を懸命に避けながら、

「お、おい、待て……あんた、俺を殺して何になる……落ち着け、馬鹿！」

「うるさい、黙れ！」

頭に血の上った下村は俺の忠告など聞く耳を持たない。滅多やたらにスコップを振り回して、俺へと襲い掛かる。一点集中型の彼の攻撃を見るうち、ふと俺は不思議に思った。

――あれ、この男、有紗の存在には、まるで気付いていないのか？

おそらくペンライトの明かりが逆光になっていたため、彼には小柄な少女の姿が見えにくかったのだろう。そういえば、俺の背後に隠れていたはずの有紗は、いまどこに？　いつの間にか、姿が見えなくなっているが、ちゃんと安全な場所に逃げてくれたのか？

俺は周囲の暗がりに少女の姿を捜す。そのとき下村の振り回すスコップが、俺の左足をすくった。「うッ」と悶絶して、片膝を突く俺。ペンライトが手の中から転がり落ちる。続いて真上から振り下ろされるスコップ。俺は柄の部分を両手で掴んで、何とかそれを頭上で食い止めた。こうなったら力比べだ。一本のスコップを挟んで睨み合う俺と下村。そのとき俺の視界の片隅に、何やら青い人影が映った。――有紗だ！

いつの間にかピンクのダウンコートを脱ぎ捨てた有紗は、いまは通常の青いロリータ服。暗い塀際で軽く屈伸運動すると、二つ結びの髪を揺らして、こちらを振り向く。瞬間、俺と彼女の視線が合った。――よし、いいぞ、有紗！　遠慮せずに、やっちまえ！

俺が小さく頷くと、有紗はすべて理解したかのような表情。塀際から助走を付けてダッシュすると、その勢いのまま下村の背後に迫る。そして、「とりゃあああぁぁ――ッ」

裂ぱくの気合とともに振り上げた彼女の右足は、次の瞬間、下村の後頭部に命中。靴底がめり込むほどの強い衝撃は、彼の身体をものの見事にふっ飛ばした。地面の上を勢い良く転がった下村は、最終的には俺が掘った穴の中に顔面を突っ込むと、ゴツンと硬い何かに頭をぶつけて急停止。それきり、いっさい身動きしなくなった。

「ふん、どんなもんよ！」

腰に手を当てた有紗は、小さな胸を張って勝利者の笑みを浮かべる。俺は彼女のパワーアップした脚力と、その圧倒的破壊力に唖然とするしかなかった。

「おいおい、まさか死んじまったんじゃないだろうな……」

俺はスコップを手にしたまま、下村のもとに歩み寄る。穴の中から顔を持ち上げて、脈拍や呼吸を確かめてみる。どうやら死んではいない。彼はただ気絶しているだけだった。

「……にしても、何だ？　こいつ、さっき硬い何かに頭ぶつけたようだったけど……」

気になった俺は地面に落ちたペンライトを拾いなおすと、その小さな明かりを、あらためて穴の中へと差し向ける。こうして、ようやく俺は問題の穴の中を覗き見た。

「あん、何だよ、これ？　死体の一部じゃないな。何やら金属でできてるっぽいが……」

俺は金属の表面を覆う土を片手で払い除けていく。すると徐々に現れてきたのは、丸い突起物が整然と並ぶ機械的な何かだ。「わッ、変なのが出てきたぞ。何だ？」

「何だって、見りゃ判るでしょ」有紗は平然とした口調で答えた。「それはテンキーだよ。その隣にあるのは、たぶん鍵穴じゃないかしら」

「テ、テンキー!?　それに鍵穴!?　てことは、つまり……」事ここに至って、ようやく俺は穴に埋められた謎の物体の正体を知った。「これって金庫か。金庫なのか！」

「そうよ。家庭用の金庫。でも、ただの金庫じゃない」といって有紗は穴の中を真っ直ぐ指差した。「ほら、よく見て。この金庫は扉の部分が無理やり壊されているでしょ」

「ふむ、確かにドリルで開けたらしい穴がある。あとバールか何かで、こじ開けたような痕跡も見える」破壊された鋼鉄製の扉を確認した俺は、顔を上げて尋ねた。「いったい、どういうことなんだ、有紗？」

「まだ判らないの、良太？　簡単なことじゃない。やっぱり私が思ったとおりだわ」

得意顔の探偵少女は、俺の前にVサインを示しながらいった。

「要するに今回の事件の中で、金庫は二台あったってことね」

9

穴の中から姿を現した家庭用金庫。それを見ながら、俺は有紗に懇願した。

「頼むから俺にも判るように、詳しく説明してくれないか」

「判った、じゃあ説明してあげるね」と素直に頷く探偵少女。その一方で、下村洋輔は気絶したまま、いっこうに目を覚まさない。事件の絵解きの前に、まずは救急車を呼ぶべきでは？　そんな常識を働かせるマトモな人間は、残念ながらここにはいなかった。

有紗は説明を始めた。「今回の強盗殺人事件において、下村洋輔には奇妙なアリバイが成立していた。死体の第一発見者である彼は、通報を受けて警官が現場に駆けつけて以降、ずっと警察の監視下に置かれていた。そのため盗んだ掛け軸を、遠く離れた『がらん堂』の店内に紛れ込ませるような真似は不可能だった。ただし、下村に共犯者がいるなら、話は別。下村の犯行も可能になる。それで『がらん堂』の店主、正木照彦は良太のことを共犯者だと考えた。私たちは下村の奥さんである有里子さんを怪しいと思った。だけど、それは間違いだったの。共犯者なんかいなくたって、下村の犯行は可能だったんだよ」

「それを可能にするのが、もうひとつの金庫ってことなのか？」

「そういうこと。この金庫を完全に掘り返して、芝山邸の土蔵にある、もうひとつの金庫と並べて比べてみれば、よく判ると思うよ。二つの金庫はまったく同じメーカー、まったく同じタイプの金庫だってことが」

「つまり双子の金庫ってことか。そういや『がらん堂』で発見された掛け軸について、よく似た贋物なんじゃないかと疑ったことがあった。あれは今日の昼間、長嶺との会話だったっけ。だけど金庫のほうは、まさか二つあるなんてまったく疑わなかったぜ」

「でも、金庫のほうが大量生産されているんだから、同じものを揃えるのは簡単なんだよ」

「そりゃそうだ。しかし有紗、まったく同じ金庫を使って何をどうするんだ？　いや、その前に――二つある金庫、どっちがオリジナルで、どっちが贋物なんだよ？」

「いい質問だね、良太」有紗はデキの悪い生徒を褒める教師のような口調でいった。「この穴の中にある壊れた金庫がオリジナル。つまり、もともと土蔵にあった金庫だよ。逆にいうなら、いま土蔵にある金庫は、犯人が用意した贋物ってことだね」

「本物と贋物、二つの金庫が密かに入れ替わっていたということか？　じゃあ、入れ替わったのは、いつのことなんだ？」

「当然、この正月休みだね。芝山有三さんは年末から海外旅行に出掛けていて、日本に戻ってきたのは一月五日、つまり事件前日のことだった。だったら芝山さんが留守の間に、下村が芝山邸の土蔵に忍び込むことは簡単だよね。下村は娘婿なんだから、土蔵の合鍵を手に入れることだって容易にできたはず。土蔵に忍び込みさえすれば、中の金庫を運び出すことも、そんなに難しくはないよね」

「うむ、労力はかかるだろうが、家の人は誰もいないんだからな。時間はたっぷりある」

「そう。梃子やら台車やら使えるものは何でも使って、じっくりやれば確実に運び出せる。そうやってオリジナルの金庫を運び出す一方で、下村はそれと同じ外見を持つ別の金庫を土蔵の中に運び込んだの。そして同じ場所に据えたってわけ」

「その金庫の中には何が入っていたんだ？」

「ううん、何も入っていない。カラッポだよ。この時点ではね」

「じゃあ、中身の入っているオリジナルの金庫は、運び出した後どこに？」

「もちろん、ここだよ」といって有紗はいま自分がいる町工場の敷地を指で示した。「下村は土蔵から盗んだ金庫を、自分の工場に運び込んだ。そして、おそらくは誰もいない工場で、彼はひとりドリルやらグラインダーやらを使って、金庫の扉を強引に破壊したの。中のお宝を取り出すためにね」

「そうだったのか」俺は目を開かれる思いだった。「警察も俺たちも《犯人が芝山さんを刃物で脅して金庫を開けさせた》というふうに考えていた。けれど、事実は全然違ったんだな。金庫ごと盗み出して扉を破壊するなんて、随分と原始的な手口だったわけだ」

「だけど確実なやり方だわ。とにかく下村はお宝の掛け軸を、金庫の中から取り出すことに成功した。その一方で正月休みを終えた芝山さんは、何も知らずに自宅へと戻ってきた」

「芝山さんは土蔵の異変に気付かなかったのか？」

「一度でも金庫を開けようとしたなら、その瞬間に気付いただろうね」

「そりゃそうだ。開けてみたら金庫の中身はカラッポなんだからな」

「はあ、何いってるの、良太？　それ以前の問題でしょ」有紗は呆れた口調で、俺の思い違いを指摘した。「そもそも芝山さんは、その金庫を絶対に開けられないんだよ。持ってる鍵が違うし、テンキーで打ち込む暗証番号も違ってるんだから」

「ん、ああ、それもそっか。外見は同じ金庫でも、そういうところは別だよな」

「そう。だけど土蔵に置かれた金庫なんて、何か特別な用事でもない限り、わざわざ開けて中身を確認したりしないよね。たぶん海外から戻った芝山さんも、そうだったはず」

「つまり、金庫がすり替わっている事実に、芝山さんは気付かなかった。そして何事もないまま翌日、犯行の夜を迎えた。——下村の具体的な犯行手順は、どうだったんだ？」

「正確なところは、私にも判らない。それこそ芝山さんに刃物を突きつけて、土蔵に連れていき、その場で刺し殺す——そんな荒っぽい犯行だったのかもしれないわね。ただひとつ確実にいえるのは、下村は芝山さんを殺害する直前、彼を刃物で脅して金庫に触らせたはず。そうすることで、贋物の金庫に芝山さんの指紋が付くでしょ」

「なるほど。金庫に持ち主の指紋が全然付いていなかったなら、おかしいもんな。特にテンキーには芝山さんの指紋が残っていなくちゃ、いかにも不自然だ」

「そういうこと。その作業を終えてから、下村は芝山さんを刃物で殺害した。問題はその後よ。下村は自分の持っている鍵と、頭にある暗証番号を用いて、目の前の金庫を開けた。そしてカラッポの金庫の中に、自宅から持ってきた土地の権利書だの契約書だのを、それらしく入れなおしたの。もちろん全部、オリジナルの金庫から取り出した本物の書類よ」

「そうか。土蔵の金庫からは、お宝の掛け軸だけが盗まれたと思われていた。けれど実際は逆だったんだな。犯人は金庫の中に、掛け軸以外の盗品のすべてを戻したんだ」

「そう。結果として、掛け軸だけが盗まれたように見えるでしょ。その一方で金庫自体がすり替わっている事実には、たぶん誰も気付かない」

「ああ、そうだな。金庫の鍵や暗証番号はオリジナルのものとは異なっている。だが、その事実に気付ける人は、おそらく芝山有三さんただひとり。その彼がこの世を去っている以上、もはや誰も気付きようがないな」

「そういうこと。下村は第一発見者を装って一一〇番に通報する。そして自ら警察の監視下に置かれるように振る舞った。充分な動機を持つ彼は、警察の疑いが自分自身に向けられることを想定した上で、こんな手口を選んだのね。――どう、これで判ったかしら？」

ひと通りの説明を終えたらしく、有紗は得意げな顔を俺へと向ける。

「ああ、だいたい判ったよ。けどな有紗」俺は彼女の探偵少女らしからぬミスに気付いて、その点をズバリ指摘した。「おまえ、いちばん大事な説明が一個、抜けてるぞ」

「え!?　何だっけ……」有紗は二つ結びの髪を指先で掻く。

俺は今回の事件における最大の問題点について、彼女に尋ねた。「結局のところ、下村はいつどうやって『がらん堂』の店内に、盗品の掛け軸を紛れ込ませたんだ？」

「ああ、そのことね」胸を撫で下ろした有紗は、迷いのない口調で説明した。「そんなの、もう判りきってるでしょ。『がらん堂』の店内に問題の掛け軸が箱ごと紛れ込んだのは、いったいいつか。それは殺人事件の当日、一月六日のことよ。ただし、事件の後じゃない。殺人を犯すより少し前に、下村は自ら変装して『がらん堂』を訪れた。そして山積みになった商品の中に、掛け軸の箱を紛れ込ませたの。その作業を終えてから、下村は芝山邸での犯行に及んだというわけ。事件後の下村は警察の目があったから、身動きが取れなかったでしょうけど、事件を起こす前なら、彼は自由に動けたはずだものね」

「うーん、なるほど、そういうことか」意外な真相に俺は思わず唸った。

強盗殺人によって奪われたと思われた掛け軸。だが、それは事件の前にすでに奪われ、なおかつ骨董店の店内で発見される瞬間を待っていたのだ。その発見に至るプロセスの中で、重要な役目を割り振られたのが、便利屋であるこの俺だった。下村は巧みに俺を誘導して『がらん堂』へと向かわせ、そこで盗品の掛け軸を俺にわざと《発見させた》わけだ。

下村洋輔の巧妙かつ大胆な企みに、俺は舌を巻く思いだった。もちろん、それを見事に暴いてみせた、有紗の名探偵っぷりにも感服するしかないわけだが――

「しかし待てよ、有紗。もしもだぞ、そんなふうに商品に紛れ込ませた掛け軸が、万が一にもお客さんの目に留まったりしたら、どうなる？　しかも、それが事件の起こる前だったりしたら？　その場合は物凄くおかしな話にならないか……」

「確かに、そのとおりだね。でも、たぶん大丈夫だよ。だって『がらん堂』の閉店時刻は午後八時でしょ。その直前に店を訪れて掛け軸を置いてくれれば、どう？　閉店までの僅かな時間に、誰かがその掛け軸に目を留める可能性は、ほとんどゼロだよね。で次の日の昼過ぎには、もう私たちがその店を訪れる。商品の山に紛れ込ませた掛け軸は、そのときまで誰の目にも留まらずに、同じ場所にあり続ける。そんな計算が、下村にはあったんだね」

「うーむ、計算というより、ほとんど賭けだな」

だが実際のところ下村は、その賭けに勝利する寸前までいったのだ。完全犯罪の栄光は目の前で、多額の遺産は彼の手の届くところにあった。そんな彼の野望を打ち砕いたのが、探偵少女有紗の慧眼(けいがん)だったというわけだ。そして俺は、いまさらながら思い返した。俺が下村洋輔と初めて遭遇した際の光景を——

あのとき下村は俺ではなく、名探偵綾羅木孝三郎に仕事を頼もうとしていたのだ。だがタッチの差で彼を捕まえることができず、次善の策として選ばれたのが、この俺だった。下村にしてみれば、依頼人のために働いてくれる相手ならば、探偵だろうが便利屋だろうが誰でも良かったに違いない。だが、いまにして思えば、実に彼は最悪のタイミングで現れたとしかいいようがない。

なぜなら、あのとき彼が俺に出会わなければ、

あるいは、綾羅木孝三郎のほうに仕事を依頼していれば、

探偵少女有紗が、この事件に首を突っ込むことは、きっとなかったのだから——

10

「……とまあ、これはそういう事件だったわけさ」

あたかも自分の推理であるかのように、俺は事件についてひと通り語り終える。そして、すぐさま目の前の友人に尋ねた。「どうだ長嶺、いまの話、理解してもらえたか」

「うむ、だいたい判った」長嶺は眼鏡の縁に指を当てると、冷ややかな視線を俺に浴びせていった。「要するに、この工場の敷地に共犯者の死体が埋まっているに違いないと早合点したおまえは今夜スコップ片手に他人の工場内に勝手に忍び込み穴を掘る最中に下村洋輔と遭遇し乱闘になり相手をそのスコップで殴打し気絶させるに至ったわけだ。……よし、それじゃあ橘、悪いが溝ノ口署まで、ご同行を願おうか。念のためいっとくが、おまえには黙秘権がある。ま、黙っていられるかどうかは、おまえの根性次第だがな……ふふッ」

「待て待て、長嶺！　何が『ふふッ』だ。暴力警官みたいな笑い方しやがって。悪いのは下村洋輔のほうだ。あやうく俺は殺されかけたんだからな！」

俺の悲痛な叫びが町工場の敷地に響き渡る。夜も遅い時刻だが、周辺はパトカーやら救急車やら警官やらで大混雑。近隣住民も野次馬として加わり、昼間のような賑わいだ。

そんな中、ふと長嶺は表情を緩めると、俺の肩を叩いていった。

「まあ、そう怒るな、橘。冗談だよ。おまえの不法侵入なんて、強盗殺人事件に比べりゃ微罪に過ぎん。そもそも宿河原で起こった事件だから、溝ノ口署の管轄でもないしな」

ちなみに、管轄外の現場に彼が駆けつけた理由は、ただひとつ。俺が事件解決の第一報を、友人である彼の携帯に入れたからだ。長嶺は淡々とした口調で続けた。

「しかも結果的に、おまえの行為は強盗殺人事件の重要な証拠品を、文字どおり掘り出した。真相究明には確かに役立ったんだ。その功績に免じて、多少の不法行為には目をつぶろうじゃないか。——しかしだ、どうしても俺には腑に落ちない部分があるんだよなぁ」

「な、何だよ、長嶺、腑に落ちないって……？」

「きまってるだろ」といって長嶺は傍らに佇む美少女を指差す。そして責めるような口調で俺にいった。「おまえ、なぜ自分の不法行為に小学生の女子を巻き込むんだ!? 教育上良くないだろうとか、一ミリも考えないのか。おまえは馬鹿なのか!? そんなことして万が一にでも将来、有紗ちゃんが不良少女になったら、誰が責任取るんだッ」

「…………」そうガミガミと怒鳴るなよ、長嶺。おまえ、この子の父親か！　俺は軽く耳を塞ぐポーズで、隣の美少女を見やった。「はあ、有紗が将来、不良にねぇ……」

引きずるようなスカートにヘソが見えそうなセーラー服。片手にぶら提げるのはペッタンコの学生鞄。昭和のスケバンルックに身を包む綾羅木有紗十五歳の姿を脳裏に描いた俺は、

「いやいやいや……」

と半笑いになりながら顔の前で大きく片手を振った。「心配すんなよ、長嶺。有紗は不良少女にはならないって。だって、こいつ……」

——だって、こいつ、探偵少女だから！

だが、その言葉を現職刑事の前で口にするわけにはいかない。不自然に黙り込む俺に、長嶺は訝しげな視線を向けてきた。

「なんだ橘、何がおかしい？　俺のいってること、どこか変か？　変ならいってみろよ」

「いやまあ、べつにいいじゃねーか。——俺にもあるんだろ、黙秘権？」

そういって俺は堂々と権利を行使。長嶺の質問には答えないまま、少女へと顔を向けた。

「じゃあ有紗、俺たちそろそろ帰ろうぜ。良い子はもう寝る時間だとさ」

「そうだね。こんな遅い時間に起きていたら、不良になっちゃうもんね」

有紗は二つ結びの髪を揺らしながら、どこか秘密めいた笑顔。

啞然とする長嶺の前で、俺たち二人はくるりと背中を向ける。

こうして軽ワゴン車に乗り込んだ俺たちは、ようやく溝ノ口への帰路についたのだった。

第三話

便利屋、消えた小学生に戸惑う

1

その依頼人が突然やってきたのは、平日の昼間だった。マトモな勤め人なら会社で仕事中。専業主婦なら自宅で家事に精を出しているか、買い物に出掛けているかという時間帯だ。場所は川崎市中原区新城にある俺の自宅兼事務所。といっても立派なものではない。開発の波から奇跡的に生き残ったようなオンボロアパートの一室だ。『なんでも屋タチバナ』の看板を掲げた木製の玄関。ノックの音を耳にして扉を開けると、目の前によく知る女性の姿があった。背後には小学校の制服を着た見知らぬ女の子を従えている。

「折り入ってお願いしたいことがあるんだけど、いま大丈夫かしら？」

物怖(ものお)じしない態度で尋ねる彼女は、答えを待たずに玄関で靴を脱ぎはじめる。

ムッと眉をひそめた俺は、街で評判の便利屋として丁重にお答えした。「ええ、もちろん大丈夫ですとも。何かご依頼でございますか。だったら、どうぞ中へ。歓迎いたしますよ」

その台詞を言い終わるころには、彼女はもうとっくに室内へと足を踏み入れていた。玄関

で戸惑いの表情を浮かべている小学生女子に対して、彼女は大きく手招きしながら、

「ほら、梨絵ちゃんも入って。小汚い事務所だけれど我慢してね」

——おいおい、《小汚い》は余計だろ。確かに、あんまり綺麗じゃないけどよ！

心の中で不満を呟きつつ、俺は来客二名を部屋の片隅に置かれた応接セットへとご案内。すぐさま人数分のオレンジジュースをグラスに注いで、テーブルへと運ぶ。そのままソファに腰を下ろすと、依頼人の顔が目の前だ。

俺は普段から依頼人に必ずおこなう定番の質問を口にした。

「それでは、まずご依頼人様のお名前とご職業を、お聞かせいただけますか」

すると依頼人は気取った口調で、「名前は綾羅木有紗。職業は、そうねえ、《探偵》じゃ駄目かしら？　だったら、いちおう学生ってことにしておくわ」

「学生ね。まあ、確かに学生には違いないか。小学生だもんな」正確には《児童》と呼ぶべき存在だ。あまりの馬鹿馬鹿しさに、お客様用の敬語をやめた俺は、普段どおりのタメ口に戻って、目の前の小さな依頼人に問い掛けた。「で、何だよ、有紗。おまえが俺に頼みたいことって？　この小汚い自宅兼事務所でしがない便利屋稼業を営むこの俺、橘良太サマに、わざわざ頭を下げて頼みたいことって、いったい何なんだ？」

皮肉たっぷりに尋ねると、有紗は隣に座る制服姿の女子を指で示した。「頼みごとがある

のは有紗じゃなくて、この子、宮園梨絵ちゃん。有紗と同じ、衿糸小学校の四年生よ」

「ああ、それは、ひと目で判るよ。二人とも同じセーラー服だもんな」

俺は姉妹のように並んで座る女子二人の姿を交互に見やって頷いた。私立衿糸小学校の冬服は黒いセーラー服。それに臙脂色のベレー帽という結構ありがちな組み合わせ。有紗の被るベレー帽の両サイドからは、彼女のトレードマークともいうべき二つ結びの黒髪の房が、ぴょこんぴょこんと顔を覗かせている。

一方の宮園梨絵ちゃんは脱いだベレー帽を行儀良く膝の上に置いている。髪型は肩に掛からない程度に切り揃えたショートボブ――というより年齢が年齢だから、昔ながらのオカッパ頭と呼ぶべきだろうか。いずれにせよ、どこか古風な雰囲気を漂わせた、おとなしい印象の女子だ。物静かな佇まいは、けっして物静かではない有紗と好対照を成している。

二人の関係が理解できない俺は、念のために尋ねてみた。

「えーっと、梨絵ちゃんは有紗のお友達ってことでいいのかい？」

すると少女は急にオドオドした表情で、「え、えっと……有紗ちゃんは、その……」

「友達だよね！　梨絵ちゃんと有紗は超仲良しだよねッ！」

「う、うん、そうだね」少女はオカッパ頭を無理やりのように縦に振りながら、「ええ、はい、そうです。有紗ちゃんは梨絵のお友達です……超仲良しなんです……」

「ふぅん、そうなんだ。うん、よく判ったよ」強制的にいわされている感がハンパないけれど、とりあえずいまは女子二人の友情が本物か否か、詮索している場合ではない。俺は真剣な表情を、有紗へと向けた。「――で、おまえの数少ない友人である宮園梨絵ちゃんが、どうかしたのか？」

「《数少ない友人》って決め付けないで！　友達なんて大勢いるから！」

テーブルの向こうで有紗はツインテールを揺らして猛烈抗議。それをなだめるように俺は「判った判った」とテキトーに頷く仕草。梨絵ちゃんは肩をすくめて苦笑いだ。

そして有紗はようやく本題に移った。

「実は梨絵ちゃん、捜してほしい人がいるんだって。――ね、そうだよね、梨絵ちゃん？」

「う、うん」と頷いた少女は、ようやく俺の目を見ながら重たげな口を開いた。「私、会いたい人がいるんです。でも、その人とは一度会っただけ。名前も住所も判らないし、写真もないんですけど、捜してもらえますか……って、無理ですよねえ……」

「ああもう、梨絵ちゃんったら！　捜す前から無理って決めちゃ、見つかる相手も見つかんないよ。――ねえ、そうでしょ、良太？」

「んー、えーっと」――いや実際、無理かもよ。この子のいうとおり、一度会っただけの相手をロクな手掛かりもない中で捜し出すなんて、まるっきり雲を摑むような話じゃん？

そう考える俺は正直、捜す前から白旗を揚げたい気分。だが、それでは恰好が付かないと思い直して前を向く。そして決意の拳を握りながら、「おう、確かに有紗のいうとおりだ。見つかるか見つからないかは、捜してみないと判らないさ。可能性はゼロじゃない」と柄にもなく前向きな発言。その言葉に励まされたように、梨絵ちゃんは、

「本当ですか！」

と声をあげて、いままででいちばん明るい顔。その表情の中に俺は、少女の胸に秘められた幼い恋愛感情を感じ取った。おそらく間違いはあるまい。なにせ最近のガキは男子も女子もませている。それにいまは二月も半ばだから、小学四年生といっても中身はもう五年生に近い。好きな人を思って悶々とすることがあったとて不思議はないだろう。たとえ、それが一度会っただけの相手だとしてもだ。

そこまで考えた俺は、少女の眸を覗き込むようにして尋ねた。「で、梨絵ちゃんが捜してほしい相手って、どんな男の子なのかな？」

すると、なぜか有紗のほうが顔を左右に振って、「違うよ、良太。早合点しないで」

はあ――と首を捻る俺の前で、梨絵ちゃんは思い詰めたような顔と声でいった。

「その人、女子なんです。たぶん私と同じ学年か上級生の女の子……」

「ん!?　ああ、なるほど女子ね。ふむふむ、そっちか」と俺は腕組みしながら何度も頷いた。

まあ、同性を好きになることもあるだろう。特に年若い女の子には、ありがちなことだ。そう考えて納得した俺は、話の続きを促した。「で、梨絵ちゃんはその女の子と、どこで出会ったの？　いつ、どういう状況で？」

「出会ったのは、つい二週間ほど前。私、その人に危ないところを助けられたんです」

「へえ、危ないところをねえ。――ていうとアレかな？　野良犬に追いかけられているところに出てきて、怖い犬を追い払ってくれたとか？　それとも街でツッパリたちに絡まれているところに現れて、手を取りながら一緒に逃げてくれたとか？」

「いえ、そういうんじゃないですけど――ツッパリって何ですか？」

といって梨絵ちゃんは目をパチクリ。その隣で有紗も呆れた声を発した。

「良太、《危ないところ》のイメージが古すぎだよ！　まるで昭和のB級ドラマだよ！」

「ん、そうか」そういや、いまどき新城や溝ノ口あたりを歩いていてツッパリに出くわすことは皆無だし、そもそも、いまはもう不良のことをツッパリとは呼ばない。野良犬に至っては完全に街の風景から駆逐されたらしい。確かに有紗が指摘したとおり、俺のイメージは時代遅れなのかもしれない。「じゃあ、危ないところって、実際にはどんな？」

「実は、その……私、変な男の人につきまとわれて……」

なるほど野良犬でもなく不良でもなく、幼女を狙う変質者か。それは実に今日的な悪役だ。

いや、実際には幼女を追いかけ回す変態野郎は昔から存在しただろうが、最近は特に問題化している。つきまとったり勝手に写真を撮ったり直接触れようとしたり、酷い場合は連れ去ろうとするケースもあるらしい。幼い女子たちの周囲は常に危険でいっぱいだ。

「梨絵ちゃんは知らないうちに写真を撮られていたんだって。公園で知らない男がカメラを向けていたの。望遠レンズの付いた本格的なカメラを――ね、梨絵ちゃん？」

「うん、そう」頷いた少女は、再び俺のほうを向いて続けた。「そのことを私に教えてくれたのが、その女の子だったんです。私は何も知らずに公園のベンチに座って宿題をしていました。そこに、その女の子が近寄ってきて、耳打ちしてくれたんです。『あの男に写真撮られてるよ』って。その子が指差す方角を見ると、公園の木の陰に男が立っていました。黒い服を着た男で口許にはマスクをしています。首からは大きなカメラをぶら下げていました。一瞬、私と目が合った後、男は慌てて顔をそむけて、急に花壇を写真に撮っているフリを始めました。私は物凄く怖くなって、ベンチに座ったままブルブル震えました」

「なるほどね。でもそれ、ひょっとすると実際に花を撮影しにきた男性なのかもよ。手にしたカメラが一時的に梨絵ちゃんのほうを向いていただけかもしれない」

いちおうの可能性を述べると、目の前の女子たちは揃って首を真横に振った。

「そんなわけないよ、良太。望遠レンズ付きのカメラで、目の前の花を撮らないでしょ！」

「そうです。そもそも、いまの季節、花壇に花なんか咲いてませんから！」

「…………」そうですね。ええ、そうでしょうとも。確かに私の考えが浅すぎました！

小学生たちにやりこめられて、俺は意気消沈。ガックリと肩を落としながら、

「それで梨絵ちゃんは、どうしたのかな？　その場から上手く逃げられたの？」

「はい、それもその女の子のお陰です。その子が『家まで送ってあげる』っていってくれたんです。実際その子は私と一緒に家まで付いてきてくれました。二人でいたから男も諦めたのでしょう。家に着くころには、男の姿は見えなくなっていました」

「そうか、それは何よりだったね」胸を撫で下ろした俺は、あらためて確認した。「で、梨絵ちゃんは、その一度会っただけの変質者を捜してほしいというんだね？」

「違うでしょ、良太！　誰がわざわざ変質者に、もう一度会いたがるってのさ！」

「ああ、それもそっか。間違えた」俺は照れ隠しに頭を掻きながら、「梨絵ちゃんが会いたいのは、その家まで送ってくれた優しい女の子のほうだね。うん、さっきそういってたね」

「はい。でも私、そのとき緊張していて、その子の名前も住所も聞かなかったんです。そのことに後で気付いて、すごく後悔して、それで有紗ちゃんに相談したんです」

「そういうこと。なにせ有紗は梨絵ちゃんの頼れる友人だからね」

といって有紗は誇らしげに胸を張るが、果たしてどうか。想像するに、おそらく梨絵ちゃ

んが有紗を頼ったのは、有紗が《友人》だからというよりは、むしろ《探偵》だからではないのか。正確にいうと有紗の両親が名のある私立探偵なのだ。だが優れているのは家柄だけではない。実際、有紗に人並みはずれた推理力が備わっていることを、俺は過去の様々な事件で経験済みだ。そんな探偵少女に対して、俺は素朴な質問を投げた。

「だったら有紗が捜してやればいいんじゃないか。おまえ、そういうの好きだろ？」

「うん、好きだよ。だから本当なら私が捜してあげたいところだけど、それは無理なんだよね。なぜって、その女の子は衿糸小学校の子じゃないから。——ね、梨絵ちゃん？」

「ええ、その子は衿糸小のセーラー服姿ではありませんでした。私服のままランドセルを背負っていたんです。だから、たぶん公立の小学校に通っている子なんでしょう。出会った公園の場所から考えて、たぶん溝ノ口中央小学校の子じゃないかと思います」

溝ノ口中央小学校は衿糸小学校のすぐ傍に建つ小学校だ。片や庶民の子供たちが通う普通の公立校。片やお金持ちのご子息ご令嬢が通う有名私立校。対照的な二つの小学校は当然のことながら互いをライバル視する険悪な仲——かと思いきや実際はそうではない。

確かに中央小の児童の中には、衿糸小に通うエリート集団に対して『イケ好かないカネ持ちめ……』とばかりに敵意と羨望のまなざしを向ける子もいるらしい。だが、その一方で衿糸小の児童は中央小に通う普通の子集団に対して、『べつに何とも思っていない……』というのが哀しい現実。早い話、マトモな喧嘩にもならないくらい、二つの小学校の間には断絶があるわけだ。今回の梨絵ちゃんのように、衿糸小の子が中央小の子に深い関心を示すのは、案外珍しいケースかもしれない。が、それはともかく――

「なるほど、相手は中央小の子なのか。それだと有紗にとっては、確かに捜しづらいな」

捜すとするなら下校時刻に校門の前で目を光らせるのが、最も効果的だろう。だが両校の下校時刻は、毎日ほぼ似たようなタイミングになる。いくら探偵少女の有紗とて、自分だけ少し早めに学校を出て、他校の校門前を見張ることは不可能というわけだ。

そのあたりの事情を察した俺は、女の子たちの前でゆっくりと頷いた。

「よし、判ったよ。じゃあ、さっそくだけど、その女の子の特徴を教えてもらえないかな。何か目立つ特徴があれば、捜せないこともないだろう。顔立ちとか、身長とか……」

「ええっと、目は鋭い感じで眼鏡は掛けていなくて……鼻は高くもなくて低くもなくて……可愛いというより賢そうな感じで……身長は私と同じくらいだったと思います」

「髪の毛は？　長かったか、短かったか。髪型はどんなだった？」

「あ、髪はとっても長かったです。もう少しで腰に掛かるんじゃないかっていうほどに」

「へえ、それは大きな特徴だね。髪の毛の色は黒？」

「当然でしょ」と横から有紗が口を挟む。「茶髪の小学生なんていないよ」

「…………」いやいや、絶対いないということもない。たまたま親がヤンキーだったりすると、子供も奇抜な髪型をさせられたりするケースは稀にある。茶髪でオオカミヘアーやらモヒカンやら。――ま、確かに衿糸小学校には、そんな子、絶対いないだろうけどな！

心の中で呟いてから、俺は再び梨絵ちゃんのほうを向いた。

「とにかく黒髪ロングの女子ってわけだね。小学生にはありがちな髪型だけど、腰に掛かりそうなほどの子は少ないはず。それなら、どうにかして捜せるかもだ」

「本当ですか」梨絵ちゃんが期待感に眸を輝かせながら、こちらを見詰める。

その隣で有紗も身を乗り出しながら、「ホント、良太!? ホントに捜してくれるの!?」

「あ、ああ、捜してやらないこともないけど……でも、待てよ」ふと重大な点に思い至った俺は、ソファから立ち上がると、「ああ、ちょっと有紗ちゃん、君だけ、こっちにいらっしゃい……ホラ、いらっしゃいってば……いいから、いらっしゃいってーの！」

有無を言わさぬ猫なで声（？）で、俺は有紗を部屋の隅へと呼び寄せる。そして彼女の耳許に囁きかけた。「おい、捜すのはいいけど、これって誰が報酬払うんだ？　有紗のパパが払ってくれるのか。それとも梨絵ちゃんの親御さんか。まさかタダ働きじゃないよな？」

「えー、タダじゃやってくれないのぉ？」

「当たり前だろ！」こっちは趣味で便利屋やってんじゃねーんだぜ――というヤクザな台詞

が口を衝いて飛び出しそうになる。そんな俺に向かって、有紗は真剣な表情を向けた。

「まあ、そりゃそうだよね。うん、判った。だったら有紗と梨絵ちゃんの今月と来月のお小遣い全部、良太にあげるよ。捜索活動の報酬としてね。それでお願いできるかな？」

「なるほど、そういうことなら話は別だ。報酬としては少し物足りないけれど、まあ、それでもタダ働きよりはマシだな――って馬鹿！　そんなカネ、受け取れるか！」

俺は精一杯のノリツッコミを披露して、有紗の提案を一蹴した。有紗は「えへへ」と笑いながら指先で頬を掻く。それから突然、顔の前で両手を合わせると、つぶらな眸を真っ直ぐ俺へと向けながら、「ねえ、お願いだよ、良太。梨絵ちゃんの望みを叶えてあげて」

「う、うん、そりゃまあ、期待に応えたいのはヤマヤマなんだが……」

「それにさ、よくよく考えてみれば、有紗、いままで良太のお仕事上のトラブルやら何やら、随分と解決してあげたよね。しかも良太から、いっさい何の報酬ももらうことナシに」

「…………」瞬間、俺の脳内で巨大な銅鑼がガーンと打ち鳴らされる。衝撃のあまり、全身がグラグラと揺れる気がした。――畜生、有紗の奴、とうとう気付きやがった！

探偵少女と出会って、そろそろ一年。俺の中で密かに積み上がっていた有紗に対する《借り》の数々。いままで見て見ぬフリをしながら、いつしか山のようになっていたそれらが、ガラガラと音を立てて俺の頭上に崩れ落ちてくるような脅威を覚える。何も言い返せない俺は、有紗に対して慌てて頭を垂れた。

「わ、判った。判りましたッ、確かに、おっしゃるとおりッ。報酬なんか一円も求めません。今回のお仕事、喜んで引き受けさせていただきます。やらせてくださいッ！」

するとと有紗はニンマリした顔で、「――んじゃあ、やらせてあげる」

こうして俺はアッサリと有紗の軍門に降った。

まあ、子供の頼みを聞いてあげるのだから無報酬は当然のこと。俺がタダ働きすることで、有紗が数少ない友人である梨絵ちゃんとの友情を保てるのであるならば、やはりここはひと肌脱ぐしかあるまい。いままでの《借り》も、これで多少は返せるというものだ。

それに、どうやら捜索対象となる女の子は、結構目立つルックスらしい。案外すぐに見つかるのではないか。――そんな甘い期待が、このときの俺には確かにあったのだ。

2

「ああ、君……そこのお嬢ちゃん、ちょっといいかな？　実は人を捜しているんだけどね。君みたいに髪の長い女の子なんだけどさ……君、半月ほど前に公園で盗撮されている女の子を助けたりしなかった？　相手は衿糸小学校の女子なんだけど……そうか、助けてないか……ん、衿糸小の子はエリート意識が高いから嫌いって？　困っていても助けてやんないって？　ああ、そうなんだ……いや、衿糸小にも、いい子はたくさんいると思うけどねえ……まあ、いいや。とにかく判ったよ」

――やれやれ、この子は衿糸小の女子が野良犬に追われようが、ツッパリに絡まれようが、きっと知らん顔なんだろうな！

そう思ってゲンナリする俺は、ランドセルを背負った少女に片手を振りながら、「ありがとう」と短く感謝の意を伝える。すると次の瞬間、髪の長い少女の口から「じゃあね、おじさん！」と絶妙に傷付く言葉。唖然となる俺の前でくるりと踵を返した少女は、黒い髪とランドセルを同時に揺らして、小走りに校門の前を去っていった。

――こらこら、《おじさん》じゃありませんよ、恰好いい《お兄さん》ですよ！　そりゃあ、若い君らから見れば随分おじさんっぽく映るでしょうけどね！

と心の中でぐちゃぐちゃと文句をいいつつ、俺は路上に停めた軽ワゴン車に戻る。再び運転席に座り、油断なく校門へと視線を向けながら、「……にしても、本当に梨絵ちゃんを助けた心優しい女子が、この学校にいるのかな？」

いまさらながら俺は不安な思いを禁じ得なかった。有紗からタダ働きを《依頼》されてから、すでに数日が経過。俺の捜索活動は早くも行き詰まりを見せていた。

捜索の方法は至ってシンプルなものだ。まず溝ノ口中央小学校の正門前の路上に軽ワゴン車を停めて、下校中の児童を運転席から温かい目で見守る。そう《温かい目》、ここが極めて大事なところだ。間違っても《獲物を狙う猟犬のような目》で見詰めてはいけない。なにせ相手は小学生。しかも、か弱い女子だ。怖がらせたり警戒させたりしたら、すべての努力は水泡に帰するだろう。俺は真冬の陽だまりのごとく温もりのある視線を心がけた。

そして、『これは！』と思える女子をロックオンしたら、ゆっくり歩み寄って優しく話を聞く。すると先ほどの黒髪少女のように、辛辣でありつつも中身のない答えが返ってきたりして、俺はガックリと肩を落とす。そして再び車に戻ると、また門前の光景に目を光らせる。いや、目は光らせない。温かい目だ、陽だまりの目だ。――とまあ、そういったことの繰り返しで、結局この数日間は無駄に費やされた。収穫は控えめにいわずともゼロだ。

「……これだけ捜して見つからないってことは、中央小の子じゃないのかもな」

溝ノ口付近にある公立の小学校なら、中央小学校の他にもたくさんある。それに、いくら子供の行動範囲が狭いとはいえ、小学生が自分の校区だけで活動するとは限らない。よそに住む小学生が中央小の校区に遊びにきて、そこでたまたま宮園梨絵ちゃんを助けたのかも。そういった可能性だって考えられるのだ。だが仮に、そうだとすると――

「……俺ひとりじゃ、まったく手に負えないって話になるな」

すっかり弱気の虫に囚われた俺は、思わず溜め息。そして有紗の《依頼》を安請け合いしたことを、いまさらながら深く後悔するのだった。

そうして何の収穫もないまま迎えた夕刻。仕事を切り上げた俺は、東急田園都市線溝の口駅の西口に広がる飲み屋街へと足を踏み入れた。濃厚な昭和の香りとホルモンと焼肉の匂い。それらが渾然一体となって道行く人の胃袋を刺激するディープな一帯だ。その路地を抜けたところに、ひっそりと佇む鄙(ひな)びたスナックがある。その名も『あじさい』。可憐にして美しい名前とは裏腹に、けっして可憐でも美人でもないママさんが営む、隠れ家的な飲み屋だ。

カウンターに陣取った俺は、美味いかどうかは別として、この店で最も早く出てくる基本の三品、枝豆とポテトサラダと煮込みを迷わず注文。それらをツマミにしながら、ジョッキのビールを傾けると、「ぷふぁ〜ッ、やっぱ仕事終わりのビールは最高だなぁ〜」とアホみたいな感想を口にして大きく溜め息。さらに続けて「これが報酬のある仕事なら、もっと最高だったのによぉ〜」と、いまさらのように恨み節を呟く。

すると、その言葉を耳に留めたパーマきつめのママさんが、怪訝そうな顔をこちらへと向けてきた。「あら、橘さんは、いま何のお仕事なの？」

ここのママさんは常連である俺の特殊な職業を、すでに把握している。べつに隠す必要もないと判断した俺は、ポテトサラダを箸で摘みながら、「小学生を捜してるんだ」と簡潔に答えた。「溝ノ口中央小学校の女子でね、髪の毛が腰に届きそうなほど長くって、たぶん四年生かそれより少し上ぐらいの女の子らしい」

「ふぅん、その子を捜す理由は何さ？　依頼人の昔生き別れになった実の娘とかかい？」

「いや、そういうんじゃない」といって俺は苦笑い。なにせ依頼人が十歳の女子なのだ。そんな深刻な背景などあるわけがない。とはいえ事情を説明するのも面倒なので、俺は真面目な顔で「ゴメン、守秘義務があるから……」と便利な口実を口にして、お茶を濁す。

すると直後にママさんの口から意外な言葉。「髪の長い小学生っていうなら、うちの美乃里だってそうだよ。中央小に通ってるし、小学四年生だよ」

「え、そうなの!?」興味を惹かれた俺は、カウンター越しに身を乗り出しながら、あらためて目の前の中年女性を見詰めた。「ていうか、ママさん、子供いたのかよ？　しかも小学生の女の子だって？　全然知らなかったけど……それ、どんな子だい？」

詳しい事情を聞くと、美乃里ちゃんという名の娘さんは、今年で十歳。ママさんと別れた昔の旦那との間にできた、ひとり娘だという。二人はこの飲み屋街から少し離れた住宅地のアパートで母と娘、水入らずの生活を営んでいるらしい。

「私によく似て美人なんだよ」とママさんは見事な親馬鹿ぶりを披露する。

「ふぅん、そうなんだ」――でもママさんに似てるなら、そこまで美人ってことはないんじゃないの？　というマイナス百点の台詞がウッカリ口を衝いて飛び出そうとするところをグッと堪えて、俺はさりげなく言葉を続けた。「そんなに可愛い子なら一度見てみたいな。写真とかないのかい、ママさん？」

「ああ、あるよ。待っててね」といってママさんは自分のスマホを取り出して、画面に指を滑らせる。娘の画像を引っ張り出すと、「ほら、見てごらんよ、私にそっくりだろ」

そういってスマホを俺へと差し出す。画面上には、黒髪ロングの女の子がピースサインでポーズを決める画像。確かに綺麗な顔をした美少女だ。俺は感情を持たないＡＩスピーカーのような口調で、前もって準備していた台詞を口にした。

「なるほどぉー、確かにママさんとそっくりだなぁー」

そう呟くと同時に、なぜか俺は、この少女の顔に見覚えがあるような気がした。といってもママさんの顔と印象がダブったわけではない。本人には申し訳ないが、正直、画面の中の女の子はママさんと《そっくり》ではない。両者の印象は少しも重ならないのだ。

では、いったい俺はどこでこの子と会ったのか。画面の中に映る、剝きたてのタマゴを連想させる綺麗な肌艶の、しかしどこか生意気そうにも思える顔を眺めるうち、やがて俺の中で蘇る記憶があった。――『じゃあね、おじさん！』

「……ああ！」俺のことを、そう呼んだあの子だ。間違いない。俺は平然とした様子を心がけつつ、スマホをママさんに返した。「この子なら、俺、今日の昼間に校門で会ったよ」

「へえ、そうかい。可愛かっただろ」

「…………」可愛いというよりは、まあまあ憎らしい印象だった。しかし真実を口にすれば、俺はもうこの店の煮込みもポテサラも食することができなくなってしまうだろう。そうなっては困るので、咄嗟に俺は作り笑顔で答えた。「あ、ああ、可愛かったなぁ……あんなに可愛い娘さんがいたんじゃ、ママさん、逆に心配になるんじゃないの？」

冗談っぽくいうと、案外これが図星だったらしい。ママさんは途端に表情を曇らせると、

「ああ、実は最近、気になる噂があるんだよ。中央小や衿糸小の周辺で変な男が出没しているって話なんだけど、橘さん、聞いたことないかい？」

「あ、それなら俺も耳にしたよ。俺が聞いたのは、首からカメラをぶら下げた男の話だ。そいつ、公園でこっそり隠れて小学生の女の子の写真を撮っていたらしい」

それは宮園梨絵ちゃんから入手した情報の一部だ。その話を耳にすると、ママさんは指を弾いて、その指先を真っ直ぐ俺へと向けた。「そう、それだよ！　美乃里も以前その男につけられたことがあるんだって。確かにカメラを持った若い男だったっていってた。そのとき

の美乃里は怖くなって走って逃げたらしいけどね」

「へえ、そりゃあ危機一髪だな」

と大きく頷いたところで、俺の脳裏にナイスなアイデアが浮かんだ。ここは話の流れに乗じて営業活動をおこなうべき場面ではあるまいか。そう感じた俺はジョッキのビールをひと口飲んでから、おもむろにママさんへと提案した。「じゃあさ、ついでだから、俺、その娘さんの見守りしてやろうか？　俺、どうせ明日も中央小にいくし、そこで娘さんを見つけたら、その後は娘さんのボディーガードになるよ。もし怪しい奴を見つけたら、俺がそいつを追っ払ってやる。いい考えだろ？」

「え、いいのかい!?　でも、お高いんでしょう、便利屋さんを雇うって……？」

テレビショッピングに招かれた女性ゲストのごとく、ママさんが聞いてくる。

「なーに、心配いらないさ」といって俺は鷹揚に片手を振って答えた。「ママさんから、そんなに高いカネは取らないって。俺もこの店には世話になってるし、安くしとくよ」

俺はママさんの目の前に、指を一本立てるポーズ。そして素敵な条件を提示した。

「どうだい、この店の飲み代、一ヶ月分タダってことで……？」

3

そんなこんなで迎えた翌日の午後。俺は例によって溝ノ口中央小学校の校門前で下校する子供たちの姿を《温かい目》で見守っていた。ただし今日は軽ワゴン車の運転席からではなく、路上に突っ立ちながらの監視だ。いや、見守りだ。

時折、『これは！』と思うような髪の長い女の子を見つけたときは、声を掛けて話を聞いてみる。だが、宮園梨絵ちゃんを助けたという女子に巡り合うことはない。やはり、どこか根本的な部分に間違いがあるのではないか。もはや、そう思わざるを得ない。

「やっぱり中央小じゃなくて、どこか別の小学校で捜したほうが、早いのかもな……」

そんなことを思う俺の視線の先、また新たに髪の長い少女が、ランドセルを背負いながら校門から姿を現す。昨日も見た、どこか生意気そうな感じの美少女。俺はハッとなって、咄嗟にアサッテの方角に目をやる。偶然そこにいた会社員風のスーツの男性が目に入った。俺は男性のほうを向いたまま、取り出したスマートフォンの画像と少女の姿を密かに見比べる。そして、ひとり小声で呟いた。「間違いない。あれが美乃里ちゃんだ……」

そういえば、あの子の名字は何だっけ？　いまさらながら俺は首を傾げる。『あじさい』

の女将のことは、《ママさん》としか呼んだことがないから、よくよく考えてみると名字が判らない。だがボディーガード役を務めるのに、少女のフルネームなど関係ないだろう。

「まあ、いいや。《美乃里ちゃん》で充分だ……」

そう呟きながら、俺はスマホを黒いコートのポケットに仕舞い込む。美乃里ちゃんが現れた以上、有紗から依頼された無報酬の仕事は、いったん棚上げ。これから俺は《一ヶ月分の飲み代》が懸かった大仕事に従事するのだ。

俺はいったん少女をやり過ごした後、あらためて彼女のランドセル姿を追った。

大切なことは、美乃里ちゃんを変質者の脅威から守ること。そして可能ならば、その変質者の存在を突き止めることだ。俺は美乃里ちゃんの背中から七、八メートルほどの距離を保ちながら、ゆっくりとした足取りで歩を進める。普段の歩幅でスタスタ歩くと、たちまち小学四年生の少女に追いつき追い越してしまうからだ。

前を行く美乃里ちゃんは、薄いブルーのダウンジャケットに濃いブルーのデニムパンツ。全体的に青っぽい装いだ。その後ろ姿をしっかり記憶に刻みながら、自らの気配を消して彼女の後に続く。美乃里ちゃんは、俺の存在にいっさい気付くことなく、歩き慣れた通学路を溝の口駅の方角へと真っ直ぐ進んでいる——かと思いきや、きまぐれな小学生女子は黒髪を揺らしながら、突然くるりと後ろを振り返る。その瞬間、内心で『ひいッ』と悲鳴をあげつつも、そこは経験豊富な便利屋稼業のこの俺だ。表面上は慌てず騒がず、『私、たまたま小学校付近を通りかかった好青年ですけど何か？』みたいな顔で数メートルほど進むと、そのまま道路に面したコンビニへと用もないのに足を踏み入れる。

まさに完璧なカムフラージュだ。美乃里ちゃんは『なーんだ、コンビニに買い物にきた好青年か……』という表情を浮かべてホッと胸を撫で下ろす仕草。それからくるりと踵を返すと、再び前を向いて歩きはじめた。

一方の俺はコンビニ店員の「いらっしゃいませー」の声を無下にすることもできず、買う気もないのにカップ麺コーナーまで足を運んでから、「なんでぇ、売り切れかよ！」と、さも欲しかった商品があったかのごとく呟きながら指を弾いた。「――ちぇ、またくるか」

そんな小芝居を演じてから、そそくさと店を出ると、すでにダウンジャケットの少女の姿は遥か前方にある。「おっと、こりゃマズい……」

離れすぎた距離を詰めようと、慌てて俺は小走り。だが、そのときふと気付いた。

俺と美乃里ちゃんの間に、もうひとり男性の姿がある。スーツを着た会社員風の男だ。その姿に俺は違和感を覚えた。

「あの男って……さっき校門の前にいたアイツだよな……」

目に映るのはスーツの背中だけ。バッチリ顔を見たわけではないから、確かなことはいえない。だが着ているグレーのスーツの色合いや、痩せた体形、長く伸ばした髪の毛などに見覚えがある。間違いなく、中央小の校門前で見掛けた男だ。あのときは下校する我が子を迎えにきた父親か何かだろうと思って、気にも留めなかった。だが、事ここに至っては、怪しい奴と警戒せざるを得ないだろう。

おそらく男は美乃里ちゃんが校門を出た瞬間から、ずっと俺の背後をつけていたに違いない。いや、正確にいうならば、俺をつけていたのではなく、俺の前を行く美乃里ちゃんをつけていたのだ。そんな中、たまたま俺がコンビニに立ち寄ったせいで、俺と男の順番が逆になった。いまは先頭を歩く美乃里ちゃんと、それをつけ狙うかのようなスーツの男、そして彼の背後を追いかける俺という並び順だ。

「しかし、まさか本当に現れるとはな……幼女をつけ狙う変質者め！」

呟きながら俺は、前を行くスーツの背中を睨みつける。――万が一、男が美乃里ちゃんに対して良からぬ振る舞いに及ぼうとするときには、我が身を懸けて少女を守る盾となる所存。そう意気込みつつ、静かな追跡劇は数分の間、ただ何事もなく続いた。

周囲は閑静な住宅街が続いている。俺と美乃里ちゃん、そのちょうど中間を歩くスーツの男。三人の並びに変化はない。それ自体が異常なことだ。間違いなく謎の男は、小学生女子の歩幅に合わせて自分の歩くスピードを調整しているのだ。

「うーむ、これは絶対に怪しい……」

もはや確信に至った俺は、いったいどのタイミングで何を口実にして男に声を掛けるか、そのことばかりを考えながら歩き続けた。そんな俺の視線の先、住宅街の何の変哲もない角をランドセルの背中が右へと曲がった。少女の姿が一瞬、塀の向こう側に掻き消える。その直後にはスーツの男が、やはり同じ角を直角に曲がった。それを見て、俺は咄嗟に駆け出すと、瞬く間に同じ角へとたどり着く。「まさか見失ったり、してないよな……？」

不安を抱きつつ、「そーっ」と角から顔を覗かせる。やはり前方にはスーツの男の背中。その七、八メートルほど先には青いダウンジャケットを着た美乃里ちゃんの姿が見える。これまでと変わらない光景に、俺はホッと胸を撫で下ろした。

「良かった。何事もない……」

俺は安心しきって、その角をゆっくり右へと曲がる。すると次の瞬間、五メートルほど前を歩いていたスーツの男が新たに現れた十字路を、今度は左へと曲がった。ランドセルの少女は、すでに十字路を突っ切って遥か前方を歩き続けているというのに――

「あれ!?」と俺は思わず声を発した。「なんだ、あの男!?　美乃里ちゃんにつきまとってていたんじゃなかったのかよ……」

それとも急に美乃里ちゃんへの興味を失ったのか？　あるいは小学生女子の尻を追い掛け

回すという自分の行為の不健全さに、いまさらながら気付いたか？　いや、ひょっとするとスーツの男が美乃里ちゃんをつけ狙っていたというのは、全部こちらの思い過ごし。実際は単に歩く方角が同じだっただけ。歩く速度が一緒だったのも、たまたま男がボンヤリと考え事をしながら歩いていたから――とか？

真相はよく判らないが、とにかく謎の男は美乃里ちゃんの進行方向とはまったく別の道に入っていった。どうやら少女の危機は去ったらしい。あるいは、そもそもそんな危機など存在しなかったのかもしれない。俺は大いに安堵すると同時に、重大な選択を迫られた。

十字路を直進した美乃里ちゃんと、それを左折した謎の男。この場面、俺はどちらを追跡するべきだろうか。ひょっとすると謎の男の正体は幼女を狙う変質者――そういう可能性も捨てきれない。男の正体を突き止めるなら、当然男を追うべきだろう。だがママさんから頼まれた仕事は、美乃里ちゃんのボディーガードだ。彼女から目を離すことは、依頼人の信頼を裏切る行為だろう。

一瞬だけ迷った挙句、やはり俺は十字路を直進することに決めた。

前を行く少女との広がりすぎた距離を詰めようとして、俺は小走りに十字路を突っ切る。その際、首だけを左に向けて、視線でそちらの道の様子を確認する。一瞬、スーツの男の姿が目に留まった。なぜか男はひとり所在なげに道端に立ち尽くし、こちらを見ていた。

瞬間、男と目が合ったような気がして、俺は咄嗟に顔を伏せる。そして再び前を向くと、あらためて少女の背中を追った。中間に余計な何者かを挟まない分、俺と美乃里ちゃんとの距離は自然と近づく。両者の距離は、やはり目測で七、八メートル程度か。その距離を保ちながらの俺の追跡は、そこからが長かった。

前を歩く美乃里ちゃんは住宅街の路地をアッチへ曲がり、コッチへ曲がりと道草しながらノロノロと進む。イライラする俺は何だか意地悪されている気分だ。そんな美乃里ちゃんの道草は結局、三十分ほども続いただろうか。

やがて道草にも飽きたらしく、美乃里ちゃんは母親と暮らすアパートへと、真っ直ぐ向かいはじめた。今回の見守り（ていうか尾行？）は、ゴールまで無事にたどり着けそうだ。そうなると、あらためて気になるのは、先ほどいなくなったスーツの男だ。彼はいったい何者だったのか。少女に災厄をもたらす存在ではなかったのか。俺の見る限りでは、彼の背中からは邪悪な雰囲気がプンプンと漂っていたのだが、あれはこちらの偏った思い込みに過ぎなかったのだろうか。

そんなことを考えながら歩を進める俺。その視線の先で、ランドセルの少女が再び住宅街の角を右へと曲がる。ブロック塀の向こうに、黒髪ロングの小学生の姿が一瞬掻き消える。もちろん俺は油断することなく同じ角へと駆け寄ると、ブロック塀の端から、また「そーっ」と首を突き出して向こう側の様子を窺う。すると次の瞬間、俺の口から「えッ」という驚きの声があがった。「――い、いない⁉」

叫びながら勢い良く角から飛び出した俺は、目を見開いて前方の路地を見やる。どれほど凝視しても、そこに人の姿は見当たらない。駆け出しながら道の左右を見回すが、少女が隠れている様子もない。そもそも、この狭い路地に隠れる場所などないのだ。

道の両側には高く聳えるブロック塀。よじ登ることは、大人でも結構苦労しそうな高さだ。そのブロック塀に門や玄関、ガレージの類はいっさいない。路上駐車の自動車なども見当たらないから見通しは良い。そんな路地が二十メートルほど続いて、そこで道はいきなり直角に左へと曲がっている。

そこまで一気に走りきった俺は、勢い良く角を曲がって前方を見やる。だが、その先の道にも少女の姿は見当たらない。そもそも少女が、ひとつ目の角を右に曲がって俺の視界から姿を消し、その直後に俺が同じ角から「そーっ」と顔を覗かせるまで、ほんの数秒間しかなかったはず。あの短い時間に、美乃里ちゃんがどれほど全力疾走したところで、この二つ目の角までたどり着けたとは到底思えない。してみると彼女の姿は、この二十メートルほどの路地の中間あたりで、バッチリ目撃されていなければおかしいのだ。それなのに――

「いきなり消えるって……嘘だろ……」

キツネに抓まれた思いの俺は、それでもキョロキョロと周囲を見回して、消えた少女の痕跡を捜す。すると二つ目の角を左に曲がってすぐのところに、小さな家の門があった。

門扉は腰の高さほどしかなく、そこから続くフェンスも網状になっている。そのため路上からでも庭の様子がよく見える。

その庭先に、いくらか腰の曲がったおじいさんの姿があった。

おじいさんは二月の陽光の中で外に出て、庭木の手入れをしているところらしい。鉄製のハサミを持ってフェンス際の灌木に向かっている。その視線は訝しげな光を放ちながら、真っ直ぐ俺へと向けられていた。さすがに『誰だ、この好青年は？』と思っているわけではあるまい。突然、息を弾ませながら現れた俺を見て、警戒している様子がアリアリだ。

しかし見回したところ、偶然この場に居合わせた人物は、この老人ただひとりらしい。ならば選択の余地はない。俺は迷うことなく彼に問い掛けた。

「すみません、おじいさん、いまここに小学生の女子がきませんでしたか？　ランドセルを背負った髪の長い女の子。年齢は十歳かもう少し上くらいに見えたかもしれませんが、いかがでしょう……？」

するとと老人はぶっきら棒な口調ながらキッパリと断言した。

「いいや、そんな子は通っておらんな。ああ、間違いはないぞ。年はとっても目はいいほうだからな――」

4

「いやいや、そんなはずはない。きたはずですよ、髪の長い小学生の女の子が……」

　と食い下がる俺に対して、老人はフェンス越しに不審そうな目を向けると、「はぁ、髪の長い小学生の女の子だと？　いや、やっぱり知らんなあ」といって自らフェンス際まで歩み寄ってきた。「あんた、その子の写真か何か、持ってないのかい？」

「写真!?　ああ、ちょっと待って」俺は愛用のスマートフォンを取り出す。時刻のデジタル表示は、午後三時ちょうどになっている。俺は画面上に美乃里ちゃんの画像を表示して、老人に示した。「ほら、この子。溝ノ口中央小学校の児童なんですが……」

　すると老人は画面を一瞥するなり、「なんだ、この子、美乃里ちゃんじゃないか。この先のアパートで、パーマきつめのお母さんと暮らしている、髪の長い女の子だ」

「そう、その子だ！」俺は指をパチンと弾き、その指を真っ直ぐ老人の顔へと向けた。「なんだよ、じいちゃん、美乃里ちゃんの知り合いかよ。だったら、ちょうど良かったぜ！」

「こら、誰が《じいちゃん》だ、誰が！」

大声をあげて俺を一喝した老人は、続けて説明した。「わしが知り合いというより、うちの健一が美乃里ちゃんと同級生なんだよ。ああ、健一というのは、わしの孫なんだが……ほら、あそこにいるだろ」

といって老人は自宅の二階を指差す。釣られるように顔を上へ向けると、勉強部屋か何かだろうか、二階の窓辺に男の子の姿があった。

カーテンの隙間から顔を覗かせて、ジッとこちらの様子を見下ろしている。遠目ではあるが、目鼻立ちの整った顔は凜々しさを感じさせる。

俺は咄嗟に片手を挙げて、「ああ、ちょっと君……」と小学生の健一クンに呼び掛けてみる。しかしガラス越しなのでこちらの声が届かなかったのか、それとも素敵なお兄さんに突然話し掛けられて照れくさかったのか、たぶん後者だとは思うのだが、少年は俺の呼び掛けには応えず、窓辺からそっと姿を消した。

「お孫さん、人見知りのようですね」

「いや、そうじゃない。普段から孫には口が酸っぱくなるほどいってあるんだ。『知らないおじさんに話し掛けられても、絶対に相手しちゃ駄目だぞ』ってな」

「ちょっと、誰が《おじさん》ですか、誰が！」

今度は俺が大きな声を出す番だ。一方、老人はしてやったりの表情を浮かべている。これ以上、この人と関わっても時間の無駄だろう。そう思った俺は暇を告げることにした。

「要するに、美乃里ちゃんの姿は見なかったんですね。そうですか、判りました」いや、むしろ『判らなくなりました』というべきかもしれないが――「とにかく、ありがとうございました。他を捜してみます」

軽く片手を挙げた俺は、踵を返して老人の前から立ち去った。

あらためて付近の道路を見回してみるが、ランドセルの女子はおろか、あたりには通行人ひとりさえいない。どうやら俺は完全に美乃里ちゃんの姿を見失ったらしい。だが単に不注意で見失ったのではない。彼女は意図的に俺を撒いたのだ。正直、あの少女に俺を撒くだけの脚力があったとは到底思えない。だが彼女が一瞬にして俺の尾行を振り切り、煙のように姿を消したことは紛れもない事実だ。

「どうしよう。これじゃママさんに叱られちゃうな……」

とにかく美乃里ちゃんを見つけるしかないだろう。そこで俺はとりあえず彼女が母親と暮らすアパートに足を運ぶことにした。俺を撒いた美乃里ちゃんは、何食わぬ顔で自宅に戻って、いまごろは宿題でもしているのかもしれない。そんな希望的観測を胸に抱きながら、俺はアパートへの道をひとり急いだ。

やがてたどり着いたアパートは木造モルタル二階建て。昭和の香りが濃厚に漂う古いアパートだ。ママさんと美乃里ちゃんは、このアパートの二階の一室で、二人暮らしを営んでいるのだ。俺は問題の部屋を見上げながら、「さて、これから、どうするかだな……」

いきなり呼び鈴を鳴らしては、相手もビックリするだろう。それこそ不審者と思われる公算が大だ。しかし、いくら外から眺めても、室内に美乃里ちゃんがいるかいないか、判断できない。考えあぐねる俺は、とりあえず外階段を上がって二階の一室の前に立つ。

すると、そのとき——

突然、俺の耳に飛び込んでくる不吉な音色。遠くで鳴り響くサイレンの音だ。それは少しずつだが確実に、こちらへと近づいているようだった。俺の中で不安と恐怖が、真夏の入道雲のごとく湧きあがる。もう迷っている暇はない。俺は玄関の呼び鈴を鳴らした。

数回にわたって響くチャイムの音。だが室内から応える声は、ついになかった。

それから、しばらくの後。散々走り回って、住宅街を右往左往した挙句、俺はようやく路上に停まるパトカーと救急車を発見した。その傍には野次馬らしき大人たちの姿。それに交じって下校途中と思(おぼ)しき小学生たちの姿もチラホラと見える。

そんな野次馬たちの頭越しに垣間見えるのは、滑り台やブランコといった遊具だ。どうやら住宅街の小さな公園で何か良からぬことが起こったらしい。俺は息を弾ませながら野次馬たちの群れに飛び込むと、見知らぬ中年男性を捉まえて尋ねた。

「いったい、どうしたんです？　何が起きたんですか」

「さあ、よく判らないけどさ」と前置きした中年男性は顔を公園へと向けたままで、「どうやら小学生の女の子が何か酷い目に遭ったらしいよ」

「えッ、小学生の女の子!?　それって黒髪ロングの可愛い女の子じゃ……!?」

思わず摑みかかるような勢いで問い掛けると、俺の剣幕に恐れをなしたのか、中年男性は、

「し、知らないよ、そんな詳しいこと……」といって顔の前で両手をバタバタさせた。

ええい、くそッ――苛立つ俺は、野次馬の群れを掻き分けるようにしながら、立入禁止のテープが張られた最前列まで移動。だがそれ以上、前へ進むことはできない。黄色いテープの向こう側では、制服巡査が厳しい顔つきで仁王立ちしている。するとそのとき、巡査の肩越しに、見慣れたイケメン男性のスーツ姿を発見。目いっぱい爪先立ちした俺は、両手を大きく振りながら彼の名を呼んだ。

「おーい、長嶺ッ、俺だ、俺ッ！　ほら、こっち向けよ。おい、無視すんなって、長嶺ッ、こら、この幼女好きのロリコン眼鏡！」

すると懸命の呼び掛けが、ようやく彼の耳にも届いたらしい。長嶺勇作は物凄い顔と勢いで黄色いテープの傍まで駆け寄ると、「黙れ、橘！」と一方的に俺を一喝。さらに眼鏡の奥

で目を三角にしながら叫んだ。「誰が《幼女好き》だッ、誰が《ロリコン眼鏡》だッ！」

「誰って？」おまえしかいないだろ、長嶺——そういうように真っ直ぐ人差し指を彼へと向ける。すると彼は目の前の人差し指をぐっと握って、ボキッと骨が鳴るほどに、それを真横に傾ける。骨が鳴る代わりに、俺の口から「ぎゃッ」と短い悲鳴が漏れた。

この乱暴な友人は長嶺勇作。俺にとっては高校時代からの腐れ縁。ちなみに現在の彼は、いっちょう前に溝ノ口署の刑事課に勤務する現職刑事である。俺は骨が折れた（かもしれない）人差し指をさすりながら、彼に尋ねた。

「おい、教えろよ、長嶺！　被害者は小学生の女子って話は、本当か！」

「ああ、確かに、そのとおりだが……それがどうかしたのか、橘？」

長嶺は声を潜めて聞いてくる。俺が何か知っていると思ったのだろう。俺も同様に声を小さくしながら、「まさか死んだとか、殺されたとか、そんな話じゃないだろうな？」

「いや、そういう事件ではない。ただ気絶して倒れているところを発見されただけだ」

「気絶して？」最悪の結果は回避されたにせよ、深刻な事態であることに変わりはない。俺は自分にとって無視できない点を確認した。「その女の子、ひょっとして美乃里ちゃんっていう髪の長い女の子じゃないか？」

「なに!?」長嶺の眸がレンズ越しに鈍く光る。一瞬の後、彼は二人の間を隔てる黄色いテープを指先で持ち上げると、「おい、ちょっと中に入れよ」といって、俺を公園の中へと招き入れる。そして声の音量を通常に戻して尋ねた。「おい、橘、教えろよ。なんで、おまえが被害に遭った女の子の名前を知ってるんだ？」

5

「というわけで、俺は長嶺から質問攻めに遭い、俺もまた彼から直接、事件の概要を聞くことができた。そうして俺は美乃里ちゃんについて、いままで謎とされていたひとつの真実を知るに至った」俺は指を一本だけ顔の前に立て、その真実を告げた。「実は彼女のフルネームは中里美乃里。つまり『あじさい』のママさんの名字は《中里》だったわけだ！」

となると、残る大問題はママさんの下の名前だな――そう続けようとする俺の前で、

「んなこと、どーだっていいでしょ、良太ぁ！」

綾羅木有紗十歳が二つ結びの髪を揺らして俺を睨む。そして黒いセーラー服の上半身をぐっと前に傾けながら聞いてきた。「それより、その中里美乃里って子は、どうなったの？誰に何をされたの？　どういう状態で発見されたの？　いまはどういう容態なのさ？」

「まあまあ、そう慌てるなよ」両手を前に突き出しながら、俺は前のめりになる探偵少女を

懸命になだめた。「落ち着けよ、有紗。ほら、落ち着け、どうどう……」

　事件発生から丸一日が経過した日の午後。場所は武蔵新城にある『なんでも屋タチバナ』の狭くて快適ではないオフィス——要するに俺の部屋だ。来客用のソファに座る有紗は、事件の話を半分ほど語った俺に対して、矢継ぎ早に質問を投げる。どうやら探偵少女はママさんの下の名前には、あんまり興味がないらしい。仕方なく、俺は長嶺勇作やママさんから入手した情報について、彼女に教えてやった。

「美乃里ちゃんは公園の女子トイレの個室で倒れているところを、後からそこを利用しようとした近所の主婦によって発見されたらしい。警察に通報したのも、その主婦だ。発見されたとき、美乃里ちゃんは意識がなかった。後の調べによると、どうやら後頭部を鈍器か何かで殴打されたらしい。幸いにして、病院に運ばれてすぐに意識を回復したそうだが、誰に殴られたのかについては、美乃里ちゃん自身もよく判らないという話だ。個室に入ろうとした瞬間、背後から突然ぶん殴られたんだな。だから彼女は犯人の顔を見ていない。犯人の行方は知れず、捜索はいまも続いている。——まあ、美乃里ちゃんが順調に回復していることだけが、不幸中の幸いかもな」

「ふーん、有紗の知らないところで、そういう出来事が起こっていたんだね」

　探偵少女としての血が騒ぐのか、有紗は興味津々の面持ちで頷く。そしてソファの背もたれに上体を預けると、何事か考え込むように腕組み。やがて顔を上げた有紗は、まるで依頼人であるかのように——いや、違った。今回は彼女も依頼人だった。現在の俺は『あじさい』のママさんと綾羅木有紗サマ、二人の依頼を掛け持ちしているのだ——有紗は、まさしく依頼人として俺に尋ねた。

「ところで、有紗がお願いしていた例の件は、どうなったの？　宮園梨絵ちゃんの捜している素敵な女の子、見つけてくれた？」

「ああ、そっちか」今日の有紗は、むしろそちらの件の進捗状況を尋ねるために、放課後のこの時刻に、『なんでも屋タチバナ』を訪れたのだ。だが残念ながら俺は依頼人の前で頭を掻くしかなかった。「いや、もちろん忘れちゃいないさ。美乃里ちゃんの件と並行して捜索は続けている。だけど不思議なことにサッパリ見つからないんだよなあ。ひょっとすると、その素敵な女の子って、溝ノ口中央小学校の児童じゃないのかもしれないな……」

「ふーん、そうなんだ。だとすると良太ひとりの手じゃ、捜しようがないかもね」

ソファに背中を預けながら、《依頼人》は諦め顔で溜め息をつく。俺も正直この件については匙を投げたい気分だ。すると有紗は唐突に話題を転じた。「それにしてもさ、さっきの美乃里ちゃんの事件に戻るけど、その子を良太がアッサリ見失ったって話は、いったいどういうこと？　なんで角を曲がった途端に、美乃里ちゃんは姿を消しちゃったわけ？」

「そう、そこが判らん」俺は正面に座る有紗を思わず指差した。「角を曲がった瞬間、美乃里ちゃんが猛ダッシュで路地を駆け抜けて、次の角まで一瞬にしてたどり着き、スピードを緩めることなく角を曲がって姿を消した。――っていうのなら、話は判るんだがな」

「その可能性は全然ないわけ？」

「ああ、ないな。後になって病院でママさんに会った際に、直接聞いてみたんだ。彼女がいうには、美乃里ちゃんの運動神経は贔屓目に見ても《中の下》ってところらしい。俺がいまいったような俊敏な動きなんて、ママさんでさえ一度も見たことがないそうだ」

「ふぅーん。《中の下》かぁ」と首を縦に振った有紗は、何気ない口調で続けた。「ちなみに聞くけど、良太、そのときママさんには怒られたの？　ひょっとして『この役立たず！』とか罵声を浴びせられて、拳でタコ殴りにされたとか？　だって、良太さえヘマをしなけりゃ、美乃里ちゃんは暴漢に襲われずに済んだはずだものねえ」

「ぐッ……」畜生、有紗め！　こちらの傷口を抉るようなことを、平気で口にしやがる！

俺は痛む胸を右手で押さえながら、「ママさんも内心では怒り心頭だったかもな。だが、そこは堪えてくれたよ。ただひと言、『もうちょっとマシなボディーガードを雇えば良かった』って、そういわれただけだ」

「なんだ。結構いわれてるじゃない、辛辣なこと！」

「まあな。でも、それ以上のことは、いわれなかった。どうやらママさんの怒りの矛先は、この俺じゃなくて、別の人物に向いているらしいんだな。早い話、ママさんには美乃里ちゃんを襲った人物についての心当たりがあるんだよ」

「心当たりって……誰？」

「別れた男だそうだ」――ん、だが待てよ。こんな話、小学生に聞かせていいのかな？

青少年の健全な成長を願うという観点から、この話は自粛するべきかもしれない。そう考えた俺は、咄嗟に口を閉ざす。だが、そんな俺の目の前で、

「え、誰？　別れた男って、どんな奴？　名前はなんていうの？　顔は？　年齢は？　ねえねえ、もったいぶらないで教えてくれたっていいでしょ――ねえ、良太ってばぁ！」

と探偵少女が異様な食いつきを見せるので、結局、根負けした俺は、「誰にも喋っちゃ駄目だぞ」と釘を刺してから、知っている情報を有紗に伝えた。「別れた男の名前は、海野俊樹というそうだ。年齢はママさんより若くて三十代。『あじさい』の常連客だった男で、付き合っていた当時の職業は、いちおうマトモな会社員。といっても職をコロコロ変えるタイプだったようで、いまは何をしているのか、ママさんにも判らないらしい。――あ、念のためにいっておくが、この海野という男は美乃里ちゃんの父親ではないぞ。まあ、ひょっとしたら美乃里ちゃんの父親になるかもしれなかった男らしいんだがな」

「つまりママさんは、その男と再婚を考えていたわけだね」

と、さすが探偵少女は理解が早い。俺は小さく頷いて続けた。

「そうだ。仮に二人が結婚していれば、海野俊樹は美乃里ちゃんの義理の父親ってことになっていたはず。しかし実際には、ある程度まで話が進んだところで、この話は御破算になった。美乃里ちゃんとその海野という男の仲が上手くいくか否か、ママさんは自信が持てなかったらしい。早い話、美乃里ちゃんは母親の再婚を望んでいないようだ——とママさんの目には、そう映ったらしいんだな。それで最終的にママさんは海野との再婚を思い留まったってわけだ」

「なるほど、賢明な判断だね」

——おまえに何が判るってんだよ！　それが《賢明な判断》なのか《惜しい相手を逃した》なのか、俺にも判断付かないってのに、小学四年生のおまえに、いったい何が！

「まあ、とにかくママさんは海野俊樹と別れた。結果、海野がママさんに対して——そして美乃里ちゃんに対しても——恨みを抱いていたことは充分に考えられるというわけだ」

「じゃあ、美乃里ちゃんのボディーガード役を良太に頼んだとき、ママさんの頭の中には、その海野って男の存在が、すでにあったんだね」

「たぶん、そうだったんだろうな。海野が腹いせに美乃里ちゃんに悪さをするんじゃないか。

そんな懸念がママさんにはあったんだろう」

「うーん、だけど、そこまで具体的な危機が予想できていたなら、ホント、マジで、もうちょっとマシなボディーガードを雇うべきだったよねえ、そのママさん」

「ぐうッ……」有紗さん、それ以上、言葉のナイフで僕の傷口を抉るのは、やめていただけませんか！　お陰で傷口はもう再生不可能なほどにぐちゃぐちゃですよ、ホント、マジで！

俺は我が身の不幸を嘆くようにハァと溜め息。そんな俺に対して有紗はふと思いついたように尋ねてきた。

「ねえ、ひょっとして良太が美乃里ちゃんを尾行しているときに見た、スーツの男。そいつが海野俊樹っていう可能性はないかしら。海野は美乃里ちゃんを襲う目的で、彼女の後をつけていた。そのすぐ後を良太がつけていたってわけ。――どう、ありそうな話だと思わない？」

「ああ、考えることは誰でも同じだな。俺の話を聞いた途端、ママさんも似たような可能性を口にしたよ。だが結論からいうと、あのスーツを着た会社員風の男が、海野俊樹だったか否か、俺にはよく判らない。ママさんから海野の写真を見せてもらったが、確かなことは何もいえなかった。そもそも俺は、あのスーツの男の背中ばかり見ていたから、顔はハッキリ見ていないんだよ」

「なーんだ。まったく役立たずなんだから、良太は……」

——こらこら、抉るな抉るな！　これ以上、傷口を広げるなっての！

また俺は胸に右手を当てて、荒い息を吐く。すると、そのとき『なんでも屋タチバナ』の玄関に新たな人の気配。そしてピンポ～ンと間抜けな音色で呼び鈴が鳴った。

6

扉を開けてみると、目の前に立つのは昨日顔を合わせたばかりの我が友人、長嶺勇作刑事その人だ。俺は驚きつつも、気安く片手を挙げて挨拶した。

「よお、長嶺か。いったい何の用だ？　警察手帳でも失くしたのか」

「失くしてない。——ていうか、べつに便利屋に捜し物を頼みにきたんじゃない」

「じゃあ何だ？」と首を傾げた俺は室内を親指で示しながら、「まあ、とにかく上がれ」

その台詞を言い終える前に、もう長嶺は靴を脱ぎ終えていた。

「ああ、悪いが邪魔するぞ」

彼が室内に足を踏み入れると「こんにちは、長嶺さん」と丁寧にお辞儀をしながらセーラー服の有紗が出迎える。誰もがとっくにご存じのとおり《幼女大好き》の隠れ変態キャラである長嶺勇作は、たちまち相好を崩しながら、「やあ、有紗ちゃんもきてたのかい？」

そして、さも当然のように少女の隣に座を占める。《幼女好き確定》の赤ランプが彼の頭上で点灯するのを、俺は確かに感じた。だが、いまは彼のロリコン疑惑——いやもう、これは疑惑とかじゃなくて、ほぼ事実だと思うのだが——それを追及している場合ではない。

俺は彼の正面のソファに腰を下ろすと、あらためて尋ねた。「——で、何の用なんだ？　拳銃でも失くしたのか」

「失くしてない！　そうじゃなくて、昨日の事件の話を聞きにきたんだ」

「美乃里ちゃんの事件か」まあ、昨日の今日だ。たぶん、その件だろうとだいたい見当は付いていたが——「しかし俺の知ってることは、昨日すべて話したぞ」

「ああ、だがあらためて聞きたいんだ」そういって長嶺は手帳を取り出すと、開いたページを眺めながら質問を投げてきた。「昨日の午後、おまえは下校中の中里美乃里ちゃんを密かにつけていた。間違いないな？」

「うむ、そこだけ聞くと、なんだか変質者っぽいが、まあ事実だ。——それで？」

「しばらく尾行が続いた後、おまえは住宅街の路地で、美乃里ちゃんの姿を突然見失った。時刻でいうと午後三時ごろのことだ。間違いないか」

「何度も聞くなよ。ああ、間違ってないさ。美乃里ちゃんを見失った後、しばらくしてスマホの時刻表示を見たんだ。そのとき午後三時ちょうどだった。それが、どうかしたか」

「そうか……」長嶺はやや大きめの音量で独り言を呟いた。「じゃあ、やっぱり彼の言い分は正しかったってわけか……」

その呟きを耳にした有紗は、年相応のあどけない口調を装いながら、

「ねえねえ、長嶺さぁーん、《彼の言い分》って何のことー？」

「え!?」いきなり問われて、長嶺は破顔一笑。「あははッ、なーに、有紗ちゃんには全然関係のないことだよ。べつに知らなくていいことさ」

「そんなこといわないでさー、ねえねえ、教えてよ、長嶺さぁーん！」

「おまえにゃ、なおさら関係ないんだよッ、橘！」長嶺は打って変わって怖い顔。正面から俺を睨むと、「有紗ちゃんの喋りを真似したって無駄だ。やめろ馬鹿、気色悪い！」

「ちぇ、なんだよ」

舌打ちした俺は自分本来の口調に戻って、なおも食い下がった。

「まあ、そうツンツンするな、長嶺。どうせ、アレだろ。おまえが疑っているのは、『あじさい』のママさんが以前に付き合っていた男。海野俊樹って奴なんだろ。それで、そいつがどうしたんだ？　俺が美乃里ちゃんを見失った時刻は午後三時ごろ。それだと何か困ったことでもあるのか。――あ、ひょっとして！」俺は脳裏に浮かんだ、ひとつの可能性を口にした。

「海野俊樹には午後三時以降の確かなアリバイがあるとか、そんな話なのか」

「う、うむ、まあ、そんなところだ」長嶺は渋々といった調子で頷いた。「正直そのせいで捜査は暗礁に乗り上げた恰好だ。そこで俺は、こう思った。『どうせ橘のことだ、うっかり間違った時刻を捜査陣の前で口にしたのだろう』――ってな！」

「何が『――ってな！』だ。この俺に失礼だろ」自分の胸を親指で示した俺は、全力の上から目線でもって目の前の刑事に対して堂々と主張した。「見くびってもらっちゃ困るねえ、長嶺クン。こう見えても、ここ最近の俺は絶好調。溝ノ口署管内で起こった凶悪事件に自ら首を突っ込んでは、毎度のごとく事件解決にひと役買っていると、そう自負しておるんだがねえ。――どうだい？　何か反論があるかね、長嶺ゆーさくクン」

「う、うむ、確かにおまえのいうとおりだ。何の偶然か知らないが、そういうケースはこのところ多いな。正直まったく腑に落ちないが。――ひょっとして橘、馬鹿なおまえにこっそり知恵を授けてくれる賢い長老か誰かが、近くにいるんじゃないのか」

「…………」長嶺勇作、まあまあ勘がいいのか、それとも絶望的に鈍いのか……。

思わず言葉を失う俺の前で、自慢の黒髪をツインテールにした《長老か誰か》が、不満げに頬っぺたをプーッと膨らませる。だが、そんな有紗の姿を見ても、長嶺が彼女のことを《長老か誰か》であると気付くことは、もちろんない。

微妙な沈黙が舞い降りた後、俺は話を事件に戻した。「とにかく午後三時という時刻に間違いはない。間違いがあるとするなら、海野が主張するアリバイのほうだろう。簡単じゃないか。海野が犯人で、嘘のアリバイを主張しているんだ。そういうことだろ？」

「いや、どうやら海野の主張は嘘ではないらしい」長嶺はようやくこの俺、橘良太サマの知恵――もしくは近くにいるであろう《長老か誰か》の知恵――を借りる気になったらしい。海野俊樹のアリバイについて詳しく説明を始めた。「昨日の午後三時、海野は確かに現場となったあの公園の傍にいたんだ」

「なんだ。だったら相当に怪しいじゃないか。やっぱり、そいつが犯人だろ」

「ところが、そうじゃない。海野は午後三時ちょうどの時刻には、現場付近のファミレスにいたんだ。彼の友人である中森雅人（なかもりまさと）という男と一緒にな」

「中森雅人!?　どういう奴なんだ、そいつは？」

「海野の飲み仲間らしい。二人は公園の傍で偶然に――まあ、偶然というのは、本人たちがそういっているだけの話だが――とにかくバッタリと出くわしたそうだ。そのまま路上で数分ほど立ち話をした二人は、やがて近所のファミレスに入っていった。二人はその後、その店で二時間にわたって昼飲みをして楽しんだらしい。これについては店員たちの証言が複数あるし、注文の履歴も残っている。だから間違いはない。海野は友人の中森とともに、遅くとも午後二時五十分までには店に入って、最初の注文を済ませている」

「午後二時五十分？　てことは、俺が美乃里ちゃんを見失うより十分ほど前だな。そして、それ以降の二時間、ずっと海野はそのファミレスにいたってわけか」

「そうだ。その海野が、いくら歩いていける距離だからって、近所の公園のトイレで美乃里ちゃんを襲うことができると思うか？　それをおこなうためには、海野は十五分か二十分か、ある程度の纏まった時間、自分の席を離れてなけりゃならない。だが店員に聞いても中森に聞いても、海野にそんな振る舞いはなかったらしい。間違いなく海野はずっと同じテーブルで、中森と一緒に飲み食いしていたんだ」

「そ、そうか……そういうことなら海野の犯行は、ちょっと無理っぽい感じかも……」

いや、正直なところ、ちょっとどころじゃなくて、まったく不可能だと思える。こんなことなら、わざわざ長嶺から強引に話を聞きだすこともなかった。何の考えも浮かばず黙り込む俺は、気まずい思いでポリポリと頭を掻く。長嶺の二枚目顔に浮かぶのは落胆の表情だ。

そこに極太の文字で《話して損した》と書いてあるのが、俺にはハッキリ読める。

「どうやら便利屋の手に負える事件ではなかったらしいな。――話して損した！」

「………」ああ、判ってるよ！　判ってるから、わざわざ口に出していうな！

「まあいい。とにかく聞きたいことは聞き終えた。じゃあ俺は署に戻るとするかな」

といってソファから立とうとする長嶺。だがその寸前、いままで沈黙を守ってきた有紗が、例によってあどけない口調で質問の矢を放った。「ねえねえ、長嶺さん、その海野さんって人、中森さんっていうお友達とバッタリ出くわす前は、どこで何をしていたのー？」

「え!?」虚を衝かれたように長嶺は目をパチクリ。おもむろに鼻先の眼鏡を指でくいっと押し上げると、「なんで、そんなこと知りたいんだい、有紗ちゃん？」

あぁもう、『なんで？』とか聞かないで、さっさと質問に答えなさいよね、この変態ロリコン刑事めえ！ といわんばかりの表情が有紗の顔に浮かんだ――と俺にはそう見えた。

しかし有紗は一瞬口ごもっただけで、すぐに輝くような笑みを取り戻すと、

「ううん、ただ何となく聞いてみただけー」

「そっかー、ただ何となくかー」長嶺はとろけるような笑顔を見せながら右手を伸ばすと、目の前の少女の頭を撫でる。俺は少女に対するセクハラの臭いを感知して、声を荒らげた。

「おいこら、長嶺！ 幼女の頭を撫で撫でしてないで、質問に答えろよ。俺も知りたいんだ。午後二時五十分より前の海野のアリバイは、どうなっているんだ？」

「ん、おまえ、なにカリカリしてるんだ？」と訳が判らない様子で首を傾げた長嶺は、有紗の頭に乗せた邪悪な掌を、ようやく引っ込める。そして俺に向かって説明した。「海野は二時五十分になる数分前に中森と出くわしているわけだが、それ以前の行動は曖昧だ。海野自身は『ただ公園付近をブラブラと散歩していた』といっているが、確かな証人がいるわけで

はない。つまりアリバイはないってことだ。――それがどうかしたか、橘？」

「ううん、ただ何となく聞いてみただけー」

と再び少女の口調を真似て、俺は刑事の質問をはぐらかす。長嶺は何事か抗議しようと口を開きかける。だが、それより一瞬早く、有紗が重要な質問を口にした。

「ねえ、長嶺さん、その海野さんって人、どんな恰好でお散歩していたのー？」

有紗の鋭い問いに、俺は思わずハッとなった。そうだ。その点を確認するまで、長嶺を帰すわけにはいかない。緊張して身を乗り出す俺。その前で長嶺はアッサリと答えた。

「中森や店員の話によると、海野はきっちりとしたスーツ姿だったらしい。なんで散歩するのにスーツなのか、その点は確かに奇妙っていや奇妙なんだがな……」

いまさらのように首を傾げる長嶺。その横顔を見やりながら、探偵少女は何らかの手応えを得た様子。俺の目の前で、ひとり満足そうに笑みを浮かべるのだった。

7

長嶺勇作刑事が『なんでも屋タチバナ』から立ち去った後。溝ノ口のとある住宅街の路上にて。俺はランドセルを背負ったセーラー服姿の少女を密かに――いや、違う、密かにではない――誰憚ることなく堂々と尾行していた。

するとと次の瞬間、俺の視界の先でランドセルの少女が、前方に見えるブロック塀の角を素早く直角に曲がる。すぐさま俺は同じ角に駆け寄ると、塀の端から「そーっ」と顔を半分ほど覗かせて、角を曲がった先の光景を見やる。次の瞬間、俺は鋭く叫んだ。「あッ、見えた、見えたぞ！」

背中で飛び跳ねる黒髪のツインテールと、大きく揺れるランドセル。その二つを俺の視界が、一瞬ではあるが確実に捉えた。その直後、もうひとつ先の角を曲がって、少女の姿は完全に掻き消えた。俺はたったいま少女の消え去った角へと小走りしつつ、呼び掛けた。

「おーい、有紗、やっぱり無理っぽいぞ。おまえの全力疾走でもギリギリ不可能だ」

「えーッ、ホントに!?」角の向こう側から現れたのは、綾羅木有紗だ。悔しげに息を弾ませる制服姿の少女は、重そうなランドセルを背中から下ろしながら、「じゃあ、もういっぺん！今度はランドセル無しでやらせてよ。次はバッチリ消えてみせるからさ！」

「こらこら、妙なことに執念を燃やすんじゃない。実証実験としては、もう充分だ」

俺は指を一本顔の前で立てながら、実験結果について結論を述べた。「有紗が全力で走っても、やっぱり駄目。最初の角を曲がってから二つ目の角を曲がりきるまでの間に、ギリギリ俺に見つかってしまう。脚力自慢の有紗でギリギリってことは、美乃里ちゃんの運動神経じゃあ絶対に無理だ。やっぱり消失なんて、到底あり得ないって話になるな」

「まあ、そういうことだね」と有紗はランドセルを手にしたまま、素直に頷いた。

二月の太陽は、すでに西へと傾きつつある。俺と有紗がいるのは、昨日、美乃里ちゃんが不可解な消失を遂げた住宅街の路地だ。当時と同じ場所、同じシチュエーションで、果たして俺が経験したような消失事件が起こり得るか否か。そのことを実験するために、俺たちはこの場所を訪れたのだ。だが結果はご覧のとおり。俺たちの実験は、消失の不可解さを確認するだけに終わった。にもかかわらず、なぜか探偵少女の表情に落胆の色は微塵も見られない。そのことが、俺には不思議だった。

――やはり有紗は事件の真相に気付きつつあるのか？

そう思う俺の前で、有紗はその角の敷地に建つ二階建て住宅を見やる。昨日、美乃里ちゃんを見失った俺が、たまたま庭に居合わせた老人と会話を交わした、あの家だ。

低いフェンス越しに敷地の中を覗くと、昨日と同じ老人が、今日はペットらしい柴犬を撫で回していた。その姿を目に留めた有紗は、いきなり俺のほうを向くと、

「ねえ良太、この家の男の子の名前って、確か健一クンだったよね」

と、いちおう確認。俺が頷くと、彼女はランドセルを路上に置いて目の前の低いフェンスにしがみついた。「ねえねえ、おじいさーん、健一クン、いますかー？」

まるで同級生の女子であるかのごとく振る舞う有紗。それを見て老人は最初にっこり。その直後には、隣に立つ俺を見て、『おや、また君か？』と不審そうな表情。俺たちの関係をどう理解したのか不明だが、老人は有紗の質問には答えてくれた。

「健一はまだ学校から戻っていないな。まったく、どこで道草を食っているのか。――ところでお嬢ちゃんは、このへんじゃ見かけない顔だが、健一のお友達かい？」

「うん、そうなのー」

と少女は息をするように嘘をつく。探偵としては間違いなく有能なのだろう。だが人としていかがなものか。俺は少女の健全な成長に不安を抱かざるを得ない。

そんな俺をよそに、有紗はあくまでも無邪気な小学生として老人に尋ねた。

「ねえ、おじいさん、ここ最近、健一クンの様子に変わったところとかないですかー？」

通常、小学生の女子は、こんな聞き込み中の刑事のごとき質問を口にしないと思うが、老人は特に不審とは思わなかった様子。むしろ心当たりがあるらしく、「そうそう」と何度も頷きながら、少女の問いに答えた。「確かに今日の健一は、なんだか元気がなかったようだ。朝も学校にいきたくないとか何とか、母親に対してゴネていたようだ。そのくせ、風邪でもひいたのかと尋ねると、『そうじゃない』と答えるし。――よく判らんが、何か学校で嫌なことでもあったのかな。お嬢ちゃん、お友達なら何か知らないかね？」

もちろん有紗は健一少年のお友達でも何でもないので、老人の期待には応えられない。彼女は老人の問いなど、いっさい耳に入らない様子で、「ふうん、やっぱりそうなんだー」と、ひとり深々と頷くばかり。その呟きを耳にした俺は、眉をひそめて彼女を見やった。

「ん!?　なにが『やっぱり』なんだよ、有紗？」

だが、そう尋ねた直後、俺の背後に何者かの気配。と同時に、フェンス越しに立つ老人が、気安い調子で片手を挙げた。「ああ、どうした、遅かったな。だが、ちょうど良かった。お友達がきてるぞ。いや、こっちの冴えない男じゃなくて、そっちの可愛い女子……」

瞬間、思わず顔を見合わせた俺と有紗は、恐る恐るといった調子で後ろを振り返る。

「……冴えない……男!?」

「……可愛い……女子!?」

二人の目の前にランドセルを背負った男の子の姿があった。紺のジャンパーに茶色いズボン。目深に被った黄色い帽子。庇（ひさし）の下で黒い目が見開かれている。その視線はツインテールの美少女ではなくて、なぜか真っ直ぐ俺へと向けられているようだ。そのことに俺は違和感を覚えざるを得ない。俺とこの少年とは、ほぼ初対面のはず。厳密にいうならば、つい昨日、二階の部屋のガラス窓越しに顔を見たが、あんなのは顔を合わせたうちに入らないだろう。それなのに、なぜ少年の視線は、この俺に釘付けなのか。

不思議に思いつつも、とにかく相手を警戒させまいとして微笑む俺。だが、そんな俺とのコミュニケーションを拒絶するかのように、少年は踵を返してランドセルの背中を、こちらに向ける。アッと言葉を発する間もなく、少年は俺たちの前から駆け出した。

「ちょっと待って！」鋭く叫んだのは有紗だ。

だが少年に立ち止まる気配はない。すると次の瞬間、有紗はアスファルトの地面を「とりゃーッ」と強く蹴って見事なダッシュ力を披露。少年の後を懸命に追いはじめる。しかし前をいく少年の足は、俺の目から見ても相当に速い。いくら有紗が脚力自慢の探偵少女だといっても、そこには男女の差が立ちはだかる。普通なら有紗が追いつく展開は、あり得なかったろう。だが幸いにして、有紗には何も背負うものがなく、その一方で少年は背中にランドセルという重たいハンデを、文字どおり背負っているのだ。これだと、少年のほうに分が悪い。最初、離れていた二人の差は見る見るうちに縮まって、やがて両者の距離はゼロメートル。そして有紗は前をいく少年のランドセルを――ドン！

情け容赦なく突き飛ばす。俺は思わず目を疑った。――ちょっと有紗さん、いけませんよ、全力疾走する男の子の背中を、ドンだなんて！　下手すりゃ大怪我ですよ！

そう思ったが口に出して警告する暇など、もちろんない。哀れ、バランスを崩した少年は、もんどり打つようにして前方に転倒。その直後、ようやく少年に追いついた有紗は、「大丈夫？　怪我はなかった？」などとはいっさい聞かず、いきなり相手のジャンパーを摑みながら、「ちょっと、ねえ、なんで逃げるのよ！」

「おいおい、まあまあ、待て待て、有紗……」

遅れて二人に追いついた俺は、険悪な雰囲気の子供たちの間に割って入る。そして手加減というものを知らない探偵少女に、険しい顔を向けた。「おい有紗、この子に質問する前に、まずは『ごめんなさい』だろ。いまのは、おまえがやりすぎだぞ」

「えー、だってぇ、この子がぁ……」

「だってもぉ『尻手（しって）』もありません！「とにかく謝りなさい、謝るんです、有紗さんッ——キイッ」

『尻手』とは南武線の駅名だ。俺は彼女の言い訳を遮るように叫ぶ。ちなみに、『尻手』とは南武線の駅名だ。

俺が眉を吊り上げると、有紗は自慢のツインテールをしゅんとさせながら、「わ、判ったよ、判ったからさ」といって、倒れた少年の前で素直に頭を下げた。「ごめんなさーい」

「べ、べつにいいけど……」といって少年は少し照れたような表情。元気いっぱいをアピールするように、すっくと路上に立ち上がった。「でも、なんで急に追いかけるんだよ！」

「そっちこそ、なんで逃げるのさ！」

「そっちが追いかけるから逃げただけだよ！」

「いや、待ってくれ。それは違うだろ」俺は子供同士の口喧嘩に横から口を挟んだ。「健一クン、君は俺の姿を見て逃げたんだ。そして有紗は逃げる君を見て、それを追いかけた。最初に逃げ出したのは君のほうだった。いったい君は、なぜ逃げたんだ？」

「おじさんは関係ないだろ」

「いや、たぶん関係あると思うぞ。そういえば君、中里美乃里ちゃんと同級生だよな。君のおじいちゃんが昨日、そういっていた。ひょっとして君、美乃里ちゃんが襲われた事件について、何か知ってるんじゃないのか？　それとあと、細かいことをいうようだけど、君の目の前にいる男性は《おじさん》じゃないから。素敵な《お兄さん》だから。そこのところ、二度と間違えることのないように！」

「もう良太ッ、この際そんなこと、どっちだっていいでしょ！」

と有紗が鋭くツッコミを入れる。俺は頭を掻きながら、子供たちを交互に見やった。

「ま、まあ、確かにどっちだっていいが。――で、どうなんだ健一クン、君は美乃里ちゃんの事件について、何か知っているのかい？」

「べ、べつに、何も知らないよ。ただ同じクラスってだけなんだから」

悪いかよ、といわんばかりに少年は俺を真っ直ぐ睨みつける。こうして間近で見ると、子供とはいえ目鼻立ちの整った顔は、なかなか凛々しくて見栄えがよろしい。いわゆる美少年というやつだ。彼は追い討ちを掛けるように、俺へと歩み寄った。

「僕が中里さんの同級生だったら、何がいけないの？　ねえ——お・に・い・さ・ん」

「え、いや、そういわれると……」正直、こちらとしては返す言葉がない。

するど口ごもる俺の視線の先、何を思ったのか有紗は獲物を狙う仔猫のごとく自らの気配を消しながら、するすると少年の背後に回り込む。俺に立ち向かう健一少年は、背後の動きにまったく気付かない様子。彼女が何を狙っているのか、俺にはサッパリ判らない。

『おい、何をする気だ、有紗？』視線でそう問い掛けてみる俺。

『まあ、見てなさいよ、良太！』自信アリの表情で応える有紗。

何も知らない少年は、なおも威勢がいい。「ほら、なに黙ってんのさ、お兄さん。僕が中里さんと同級生だから、何だって？　お兄さんには、関係ないでしょ？」

「いいえ、関係ならあるわ」唐突に少年の背後で有紗が叫ぶ。

ハッとなって咄嗟に振り返る少年。ほぼ同じタイミングで有紗の右手が彼の頭上へと素早く伸びる。その指先が少年の黄色い帽子の庇を弾き上げると、彼の口から「あッ」という短い叫び声。彼は慌てて自分の両手を頭に持っていくが、時すでに遅し。勢い良く弾き上げられた帽子は、くるくると高く舞い上がり、少年の頭上で黄色い弧を描く。

と同時に、俺の眼前に現れたもの。それは意外や意外——黒くて長い髪の毛だった。いままで帽子の中に隠されていた美しい黒髪。それは一瞬ふわりと扇状に広がり、そして次の瞬間にはランドセルの背中へと流れるように落ちた。すべては一瞬の出来事だった。

俺は地面に転がった黄色い帽子と、少年の頭とを交互に眺めながら言葉もない。

少年は有紗のほうを向いたまま、拳を握って呆然と立ちすくんでいる。

実に思いがけない展開。だが少年の背中で揺れる黒髪、その長さ、その色合い、そのランドセルを背負った後ろ姿に、なぜか俺は見覚えがある気がした。

「こ、これは、どういうことなんだ⁉」俺は啞然として目をパチパチさせた。「これって、何だ？　カツラか何かなのか……」

だが冷静に考えてみると、この場面で小学生の男子がカツラを被って登場するとは思えない。しかし、これがカツラでないなら、いったい何なのか。戸惑う俺に有紗がいった。

「よく見てよ、良太、これはカツラじゃないよ」

「も、もちろんそうだろうが……てことはアレか……つまり健一クンは女子……」

「んなわけあるか！」と声を荒らげたのは当の健一少年だ。彼は強く唇を嚙みながら、ようやく俺のほうに向きなおる。そして胸を張って叫んだ。「僕は男だ！」

だが、こうして真正面から見ても、やっぱり俺の目には彼の姿が女子にしか見えない。もともと第二次性徴期を迎える前の少年少女は、ときに男女の区別が付きにくいもの。いかにも女の子らしい黒髪ロングのヘアスタイルを露（あらわ）にした少年の姿は、整った顔立ちや華奢な身体つきと相まって、同年代の女子そのものに見えてしまうのだ。

――しかし、いったいなぜ？

混乱する俺に答えを与えてくれたのは、やはり隣の探偵少女だった。

「これ、ヘア・ドネーションだよ、良太」

「な、なるほど、ヘア・ドネーションか」

俺はコンマ二秒で頷き、そしてコンマ七秒で聞き返した。「え、待て待て、有紗！　ヘア・ドネーションって何だよ？　俺、聞いたことないぞ、そんなヘアスタイル……」

「だったら、なんで頷いたのさ！」

有紗は鋭いツッコミを入れると、「そもそもヘアスタイルでもないしね……」とブツブツ。そして、その聞き慣れない言葉について簡単な解説を加えた。「ヘア・ドネーションっていうのは、医療用のカツラを作るために、自分の髪の毛を伸ばして、それを寄付すること。病気とかで髪の毛を失った人たちには、カツラが必要になるでしょ。そのためにおこなう一種のボランティアだね」

「ああ、なんだ、それのことか。それを早くいってくれよ。ああ、はいはい、それのことね。それなら、俺も小耳に挟んだことがあった可能性なきにしもあらずだぜ」

首が疲れるほどに頷く俺は、小学生二人の前で教養ある大人のフリをするのに必死だ。

「とにかく、判った。要するに健一クン自身はカツラじゃないし、もちろん女子でもない。あくまでも人助けとして、やってるわけだ。偉いじゃないか。見直したぜ、健一クン！」

俺は目の前の少年に向かって、片目を瞑って親指を突き出すポーズ。少年はむしろ迷惑そうな顔で、「いいよ、見直さなくて……」とボソリ。俺は再び有紗へと顔を向けた。

「で、それがどうしたんだ？　この子のヘア・ナントカネーションがどうかしたか？」

俺の問い掛けに、有紗は落胆の表情だ。セーラー服の肩をガックリと落としながら、

「えぇー、まだ判んないの、良太ぁ！」

そして探偵少女は、目の前に佇む黒髪ロングの美少年を指差しながらいった。

「昨日、良太が尾行していたのは、美乃里ちゃんじゃなくて、この子だったんだよ！」

8

「そんな馬鹿な！　俺は確かに美乃里ちゃんの後をつけていたはず……」と反論を口にしかけた俺の前で、そのとき健一少年が「クシュン」と可愛いくしゃみを一発。それを見た綾羅木有紗は俺の袖を引きながら、「ねえねえ、良太にも判るように説明するためには、かなり時間が掛かると思うから、どこか喫茶店にでも入らない？」と、なんだか失敬な提案。

だが、確かにそのほうがいい。いくら《子供は風の子》といっても、寒風吹きすさぶ二月の路上で、ミステリの解決篇に長々と付き合わせるのは酷というものだ。

そこで俺は有紗と少年を連れて、住宅街の一角にある中華料理店へと移動した。空席率百パーセントの店内に足を踏み入れた俺たち三人は、奥まったテーブル席に陣取る。さっそく有紗は「オレンジジュース」、少年は「コーラ」、そして俺は「とりあえずビール」と口々に注文の品を告げる。すると、たちまち子供連合から「ビールは禁止！」「まだ明るいだろ！」と猛烈な非難の嵐。結局、俺はジンジャーエールを飲みながら、子供たちの話を聞かせていただくこととなった。

「……それじゃあ何か、有紗？　俺は美乃里ちゃんと間違えて、この健一クンを尾行していたっていうのか？　いや、しかし待て待て。俺は校門を出てきた美乃里ちゃんの顔を、スマホの写真としっかり見比べてから尾行を始めたんだぞ。あれは間違いなく美乃里ちゃんだった。少なくとも、この男の子じゃなかった。それなのに、なぜそうなる？」

「途中で二人が入れ替わった。そう考えるしかないよね」

隣に座る有紗はストローでグラスのジュースを啜りながら説明した。

「さっきの実験のとき、良太もいってたよね。『美乃里ちゃんの運動神経じゃあ絶対に無理……消失なんて、到底あり得ない……』って。実際そのとおりだと思う。そしてそれが答えなんだよ。美乃里ちゃんの力では、あの路地での消失なんて無理。でも消失は確かに起こった。だったら、それは美乃里ちゃんじゃない別の誰かが起こしたんだよ。運動の苦手な女子には不可能なことでも、運動の得意な女子ならギリギリ可能かもしれない。運動神経バッグンの男子なら余裕で可能だったはずだよね」

そういって有紗は正面に座る少年を見やる。健一少年は肯定も否定もせずにグラスの中のコーラを見詰めている。有紗はなおも自らの推理を続けた。

「良太は健一クンを尾行していた。それを美乃里ちゃんだと信じ込んだ状態でね。そして二人は問題の路地に差しかかった。そこで健一クンは最初の角を曲がるや否や、いきなり猛ダッシュ。そのまま次の角まで全力で駆け抜けた。ちょっとだけ遅れて良太が角から顔を覗かせると、もうそこには誰の姿もない。良太の目には、おとなしそうな小学生の女の子が、ほんの一瞬で路地から消え失せたように映ったはず。でも実際は、駆けっこが得意な男の子が、最初の曲がり角から次の曲がり角までを全力疾走しただけなんだよ。そして健一クンはそのまま自宅の門を通って、何食わぬ顔で家へと戻っていったというわけ」

「なるほど、そういうことだったのか。――いや、しかし待てよ。じゃあ、なんで健一クンの祖父は俺に嘘をついたんだ？　俺はあのおじいちゃんに聞いたんだぞ。『いまここに小学生がこなかったか』ってな。そしたら、あの人は『いいや』とハッキリ答えたんだぞ。――

ははん、さてはあの嘘つきじいさん、孫を庇うために、この俺を騙したんだな」

「違うよ、そんなんじゃない！」

と、いままで沈黙していた健一少年が慌てて口を開く。このまま自分のおじいちゃんを《嘘つきじいさん》にしておくことが許しがたかったのだろう。結果的に、それは有紗のこれまで語った推理が真実であることを、少年自身が事実上、認めた瞬間でもあった。

そのことを知ってか知らずか、少年は懸命に訴えた。

「じいちゃんは嘘なんかついてないぞ。嘘をつく理由もないしな」

「うん、有紗もそう思うよ」といって探偵少女は、隣に座る俺のほうを向いた。「そもそもホントに良太、おじいさんにそういう聞き方したの？　実際はこんなふうに聞いたんじゃないの――『いまここに小学生の女子がこなかったか』とか何とか」

「うッ……」心当たりのある俺は、思わず言葉に詰まった。

なるほど、確かに俺はあの老人に、そういう聞き方をしたのかもしれない。『小学生の〈女子〉がこなかったか』と性別を限定する形で。だとするなら、老人がＮＯと答えるのも無理はない。なにせ、あの老人にとって健一クンは自分の孫。髪を伸ばそうが何をしようが、その姿は男子にしか見えないはずだ。けっして老人は嘘などついていない。むしろ質問する俺のほうが事実を正確に把握していなかったのだ。しかも俺はその直後、あの老人に対して、わざわざ美乃里ちゃんの画像をスマホで示してしまった。結果、俺と老人との認識のズレはついに解消されることなく、美乃里ちゃん消失の謎だけが残されたというわけだ。

「そうか。俺はあのとき『髪の長い小学生がこなかったか』って聞くべきだったんだな」

こうして俺を悩ませていた少女消失の謎は解かれた。

俺は次なる疑問に話題を移した。

「話を戻すようだが、健一クンと美乃里ちゃんの入れ替わりって、どうやっておこなわれたんだ。口でいうのは簡単だけど、実際は結構難しいよな。まず入れ替わりを成功させるためには、二人が同じ服を着ていなきゃ駄目だ。——てことは、健一クンと美乃里ちゃんは昨日、最初から同じ服を着て学校にいったってことなのか」

「ううん、そうじゃない」と少年が答えた。「ズボンの色は最初から揃えて登校したけれど、上着は別々だった。上も下も同じ服だと、同級生から変な目で見られるだろ」

「ああ、判る判る。『よッ、お二人さん、ペアルックかい？　ヒューヒュー、熱い熱いー！』って馬鹿な男子から冷やかされるパターンだもんな」

「そうだね」と有紗も頷く。「どのクラスにも絶対いるもんね、良太みたいな男子……」

「うむ、否定できんな」首を縦に振った俺は、逸れかけた話を元に戻した。「じゃあ健一クンは登校するときは違う上着だったが、下校時には美乃里ちゃんとお揃いの上着、青いダウンジャケットにわざわざ着替えたわけだ。そして美乃里ちゃんの自宅へ向かう帰り道で、同じ服を着た二人が密かに入れ替わった。具体的には、どこでどう入れ替わったんだい？　俺がコンビニに入っているときとか？」

「違うよ。住宅街に入ったところにある十字路で、僕らは入れ替わった。そこで入れ替わろうって、前もって中里さんと話をつけてあったんだ。やり方は簡単。十字路の手前の角を曲がった中里さんは、真っ直ぐ十字路に向かうと思わせておきながら、実は道の途中に置かれた自販機の陰に姿を隠す。ちょうど子供ひとり隠れられるようなスペースがあるんだよ。彼女が隠れると同時に、僕が十字路の横道から現れて、何食わぬ顔でその十字路を直進する。尾行する人は僕のことを中里さんだと勘違いして、そのまま十字路を真っ直ぐ進むはず。尾行者をやり過ごした後で、中里さんは悠々と自販機の陰から現れて、反対方向に逃げるってわけ」

「なるほど、あの場面か。うーん、まったく気が付かなかったな」そもそも、あの道に自販機があったことさえ記憶にない。俺は唸り声をあげながら頭を掻く。そしてハタと気付いて声をあげた。「でも、待てよ。根本的なことを尋ねるけど、そもそも君たちの目的は何なんだ？　君たちが苦労して、入れ替わろうとした理由は？」

「そんなのきまってるでしょ、良太。もちろん、怪しい尾行者を撒くためだよ」

「そう」と少年も頷いた。「ここ最近、中里さんは帰宅途中に何度か怪しい男を見たんだって。なんだかつきまとわれている気がするって、そう僕に相談してきたんだよ。それで僕が彼女の身代わりになって、その男にひと泡吹かせてやろうって話になったんだ」

ひと泡吹かせて、どうこうなる問題じゃないから、それは警察に相談しなさい。——と事を起こす前だったらアドバイスするところだが、いまさら文句をいっても始まらない。

「なるほど、そういうことか」俺はいったん頷いた後に、顔を上げた。「ん!? だけど、それって変じゃないか。だって俺が美乃里ちゃんを尾行したのは、昨日が最初だったんだぞ。それなのに、あの子が俺を撒くために、健一クンと示し合わせて服を揃えたり作戦を練ったり……そんなのって、あり得ないだろ」

「そうだね。そんなの、あり得ないよね」有紗はアッサリ頷くと、「だけど良太、昨日、美乃里ちゃんを追っていた《怪しい尾行者》は、良太だけじゃなかったはずだよね」

いわれて俺はハッとなった。「そうか。あのグレーのスーツを着た男!」

「そう。美乃里ちゃんが恐怖を感じ、健一クンの力を借りてまで遠ざけたいと願った相手。それは良太じゃなくて、そのスーツの男のほうだったんだよ」

「え、ちょっと待ってよ……スーツの男って、誰なのさ、それ?」

と健一少年は理解が追いつかない様子。だが無理もない。少年の話と俺の記憶を総合して考えるならば、少年とスーツの男はあの十字路で一瞬ニアミスしただけ。少年はスーツ男の顔さえも見ていないはずなのだ。そんな少年のために俺は簡単な説明を加えた。

「俺が美乃里ちゃんを尾行しているとき、俺と彼女の間に、もうひとり別の尾行者がいた。グレーのスーツを着た男だ。その男は君たちが入れ替わったあの十字路で、なぜか美乃里ちゃんの追跡をやめて全然違う道へと入っていった。——というふうに、いままで俺はそう思い込んでいたけれど、どうやら違ったみたいだな」

「そうだよ、良太。スーツの男は美乃里ちゃんの尾行をやめたわけじゃなかった。前をいく髪の長い小学生が、美乃里ちゃんではない別人だと気付いたから追跡を中断しただけ。騙されたと知った男は、すぐに本物の美乃里ちゃんを捜して別の道へと入っていった。でも美乃里ちゃんは自販機の陰に隠れていたわけだから、結局その男も一時的には彼女の姿を見失ったんだろうね。一方、ほぼ同じ場面を目の当たりにしながら、良太はいっさい疑問を抱かずに、勘違いしたまま健一クンの背中を追い続けた。そして——」といって有紗はテーブル越しに少年を見やると、その目を覗き込むようにしていった。「そのとき、健一クン自身も勘違いしていた。君はピッタリ後ろをつけてくる良太の気配を感じながら、『シメシメ計画どおりだぞ！』って、実はそう思っていたんじゃないの？」

果たして、いまどきの小学生が《シメシメ》なんて言葉を使うかどうか、大いに疑問ではあるけれど、「実際どうだったんだ、健一クン？」

「うん、この子のいうとおりだけど。——違ったの？」少年は答えを求めるように、俺と有紗の顔を交互に見やりながら、「いままで僕は、中里さんを怖がらせている相手は絶対こっちの男の人だって、そう思ってきたんだけれど、違った？」

少年の勘違いはナチュラルに失敬である。憮然とする俺の隣で、有紗は半笑いだ。

「まあ、そう思うのも無理ないよねー。人相や身なりが不審者っぽいもんねー」

「ああ、判った判った。今度から尾行の際は、俺もスーツを着るよ」精一杯の皮肉を呟いてから、俺はひとつの結論を語った。「要するに、勘違いに勘違いが重なったんだな。結果、あの十字路で前をいく小学生が入れ替わったとき、後ろをいく大人二人も入れ替わっちまったわけだ。《美乃里ちゃんとそれを追うスーツの男》だったはずのものが《美乃里ちゃんのフリをする健一クンと、それを美乃里ちゃんだと思い込む俺》って具合に」

「うん、まさにそういうことだよ、良太」

「で、それから、どうなったんだ？　俺はやがて路地での消失事件に遭遇して首を傾げるよな。健一クンは、『してやったり』とか思いながら、ひとり自宅に戻ったんだろう。その一方で、スーツの男は見失った美乃里ちゃんの姿を捜したはずだ。そして美乃里ちゃんは……彼女はその後、どうしたんだろう？」

「正確には判らないよ」と有紗が答えた。「けれど、たぶん内心ホッとしたんだろうね。怖い尾行者から逃れられたと思って。でも実際には完全に危機が去ったわけではなかった。一時的に美乃里ちゃんの姿を見失ったスーツの男は、またすぐに彼女の姿を見つけたんだと思う。すっかり油断した状態の美乃里ちゃんをね。そんな彼女をスーツの男は再びつけ狙う。そして公園のトイレでついに襲撃した——というのが、有紗の推理なんだけど」

「なるほど。そういうことか……」

謎の消失事件を端緒として展開されてきた探偵少女の推理は、最終的に美乃里ちゃん襲撃事件へと繋がった。俺の目撃した怪しいスーツの男が、美乃里ちゃんを襲った真犯人。それは充分にあり得ることだ。そう思う俺は、ふとあることが気になって有紗に尋ねた。

「おい、その美乃里ちゃんが公園で襲われた時刻って、結局、何時ごろなんだ？」

「さあ、正確なところは判らない。たぶん美乃里ちゃんだって、しょっちゅう時計を見ていたわけじゃないだろうからね。——ただ、ひとつだけハッキリいえることがある」

そういって有紗は俺の前に、指を一本立てた。

「昨日、良太は美乃里ちゃんを尾行して、午後三時ごろに彼女を見失った。さっき長嶺さんの前で、良太はそう証言したよね。逆にいうと、午後三時まで美乃里ちゃんは元気でピンピンしていた。したがって公園で殴打されたのは、それ以降の時間帯に違いない。良太はそんな話をして、長嶺さんはそれを信じた。その結果、重要容疑者と目されている海野俊樹の無実が立証された。だって海野には午後三時の確かなアリバイがあるから。彼は友人の中森雅人って人と路上で偶然出会い、午後二時五十分には近所のファミレスに入って、そのまま二時間そこで過ごしている。だから午後三時以降の犯行は不可能ってわけ。――だけど、もうこの海野のアリバイは崩れたも同然だよね」

「そ、そうだ。なにせ昨日の俺は午後三時になるより、もっと前に美乃里ちゃんの姿を完璧に見失っていたんだからな。てことは、美乃里ちゃんは午後三時よりもっと前、例えば午後二時四十分ごろに公園にいた可能性はある。そしてトイレに入ったところで、何者かに襲撃された。その何者かが海野だったとしても、時間的な矛盾は何もない。――そうだ、間違いない。やっぱり海野俊樹こそが、あの怪しいスーツ男の正体！　そして美乃里ちゃん襲撃事件の真犯人だったんだ！」

「うーん、そこまで決め付けるほどの根拠は、どこにもないんだけどね」

そういって探偵少女は前のめりになる俺をなだめる。そして冷静な口調で続けた。

「いずれにしても良太が長嶺さんに、ウッカリ間違った情報を与えてしまったことは事実だよね。だったら、その点は速やかに訂正する必要があるんじゃないかしら」

「ああ、判った。そうするよ。ついでに、いまの有紗の推理も長嶺の耳に、いちおう入れといてやろう。俺にできるのは、それぐらいだな」

それを受けて、警察が海野俊樹を逮捕するか、それとも証拠がないとして見逃すか、それともこちらの話を見当違いの推論だと一蹴するか、それは向こうが判断することだ。いずれにせよ、もはや便利屋の関わる仕事ではない。――ん、待てよ、便利屋の仕事だと？

俺は何かとても大事なことを忘れている気がして、しばしブツブツと自問自答した。

「そういや今回、便利屋としての俺の仕事って、そもそも何だっけ？　消失の謎を解くことじゃなくて、美乃里ちゃん襲撃事件の犯人捜しでもなくて……ああ、そういや、美乃里ちゃんのボディーガードだったたな。依頼人は『あじさい』のママさんだ。そうそう、それがすべての始まりだった……って、わあ、違う違う！　俺が依頼されたのは、それだけじゃなかったよな……ああッ、そうか、そういうことか！」

瞬間、俺はいままですっかり忘れていた、もうひとりの依頼人ともうひとつの仕事の存在に、ようやく思い至った。もうひとりの依頼人のほうが、順番としては先だ。その依頼人はプーッと頬を膨らませながら、隣の席でオレンジジュースをチューチューと啜っている。彼女は咎めるような目で俺のことを睨みつけると、いきなり不満をぶちまけた。

「遅いよ、良太！」

「すまん、有紗！」

「有紗は、ひと目見た瞬間から気付いてた」

「そうか、俺はいまこの瞬間に気付いたぜ」

俺は顔の前で両手を合わせて、依頼人に対して謝罪の意思を示す。そして、あらためて目の前に座る髪の長い美少年に視線を向けた。健一クンは当然ながらキョトンだ。

なるほど、俺がいくら頑張って《素敵な女子》の姿を捜したところで、見つけきれなかったはずだ。やはり、ここでも男子と女子についての勝手な思い込みが、この俺を目隠ししていたらしい。俺は少年の黒い眸を真っ直ぐ見ながら尋ねた。

「なあ、健一クン。いきなり話は変わるんだが、君、二週間ちょっと前に、公園で盗撮されそうになっている女の子を助けなかったかい？　その子は衿糸小学校の四年生で、宮園梨絵ちゃんっていうんだけどさ」

すると、たちまち少年の眸が、ああ、そういえば――というように見開かれた。

それを見て、有紗の横顔に嬉しそうな笑みが浮かぶ。

こうして俺は今回の依頼人、綾羅木有紗の期待にしっかりと応えたのだった。

9

やがて海野俊樹が傷害の容疑で逮捕されたというニュースが、俺の耳にも届けられた。それは俺が長嶺勇作に対して有紗の推理を耳打ちしてから、数日後のことだった。

「海野の無実を証明する唯一の根拠だったアリバイ。それが崩れたんだから、まあ、当然の結果だろうな。――え、動機!?　さあな、きっと幼女好きの変態野郎が、不埒なことを考えて犯行に及んだんじゃないのか」

俺が珈琲カップを口に運びながらいうと、

「え、嘘でしょ、良太!?　ホントにそれが犯人の動機だったの!?」

綾羅木有紗はフルーツが山と積まれた巨大パフェの向こう側から、俺を見やった。

場所は溝ノ口が誇るスーパー繁華街、ポレポレ通りにある古い喫茶店。日曜日なので今日の有紗は学校の制服姿ではなく、普段どおりの青いエプロンドレス姿。例によって不思議の国から飛び出してきたかのごときフワフワした装いである。

俺はひと口珈琲を啜ると、彼女の問いに答えた。

「いや、いまのは俺の個人的見解だ。長嶺の話によると、海野本人は盗みが目的だったといっているらしい。といっても小学生の財布を狙ったんじゃないぞ。真の狙いは、彼女の住むアパートの部屋のどこかにある、ママさんの隠し資産。いわゆるタンス預金だな。海野はその隠し場所について見当が付いていた。だが鍵がないと部屋には入れない。そこで美乃里ちゃんの持っている鍵を狙ったんだ。もっとも、彼の犯行は大失敗。美乃里ちゃんを公園のトイレで殴打して気絶させたまでは良かったが、鍵を奪う寸前に人の気配を感じた彼は、結局、何も盗らずに逃走した。――と海野自身はそう語っているらしいな」

でも本当は幼女にイタズラする目的だったのでは？　あるいは自分とママさんの関係をぶち壊された腹いせ。その両方の意味を込めて、海野が少女に対してよからぬ考えを抱いたとしても不思議ではない。それとも、これってうがちすぎだろうか。よく判らないが、いずれにせよ便利屋が考えても仕方のないことだろう。そう思って俺は話題を変えた。

「ところで宮園梨絵ちゃんは、あれからどうなったんだ？　憧れの彼と再会を果たして大はしゃぎ。ウキウキ気分でデートを申し込んだとか？」

「んなわけないでしょ」有紗はパフェのイチゴをフォークで口へと運びながら、意外な事実を告げた。「梨絵ちゃん、物凄くガッカリしてたよ。だって彼女が会いたいと熱望していたのは、黒髪ロングの素敵な女子だったんだもん」

「男子じゃ駄目なのか？　健一クンはイケメンだぞ。きっと将来有望だぞ」

「関係ないよ。梨絵ちゃん、男子は嫌いなんだってさ」

「うーん、そうか、せっかく見つけてあげたのになぁ」小学生とはいえ女の子の心理は複雑だ。理解に苦しむ俺は、そっと溜め息をつきながら、「まあ、いいや。とにかく俺は依頼された件を無事に果たしたんだ。しかも報酬ゼロの出血大奉仕でな」

皮肉を込めてそう呟くと、途端に有紗は目の前でそわそわ。面白いほど視線を宙にさまよわせながら、「そ、そのことなんだけどさ……」といって唇を震わせた。「あ、有紗、思ったんだよね、や、やっぱり大人をタダ働きさせるのは、良くなかったなあって。い、依頼人になったからには、有紗も何か報酬をあげなくちゃって、そう思ったの……」

「はあ、おまえが俺に報酬を!?」瞬間、目を丸くした俺は即座に片手を振った。「いいよ、いいよ、そんなの。小学生からカネもらうほど、俺も落ちぶれちゃいないからよ」

「べ、べつに、そういう意味じゃないわよ！　いいから黙って受け取りなさいよね！」

はい、これッ――といって有紗が両手で差し出したのは意外や意外、ベタなハート形の容器だ。中身は季節柄、チョコレートだろうと想像がつく。俺は啞然とするしかない。

「おい、有紗……バレンタイン・デーって、もう何日か過ぎてるぞ……」

「良太が仕事に手間取ったからでしょ。その分、報酬を渡すのが遅れたのよッ」

ツインテールを揺らしながらプイと横を向く少女。その横顔は耳まで真っ赤だ。

「そうか、判った。――ありがとよ、有紗」

素直に礼をいって、俺はリボンの掛かった大きなハートを受け取る。そして目の前の小さな依頼人に微笑みかけた。「何かあったら、また頼みにこいよ」

うん、そうする――と有紗は俯くようにして応えるのだった。

第四話

名探偵、溝ノ口を旅立つ

1

弥生三月といえば別れの季節だよな。学校で職場で、あるいはごくごく平凡な家庭で、卒業や退職もしくは離婚といった様々な別れのシーンが演じられる、確かそんな季節だ。え、離婚は季節と関係ないだろって？　いやいや、何を隠そう一年で離婚件数がいちばん多いのが、実は三月だという厳然たるデータがある。どうやら険悪になった親たちは、子供の新学期に合わせて別れるらしいのだ。いずれにせよ、涙の別れが頻繁に繰り広げられる時季であるってことは間違いない。――そうそう、そういや俺にも涙の思い出がある。

あれはいまから十五年以上前。俺が中学三年のときだ。卒業式が終わった後の教室で、俺はとあるクラスメイトと一緒だった。感動的なセレモニーの直後ということもあって、そのときの俺は妙に感傷的になっていたらしい。そいつの肩を抱きながら『進む道は違っても、ずっと友達だからな』とか何とかクサい台詞を口にして、級友との別れを惜しんだ。すると向こうは向こうで目に涙を浮かべながら『いつかまたどこかで会おう』みたいなことをいって感激の面持ちだ。いかにも卒業式らしい感動的な場面。まさに青春のひとコマってやつだな。俺は彼との変わらぬ友情を誓い合い、そして校門の前で手を振って別れた。

ところが、それから半月後の四月上旬。俺はそいつとアッサリ遭遇した。場所は高校の入学式だ。そいつ、俺と同じ高校だったんだな。

――畜生なんだよ、《進む道は違って》いねーじゃん。《いつかまたどこか》って、半月後の同じ学校のことかよ！

内心で憤慨しつつ、俺は随分と気まずい思い。だが、こうなった理由は明白だ。俺は正直そいつのことをワンランク下に見ていたから、当然自分よりワンランク下の高校に通うものと思い込んでいたわけだ（一方、そいつも俺のことをワンランク下に見ていたらしいから、たぶん《以下同文》だな）。

そんなわけで、二度見しながら互いの存在を確認しあった俺たちは、揃って同じ台詞を口にしたものだ。――『あれ、おまえ、この高校、受かったの？』

どうだい、失敬な話だろ。まあ、お互い様だけどな。――え、その後、二人は変わらぬ友情を育んだのかって？　まさか、そんなわけないだろ。いまじゃ、そいつの顔も名前も思い出せない、いや、思い出したくもない。まさに俺にとっての黒歴史ってやつだ。

おや、待てよ。いったい何の話だっけ？　いまここで自分の黒歴史を紐解くつもりなんて、全然なかったんだけど。ああ、そうそう、弥生三月は別れの季節って話だ。

実はこの三月にも、俺の身近なところで、またひとつ悲しい別れの物語があった。ひとりの老人が鍵の掛かった建物の中で、ひっそりとこの世に別れを告げたのだ。だが彼の場合、果たして別れを告げたのか、それとも無理やり告げさせられたのか。そこのところが、イマイチよく判らなかったんだけどな。


そもそものキッカケは三月半ば、俺がひっそりと営む便利屋にかかってきた一本の電話だった。事務所兼住居である武蔵新城のオンボロアパートにて受話器を取った俺は、せめて声だけでもピカピカに響くようにと考えて、精一杯潑剌(はつらつ)とした口調で応じた。

「はいッ、こちら《あなたの街の頼れる助っ人》――『なんでも屋タチバナ』ですッ」

この世に存在しないキャッチフレーズを、俺は咄嗟の思いつきで口にしてみる。すると電話の相手は相当に戸惑ったらしく、一瞬遅れて反応があった。

『え、ええっと……便利屋さんかね？　街の評判を耳にして電話してみたんじゃが……』

受話器から聞こえてきたのは、かなり高齢と思しき男性のしわがれた声だ。彼の口にした《街の評判》というワードに反応して、俺はピンと背筋を伸ばした。

「そ、そうですか。こちらの評判がお耳に届きましたか、それは、それは！」きっと南武線沿線の正直すぎる住民たちが、口々に俺の噂をしているに違いない。《武蔵新城の使える男》《溝ノ口に欲しい逸材》あるいは《武蔵小杉にはいないタイプ》とか何とか。――うん、そうに違いない！　そう思って上機嫌の俺は受話器の向こうの男性に訴えた。「この橘良太、ご依頼とあらば全力でご奉仕いたします。何なりとお申し付けくださいませ！」

『ほう、頼もしいね。ならば、ひとつ頼みたい。――といっても大した仕事じゃない。自宅の壁のペンキを塗り替えてほしいというだけのことじゃ。君、やってもらえるかね？』

「ペンキの塗り替え!?　やあ、それは僕の最も得意とする仕事ですよ」おそらく《サソリを退治してほしい》という依頼だったとしても、まったく同じ返事をしただろう。実際には俺の最も得意とする仕事は《十歳女子のお守り》なのだが、そんなことはおくびにも出さず、俺はキッパリと答えた。「お宅の壁、ぜひこの僕の手で塗らせてください」

『はぁ、そこまで意気込む仕事でもないと思うんじゃが……』受話器の向こうで、しわがれた声が戸惑いの色を滲ませる。『まあいい。引き受けてもらえるなら助かる。ついては一度、現場を見てもらったほうがいいと思うんじゃが、そちらの都合はどうかね？』

「ええ、いつでも構いませんよ。ちなみに、ご依頼人様のお名前とご住所を――」

『やあ、これは、これは！　わしとしたことが、自己紹介がまだだったな』電話の向こうで苦笑しながら白髪頭（あるいはハゲ頭かもしれないが）を指で掻く老人の姿が、自然と脳裏に浮かぶ。依頼人はあらためて名乗った。『わしは溝ノ口に住む坂口順三という者だ。自宅はＪＲ武蔵溝ノ口駅から歩いて十分ほどの住宅街で、住所は……』

「ふんふん、溝ノ口の坂口さんですね……はいはい、判りました」

相手の住所をメモした俺は、それからさらに相談を続けた結果、次の日曜の午前に先方の自宅を訪れる旨を決定した。といっても、あくまでこれは単なる下見。壁の実物を見て、ペンキの色合いや分量を依頼人の老人と相談するだけのこと——と、そんなふうに、このときの俺は高をくくっていた。だが蓋を開けてみると、事はそう簡単ではなかった。

そのことを俺が思い知ったのは、まさにその下見当日の朝のことだ。

2

そうして迎えた日曜日。武蔵新城駅から南武線の電車に乗り込んだ俺は、ひと駅分だけ電車に揺られて武蔵溝ノ口駅に降り立った。教えられた番地を頼りにしばらく歩き、何とか坂口氏の自宅を発見。すでに時計の針は約束の午前十時ちょうどに差し掛かっていた。

目の前に建つのは立派な二階建ての邸宅。白く塗られた外壁は春の陽光を浴びて、眩いほどの輝きを放っている。厳めしい門扉は訪問者を威圧するかのように聳えていた。

「ふーん、なんか想像していたのと違うな……」

ボロボロに塗装が剝げ落ちて、みすぼらしくなった建物に暮らす、孤独な独居老人の姿を、俺は想像していたのだ（偏見である）。だがまあ、住所は間違っていない。俺は門前でインターフォンのボタンを押して反応を待つ。やがてスピーカー越しに響いたのは、しわがれた老人の声ではなく、意外や意外、鈴を転がすがごとき若い女性の声だった。

『はい、どちら様でしょうか』

問われて俺は咄嗟に「ちわー……じゃない！」といって自分の頰を掌でピシリ。それから、あらためて挨拶をやり直した。「こんにちは……ええと、わたくし、《あなたの街の頼れるパートナー》いや違う、《頼れる助っ人》だったたっけか……」

『え、えッ!?　私の街が……なんですって!?』

「いえ、なんでもッ、あなたの街は、べつになんでもないですから！」俺はスピーカーに向かってブンと首を振った。やはり挨拶はシンプルなものがいちばんだ。「いまのは忘れてください。便利屋です。『なんでも屋タチバナ』です。坂口順三さんから仕事の依頼を受けまして、こうして参上いたしました。順三さんはご在宅でしょうか」

『ああ、そういうことでしたか。少々お待ちくださいね』

どうやら納得してくれたらしい。ホッとしながら門前で待つと、間もなく邸宅の玄関扉が押し開かれた。姿を現したのは、年のころなら二十歳前後か。薄いピンクのワンピースに身を包む、黒髪ロングの女性だ。先ほどの美しい声の彼女に間違いない。声を聞かずとも、美しく清楚な見た目で判る。まあ、これも偏見には違いないのだが、事実、門前に歩を進めた彼女は、俺のために門扉を開け放つと、先ほどスピーカー越しに響かせたものより数倍クリアな美声を披露した。「どうぞ、お入りになってください。ご案内いたします」

「ど、どうも。よろしくお願いします。——ぼ、僕、橘良太っていいます」

「あ、そうですか」

勝手に名乗られても困る、といった様子で彼女は薄いリアクション。そして自分の胸に手を当てた。「私は坂口順三の孫です。どうぞ、こちらへ」

「はぁ、ありがとうございます」と俺は微妙な感謝の言葉。——だけど、あなた、僕に名前を教える気はゼロみたいですね！

その点に若干の悲哀を覚えつつ、けどまあ仕方ないか、大事な個人情報だしな、と諦めて俺は歩き出した。

彼女が向かった先は、白亜の邸宅の玄関とは全然違う方角だ。いったいどこへ連れていかれるのかと訝しく思いながら、俺は長い黒髪に誘われるようにして彼女の背中を追う。

大きな建物を回りこみ、広々とした庭を横切ると、目の前に現れたのは背の高い生垣だ。

その向こう側に、また別の建物が見える。こちらは若干くすんだ感じのグレーの外壁を持つ平屋建てだ。どうやら坂口家は同じ敷地の中に二つの住宅が建つスタイルらしい。

その建物に向かって歩きながら、彼女が説明した。「こっちの大きな白い建物が私と両親の暮らす家。で、こちらの小さな灰色の建物が、祖父の暮らす家なんです」

「へえ、二世帯住宅なんですね」そう俺は頷いたが――いや、待てよ。《二世帯住宅》ではないか。二世帯は別々の家に暮らしているのだから、この場合、何といえばいいんだ？

そんな些細なことで迷っていると、いきなり背後から男性の声が響いた。

「おや、どうしたんだい、美里ちゃん」

目の前で彼女の足がピタリと止まる。彼女の振り返った視線の先に立つのは、長袖のポロシャツにベージュのチノパンを穿いた中年男性だ。手には銀色に輝くゴルフクラブを持っている。年齢的に考えて、おそらく彼女の父親だろう。中年男性はゆっくりこちらへ歩み寄りながら、俺のことを片手で示した。

「こちらの方は、どなた？　あ、ひょっとして美里ちゃんの大学のお友達……」

「違います！」彼女はコンマ五秒のスピードで男性の言葉を否定した。

実際、俺は大学生ではないし彼女の友達でもないわけだが。――しかし、そんなに嫌なのか、君？　俺みたいな友達がいたら、自分の婚期が遅れるとでも思ってる？

正直、複雑な思いだったが、とにかくこれで二つのことが判った。彼女の名前は『坂口美里』だということ。大学に通う学生さんであるということ。残念ながら俺と仲良くする気はないらしい、ということも三つ目として付け加えていいかもしれない。

しゅんとする俺を手で示しながら、坂口美里は中年男性に俺のことを説明した。話を聞き終えた男性は、「へえ、便利屋さんかぁ」と珍獣を見るような目で俺を眺める。そして手にしたゴルフクラブを杖のように突いて、自ら名乗った。「美里の父です。坂口敏夫です」

「あ、そうですか」

勝手に名乗られても困る。今度は俺が薄いリアクションを返す番だった。

微妙な空気が流れる中、「いきましょう、便利屋さん」といって、美里は生垣を回り込むように歩を進める。俺は彼女に従うしかない。取り残された父親の敏夫は、この広い庭でゴルフの素振りなど始めるのだろう。典型的なお金持ちの日曜午前の光景が、たちまち俺の脳裏にイメージされた。「お父様は何をされている方なんですか」

何の気なしに尋ねると、美里は真っ直ぐ前を向いたままで、

「母の会社で社長を務めています。印刷関連の会社です」

「へえ、社長さんですか」でも母の会社で社長ってことは――「じゃあ、お母様は何を？」

「母ですか。会長ですけど」それが何か――というようにいって、彼女はこの話題を一瞬で

終わらせた。坂口家はなかなか奥が深いようだ。

　やがて俺と美里は、生垣の向こう側に建つ平屋にたどり着いた。なるほど、間近で見てみると灰色の壁は、ところどころ塗装が剝げ落ちていて応急処置の必要性アリだ。

　そんなことを思ううちに、俺は彼女とともに建物の玄関に到着した。

「祖父はここにひとりで暮らしています」

　そんな説明を加えつつ、美里は玄関の呼び鈴を鳴らす。建物の中で響くピンポ～ンというのどかな音色が、俺の耳にも届く。だが返事はない。美里はさらに二度三度とボタンを押して、「おじいちゃーん、便利屋さんがいらっしゃいましたよー」と大きな声で呼び掛ける。だが、やはり中からの反応はなかった。「おかしいわ。どうしたのかしら」

「お留守のようですね、順三さん。――はは、僕との約束を忘れちゃったのかな？」

　自慢じゃないが、この橘良太、依頼人から約束をすっぽかされるケースは、過去に何度も経験してきた。けっして珍しいことではない。だが美里は怪訝そうな表情で、

「約束を失念するということは、あり得るかもしれません。ですが仮にそうだとしても、日曜の午前中から祖父がどこかへ出掛けていく理由など、何もないはずなのですが」

「じゃあ、順三さんはこの家の中にいる？　いるけど返事ができないってことですか」

「さあ、判りません。――ああ、電話してみますね」

思い出したようにいって、美里はワンピースのポケットからスマートフォンを取り出す。画面に指を滑らせてから、反応を待つこと約一分。やがて彼女は諦めた様子で、スマホをポケットへと仕舞った。

「祖父の携帯に掛けてみたのですが、駄目です。出ません」

それとも出られないのかしら——心配そうに呟いた美里は、ダメモトといった感じで玄関扉のレバーに手を掛ける。たちまち彼女の口から「あらッ」と意外そうな声が飛び出した。

「この扉、鍵が掛かっていないみたい……」

美里は右手でレバーを傾けると、遠慮がちにそれを手前に引く。何の抵抗もなく扉は開くかに見えた。だが五センチほど開いた扉は、その直後、ガツンという音とともに突然その動きを止めた。扉の隙間から見えるのは、いまどきの玄関ではすっかりお馴染みになった銀色の金具だ。それを見るなり美里は落胆の声を発した。

「ああ、ドアガードです。これじゃあ無理ですね」

確かに彼女のいうとおり、斜めに延びた金属の棒が、扉の開くのを頑として遮っている。

「しかしですよ、ドアガードが中から掛かっているということは、扉の向こうに順三さんがいるってことになりませんかねえ」そういって首を傾けた俺は五センチばかりの隙間から、中の依頼人へと呼び掛けてみる。「坂口順三さーん、便利屋ですけどー」

だが、やはり返事はない。不安そうな顔の美里は、いったん扉の前を離れる。そして玄関の隣にある腰高窓へと歩み寄った。「ここは祖父が書斎として使っている部屋です。ガラス窓から中の様子が覗けるかもしれません」

「なるほど。見てみましょう」といって、俺も彼女の後に続く。

二人並んでガラス窓を覗き込む俺と美里。だが残念ながら、中の様子を窺うことはできなかった。分厚いカーテンがピッタリと引かれていて、覗き込む隙間がない。そこで美里が窓枠に手を掛ける。だが力を込めてもそれはビクとも動かなかった。中からクレセント錠が掛かっているのだ。黒いレバーが真上を向いていることは、透明なガラス越しにハッキリと見て取れた。

俺は隣の彼女に顔を向けながら、

「この窓は駄目ですね。他に覗けそうな窓はないんですか、美里さん」

「この裏手にあります。こちらへどうぞ、便利屋さん」

――いやいや、美里さん、遠慮せずに《良太さん》でいいんですよ。なんなら《良太》って呼び捨てでも構いませんから！

内心でそんなことを呟きながら、俺は彼女の背後に続く。美里は建物を回り込むように歩を進めた。途中、小さめのガラス窓が二つあったが、いずれも中を覗くには不都合な曇りガラス。おまけに小窓の手前には、頑丈な鉄製の柵が嵌っている。おそらくは洗面所かトイレの窓に違いない。そう見当を付けながら、俺は二つの小窓をスルー。美里もまた、それらの窓には見向きもせずに、建物の裏側へと向かった。やがて俺たちは樹木の生い茂る裏庭に出た。その庭に向かって大きな掃き出し窓が綺麗に二つ並んでいる。

「こちらが畳敷きの和室の窓、そっちがリビングの窓です」

美里はまず和室のガラス窓を覗き込む。だが先ほどの腰高窓と同様、この窓もカーテンが引かれており、中の様子は一ミリも窺えない。中からクレセント錠が掛かっている点も先ほどと同じだった。「ああ、やはりここも駄目ですね……」

落胆の声をあげる美里。その背後から再び男性の声が響いた。

「――おや!? どうしたんだい、美里ちゃん。何かあったのかな」

振り向くと目の前に彼女の父親である敏夫の姿。素振りの練習を中断して、様子を見にきたらしい。彼はゴルフクラブを庭木に立て掛けてから、俺たちへと歩み寄る。美里が簡潔に事情を説明すると、敏夫は「ふうん、それは変だね……」と呟いて渋い表情だ。そして彼は和室の窓の様子を自ら確認。小さく首を振ると、今度はその足で隣の掃き出し窓へと移動した。リビングの窓だ。それを覗き込んだ直後、敏夫は再び残念そうに首を振った。

「ああ、ここも同じだ。カーテンがピッタリ閉まっているし、中からクレセント錠も掛かっている。――美里ちゃん、書斎の窓もここと同じ様子だったんだね」

「はい、そうです」

と美里が顎を引いて答える。先ほどから気になっていたことだけれど、この親娘の奇妙な距離感が、俺は不思議で仕方がない。父親が娘のことを《ちゃん付け》で呼び、娘が父親相手に《〜です》と敬語で話す。これがこの親娘の流儀なのだろうか。首を傾げる俺をよそに、敏夫は腕組みしながら頷いた。「そうか。となると、いよいよ困ったことになったな。まさかとは思うが、しかし万が一というケースも、ないともいえない……」

ひょっとして鍵の掛かった室内にいる順三氏が、急病か大怪我に見舞われて、身動きできなくなっているのではないか。そんな可能性を思い描いているのだろう。苦悶の表情を浮かべた敏夫は、やがてキッパリと顔を上げると、何事か決意したかのごとく呟いた。

「よーし、こうなったら……」

「あッ」次なる言葉を予想して、俺は咄嗟に口を開いた。「さては窓を破るんですね！」

「いや、そうじゃない」敏夫は首を真横に振ると、その場でくるりと踵を返す。そして急に事務的な口調になっていった。「とりあえず、僕は会長のご判断を仰いでくるとしよう。僕が戻るまで、いましばらくここで待機するように。それじゃあ！」

――え、えぇーッ!?　会長って、それ、あなたの奥さんのことですよね!?

訳が判らない俺は、走り去る敏夫の背中と隣に立つ美里の顔を交互に見やる。

美里はハァと溜め息をついて、事情を短く説明した。

「あの人、つい一年前に母と再婚したばかり。しかも婿養子なんです」

3

要するに母親の再婚相手である敏夫は、美里にとって義理の父。それもつい一年前からの親子関係ということらしい。それでは二人の関係が他人行儀に映るのも無理はない。

そんなことを思いつつ、ジリジリしながら待っていると、間もなく白い家のほうから、敏夫が姿を現した。「こっち、こっち！」と手招きする彼の後からは、真っ赤なニットに真っ白なスカートを穿いたド派手な中年女性が小走りに続いている。

栗色に染めた巻き髪に、化粧濃いめの白い顔。赤く塗ったルージュと黒いアイラインが、遠目にもよく目立つ。これはもう誰がどう見たって普通の主婦ではない。会長職に就くほどの権威を持つ女性でなければ、なかなか成立しないファッションだ。

事実、こちらに駆けてくる彼女の姿を指差して、美里は恥ずかしそうにいった。

「あ、結局、連れてきちゃったみたいですね。あれが母です」

「でしょうね」

思わず苦笑いの俺に、美里は母の名前が『坂口政子（まさこ）』であることを教えてくれた。やがて敏夫とその妻であり上役でもある女性は、灰色の家の裏庭に到着。坂口政子は俺との初対面の挨拶もそこそこに、この場を仕切りはじめた。「話はこの人から聞いたわ。もしも、お父様の身に何かあったら大変。もはや事態は一刻を争うわね」

「はぁ、一刻をねえ」そのわりに、あなたの頼りない夫のせいで、事態は先ほどから一歩も前に進んでいないのですが――「それで、どういたしますか、奥様？」

「この私が許します。窓を破ってくださいな、便利屋さん！」

まあ、この状況ならば、それが当然の対処だろう。この際だから便利屋である俺も、敢えて報酬を寄越せとはいわない。ただ誰にも文句をいわれることなく、他人の家のガラスを破壊できる。そのレアな体験をもって、この仕事のささやかな報酬としよう。

俺は庭木に立て掛けられたゴルフクラブを手にすると、「これ、お借りしますね」といって、ひとりリビングの窓へと歩み寄った。グリップを両手で握り締め、クレセント錠付近に狙いを定める。ところが、ゴルフクラブを竹刀のごとく上段に構え、窓を目掛けて振り下ろそうとする寸前――

「わわッ、待ちたまえ、君！」

俺の行動にストップを掛けたのは敏夫だった。それを見て、奥方が細い眉を吊り上げる。

「なによ、あなた、私のお父様の命より、ご自分のゴルフクラブが大事？」

「ち、違うよ、そうじゃないさ」敏夫は懸命に両手を振りながら、「どうせ窓を壊すなら、書斎の窓のほうが良くないか。だって、向こうの窓のほうが小さいだろ」

どうやら敏夫はこの期に及んで、壊した窓の修繕費を気にしているらしい。確かに、大きな掃き出し窓よりも小さな腰高窓のほうが、損失は少なくて済むだろう。主張していることは完全に正しいが、どうもこの男、『極めて器の小さい人物なのではないか……』という疑念が拭いきれない。

政子は小さく溜め息をつくと、渋々ながら夫の主張を受け入れた。

「まあ、確かに、あなたのいうとおりかもね。――それじゃあ便利屋さん、その窓はやめにして、向こうにある書斎の窓を壊してちょうだい」

「了解です」俺は上段に構えていたゴルフクラブを、いったん下ろした。

それから一分も経たないうちに――「ちぇすとーッ」

灰色の家の玄関周辺に響く裂ぱくの気合。振り下ろされたゴルフクラブは容赦なくガラスの表面を砕き、俺の両手に確かな手ごたえが伝わる。耳障りな不協和音とともに、ガラスの破片があたりに飛び散った。玄関の隣にある書斎のガラス窓。クレセント錠に手が届く絶好の位置に、ポッカリと歪(いびつ)な穴が開いた。

我ながら完璧な仕事である。満足してゴルフクラブを置いた俺は、さっそく開いた穴から右手を差し入れる。クレセント錠の黒いレバーを倒して開錠しようとするが、なぜかレバーは簡単には動いてくれなかった。「あれ、おかしいな……」

戸惑う俺に敏夫が背後からアドバイスを送る。

「そのクレセント錠、ダブルロックになってるんじゃないのかい？　レバーの傍にボタンみたいな突起物があるだろ。それをスライドさせるんだ」

「ああ、そっか」俺は手探りで突起物を探し当てると、それを下向きにスライドさせる。

あらためてレバーを持つ指先に力を込めると、それは軽やかに半回転した。こうして書斎の窓は開錠された。俺は穴から右手を引き抜き、窓枠に手を掛ける。真横に引くと、それは滑らかに動き、窓の一枚が全開になった。視界を遮るカーテンを右手で払い除けると、眼前に見えるのはデスクと椅子、パソコンや本棚といった、まさしく書斎の風景。だが、そこに坂口順三氏らしい老人の姿は見当たらなかった。

「誰もいませんね。となると、他の部屋にいるのかも……」

そう呟いた俺は自ら室内に入ろうとして、窓枠に飛び付き右足を掛ける。そんな俺の振る舞いを見て、再び敏夫がストップを掛けた。

「お、おい、待て待て！　君、中に入るつもりか。仮にも他人の家だぞ」

「ああ、それもそうですね。すみません」素直に謝った俺は、いったん飛び付いた窓枠から地面に下りる。そして、その場で靴を脱いだ。「やっぱ土足じゃマズイですよね」

「いや、土足がいいとか悪いとか、そういう問題じゃないだろ！　順三さんの家に君が勝手に入り込んでいいのか、といってるんだよ。君は単なる便利屋だろ」

「そりゃまあ確かに……じゃあ、どうするんですか」

「君はここにいたまえ」敏夫は俺を押し退けると、自ら開いた窓の前に立ち、素早く靴を脱いだ。「僕が中に入って様子を見てくるとしよう。――それで文句はないよな？」

「まあ、確かに適任だわね」と頷いたのは政子だ。「ほら、あなた、何をモタモタとしているの。さっさと見てらっしゃい」

妻である会長に急かされて、夫である社長は「はい！」と元気すぎる返事。さっそく靴下履きの足で窓枠によじ登ると、身軽な動きで腰高窓を乗り越える。散乱したガラスを踏まないように慎重に足を下ろした敏夫は、書斎を横切るように進んだ。

「順三さーん、いませんかー。いたら返事してくださいねー」

声を掛けながら書斎の片隅にある木製の扉を開けると、その先は薄暗い廊下のようだ。窓辺にいる俺たちの視界から、彼の姿がいったん掻き消える。やがて建物の奥のほうから、くぐもったような声が聞こえてきた。

「リビングには誰もいないみたいだぞ。和室も異状ナシだ……あれ、でも変だな」

「どうしたの、あなた？　変って何よ？」

政子が大きな声で問い掛ける。敏夫の返事も負けじと大声だ。

「リビングの明かりが点きっぱなしなんだ。これって、おかしくないか」

「いいえ、おかしくないわ。やっぱりお父様は中にいるのよ。――あなた、トイレはどうなの？　それからお風呂場も見てちょうだい」

窓辺から政子が的確な指示を飛ばす。再び廊下に出てきた敏夫は、半開きになった書斎の扉の前を一瞬横切って、また姿を消した。再び彼の声だけが、室内の状況を説明する。

「うーん、トイレは問題ないな……じゃあ洗面所は……あッ、ここにも明かりが……ってことは、やっぱり風呂場か！」

敏夫の声とほぼ同時に、浴室の入口の開閉音が響く。すると次の瞬間――

「わ、わああッ、順三さん！　た、大変だ。順三さんが……おい、政子ッ、政子ッ！」

「ど、どうしたの、あなた！」

窓枠から首を突き出すようにして政子が叫ぶ。娘の美里も不安そうな表情だ。俺はそんなに掛けた。

二人を押し退けるようにして再び窓の前に立つと、窓枠に飛び付き、靴下履きの右足を窓枠に掛けた。


「僕も中を見てきます。いいですね！」

「ええ、この際です。許可します」

政子の許可が下りるよりも先に、俺はジャンプ一番、窓枠をヒラリと飛び越えて書斎の床に着地。すると当然ながら散乱するガラス片を思いっきり踏んづけて、「んぎゃあ！」と悲鳴をあげる——そんな、お約束の展開が待っていたわけだが、痛がっている暇はない。

俺はケンケンしながら半開きの扉を押すようにして、薄暗い廊下に出た。すると少し離れたところに、やはり半開きになった木製の扉。そこからオレンジ色の明かりが漏れている。迷わず中に飛び込むと、やはりそこは洗面所だ。洗面台と鏡、洗濯機と洗濯籠。小さな棚にはタオルやヘアドライヤー、整髪料や洗剤など雑多なものが置いてある。

そんな洗面所の奥には浴室に続く引き戸。開かれた戸の向こう側では、敏夫が白い床の上に尻餅をついている。俺は浴室に飛び込みながら、「——どうしました！」

敏夫は返事をする代わりに、目の前にある湯船を震える指先で示した。

俺は恐る恐る視線を湯船へと移す。足を真っ直ぐ伸ばして入浴ができるほどの大きな浴槽。七分目ほどお湯が張られた中に、裸の老人が沈んでいた。

小柄で痩せた身体。水中で揺らめく白い頭髪。カッと両目を見開いたその顔は、まるでお湯の中からこちらを見詰めているかのようだ。しかし、その閉じられた口許、あるいは鼻の穴からは、あぶくひとつ浮いてこない。老人は息をしていないのだ。

「た、大変だ！」

俺はお湯の中に慌てて両手を突っ込み、水中に横たわった老人の身体を、何とか抱き起そうとする。だが、そのとき俺は気付いた。お湯の温度は、もう随分と冷たい。ぬるま湯というより、もうほとんど常温の水に近い。おまけに老人の身体には、すでに死後硬直らしき現象が起きているようだ。愕然とする俺に、尻餅をついた敏夫がいった。

「無駄だよ、君……順三さんは完全に息絶えている……触ってみて判るだろ」

「え、ええ、そのようですね……」

諦めた俺は仕方なく老人から手を離す。支えを失った坂口順三氏の身体は、再び浴槽の底へと没していった。

4

それから数日が経過した、とある平日の午後。俺こと橘良太は依頼人に呼び出されて、再び溝ノ口の街を訪れていた。

坂口邸の壁のペンキを塗り替えるという当初の依頼を果たすため――ではない。順三氏が急死してしまった以上、その仕事は当然のごとくキャンセル。この日の俺の依頼人は溝ノ口在住の私立探偵、綾羅木孝三郎その人である。

綾羅木邸に到着すると、例によって《笑わない家政婦》長谷川さんがカナブンより無表情な顔で俺を迎える。彼女に連れられてリビングに足を踏み入れると、そこにはすっかり外出の支度を整えた探偵の姿があった。舞台俳優のごとき白いスーツに蝶ネクタイ。一見するとお洒落でダンディな装いだが、お腹の突き出た典型的な中年体形と相まって、結果その姿は《歩くカーネル・サンダース人形》のようにしか見えない。フライドチキン店の店頭には立たないほうが無難だろう。それと阪神タイガースが優勝を決めた夜、大阪道頓堀付近に近づくことは絶対にNGだ。彼らはこの姿を見ると、条件反射的にそれを川へと放り込む習性がある。

そんな孝三郎は俺の姿を認めると、「やあ、橘君、よくきてくれた」といって軽く右手を挙げた。「君を呼んだのは他でもない、また例によって急なお願いなんだが……」

「こんにちは、橘さん。ご機嫌いかがですか」

孝三郎の背後から恥ずかしげに顔を覗かせて挨拶したのは、彼のひとり娘、綾羅木有紗十歳だ。青地に白のエプロンドレスという典型的なロリータ・ファッション。長い黒髪を顔の両側で二つ結びにしたその姿は、絵本の中から抜け出てきた不思議の国の可憐な少女を思わせる。

俺は丁寧なお辞儀を見せる彼女に対して、「やあ、こんにちは、有紗ちゃん」と、にこやかに挨拶を返す。そしてあらためて依頼人へと向きなおった。「判りました、孝三郎さん。また有紗ちゃんのことですね」

「うむ、そういうことだよ」孝三郎は重々しく頷いた。

孝三郎が私立探偵として日本全国を飛び回る間、ひとり娘である有紗の安全を見守るのが、この俺の役目。それはここ一年間、いつ潰れても不思議ではなかった『なんでも屋タチバナ』の経営を根底から支えてきた最重要業務でもある。当然、俺に否はない。

「もちろんお任せください。有紗ちゃんのことは、この僕がお守りいたします。孝三郎さんは、どうか安心して探偵としてのお仕事に専念してください。――ちなみに、この度は、いったいどんな難事件が舞い込んできたんです？」

「うむ、とある孤島に八角形の館があってね。そこで起こった殺人事件だよ」

「へえ、八角形ですか……」十角形の館ならば聞いたことがあるけれど（あと六角形の館というのもあった気がするが）、八角形の館ということは、どうやらそれとは別モノらしい。

いずれにしても、さすが全国的に有名な名探偵だけあって、相変わらず孝三郎のもとには、日本全国から依頼がひっきりなしのようだ。

もっとも、そんな彼にはやはり超多忙な奥さんがいて、彼女のもとには世界中から依頼がひっきりなしのはず。なにせ彼の奥さんは世界的に有名な名探偵なのだ。とはいえ、俺がこの屋敷に出入りするようになってから約一年。いまだに俺は彼女の姿を、この目で拝ませてもらったことがない。

「ちなみに奥様は、いまどちらに？」

「慶子かね。彼女はとある悪党を追ってスイス・アルプスにいるよ。なんでもライヘンバッハとか何とかいう滝のある山奥まで、その悪党を追い詰めたそうだ。どうやら強敵らしいのだが、まあ、慶子のことだから心配はあるまいよ」

「ライヘンバッハ!?」なんだか聞き覚えのある名前だ。不安を覚える俺の視線の先では、有紗が心から心配そうな表情。唇を真一文字に結んでいる。とりあえず俺は拳で自分の胸を叩きながら、「とにかく承知いたしました。どうぞご安心ください、孝三郎さん」

「うむ、頼んだよ、橘君」

重々しい口調で頷いた孝三郎は、その直後には愛する娘に対して、いまにもとろけそうな表情を向けながら、「有紗も元気でいるんだぞ。いいな、風呂入れよ、宿題やれよ、歯磨けよ……」と、いまさらのようなアドバイス。そして仕上げとばかりに、少女の華奢な身体をムギューッとばかりに抱きしめる。有紗が鯛焼きだったなら、中身のアンコがムニューッと飛び出しているところだ。そんな父親の暑苦しい抱擁に、彼女は死んだ鯛のような目をしながら無心で耐えている。俺は可哀想な鯛の目を見詰めるばかり。それより他にしてやれることは何もなかった。

やがて気が済んだ孝三郎は、ようやく有紗を《無間抱擁地獄》から解放。腕時計を見るなり「おお、もう、こんな時間か」とひと声叫ぶと、長谷川さんから旅行鞄を受け取ってリビングを出ていく。俺と有紗は屋敷の玄関を出て、門前まで彼を見送った。

「では、後のことはよろしく」と言い残して、ようやく孝三郎は綾羅木邸を後にした。

するといままで優しく可憐でおしとやかなお嬢様の仮面を被っていた有紗が、いきなり豹変、偽りの仮面を脱ぎ捨て探偵少女の本性を現すと、さっそく坂口邸での出来事について、俺に説明を求めてくる――かと思いきや、意外と今回はそうではない。彼女の口からこぼれ落ちたのは、「ママのことが心配だわ……」という少女らしい呟きだった。

それから数分後。子供部屋に場所を移した有紗は天蓋付きのベッド、いわゆるお姫様ベッドの端に腰を下ろしながら、「良太が坂口順三さんって人の変死体を発見したって噂は、有紗の耳にも入っているわ」と切り出した。だが、たちまち伏目がちになると、「本来なら詳しい話を聞くところだけれど、ごめんなさい。――いまは、そんな気分じゃないの」

いつになく力ない言葉を吐く有紗に、俺は愕然とした。――自らを探偵であると信じて疑わない有紗が、身近に起きた変死体発見エピソードに首を突っ込もうとしないなんて！

まあ、首を突っ込まないほうが、よりマトモな小学四年生だとは思うが、有紗に限っていうならば、これはかなりの異常事態だ。俺は学習机の傍らで回転椅子に腰を下ろしつつ、目を見張った。「おいおい、そんなに心配な状況なのか、有紗のママさんって……？」

「ううん、よく判らない。ただ悪い予感がするだけ」

「そうか。でもパパさんは、何も心配していないように映ったけどな」

「だってパパは、ほら……鈍いから」と、有紗は探偵である父親をバッサリ。

「ああ、うん、確かにそうだな」

本人不在の状況で申し訳ないと思いつつ、俺も頷くしかない。実際よくそれでプロの探偵が務まるな、と思えるほどに、孝三郎には鈍感なところがある。現に彼はまだ自分の娘が天才探偵少女であるという事実に気付いてさえいないのだ。もっとも、それは俺と有紗が必死で事実を隠蔽しているから、という理由も確かにあるのだが、それはともかく――

「まあ、いいや。おまえが事件の話どころじゃないっていうなら、俺もその話はしないよ。

そもそも坂口さんちで起きたことは事件なんてもんじゃない。ありがちな高齢者の事故なんだよ」

「ふぅん、そう、事故なんだ……」

「ああ、間違いない。だって現場の扉や窓はすべて内側から施錠してあったんだから」

と、俺の何気ない言葉を聞いた瞬間、少女のツインテールが何かのセンサーのごとくピクンと反応を示した。「内側から施錠って……つまり現場は密室だったってこと？」

「まあ、密室っていや密室だろうな。けど不思議なことは何もないんだ。鍵の掛かった家の中で、風呂に入っていた老人が溺れ死んだだけ。べつに密室殺人とかじゃないから」

「そうなの？　でも、どうして殺人じゃないって判るのよ？」

「そりゃ密室だからさ」

「はぁ、馬鹿なんじゃないの、良太!?」と、さっきまで塞ぎ込んでいた有紗は、まるで人が変わったような勢いで、俺のことを馬鹿呼ばわり。ベッドの端から立ち上がると、俺のいる学習机のほうに歩み寄りながら、「密室だから殺人じゃないっていうなら、世の中、密室殺人なんて起こらないって話になるじゃない！」

「そうさ。実際、密室殺人なんて滅多に起こらないだろ、現実には」

「滅多に起こらないけど、でもそれが――その坂口さんちで起こった事件こそが――正真正銘の密室殺人かもしれないじゃない。なんで、そういうふうに考えないの、良太？」

「はぁ、そんなこと、普通考えないだろ。じゃあ逆に、なんでおまえは、そういうふうに考えるんだよ？　坂口さんちで起こった出来事を、なぜ密室殺人だって思うんだ？」

「そりゃ密室だからよ！」

「はぁ、馬鹿なんじゃないのか、有紗!?」俺は先ほどの有紗の台詞を、そっくりそのまま彼女へとお返しする。「あれが密室殺人なわけ、ねーじゃんか。人が出入りできる窓にはクレセント錠。おまけに玄関扉にはU字形のドアガードが掛かっていたんだからな」

「それだけじゃあ完全な密室かどうか判らないわ。ちゃんと詳しく説明してよね」

ロリータ服の少女は再びお姫様ベッドの端に腰を落ち着ける。俺は大きく頷くと、

「よーし判った。よく聞けよ。事の起こりは、坂口順三さんって人から俺のところに掛かってきた一本の電話だった。順三さんは俺にペンキの塗り替えを依頼したんだ……」

と、このようにして結局、俺は坂口邸で経験した出来事を逐一、有紗に対して説明するに至った。すると、これが探偵少女の性（さが）というべきか。先ほどまで母親の身を案じていたはずの有紗も、事件の話を聞いているときには束の間、嫌な予感を忘れた様子。つぶらな眸に活き活きとした好奇心の光を宿しながら、少女は俺の話に耳を傾けるのだった。

「……で、坂口順三さんの遺体を発見した後、どうなったの？　警察は呼んだのよね？」

湯船に沈んだ死体が発見されたところで、俺の話が一段落つくと、さっそく有紗の口から質問の矢が飛んでくる。どうやら母親の心配はいったん頭の隅に追いやって、事件の話題に集中する気になったらしい。良い傾向だと思うが、果たして坂口邸の出来事は事件と呼ぶべき事案だろうか。そんな疑念を抱きつつ、俺は聞かれたことに答えた。

「もちろん警察は呼んださ。溝ノ口署の刑事課の連中が、やかましいほどパトカーのサイレンを鳴らしながら坂口邸へと集結したよ。ああ、その中には長嶺の姿もあった。俺が巻き込まれた事件には、必ずあいつも顔を出すからな」

長嶺勇作と俺とは高校時代からの腐れ縁。片や溝ノ口署の現職刑事、片や武蔵新城の若き実業家（！）という具合に、いまでは俺のほうが断然上のキャリアを築いてしまっているが、もともとは親しい仲だ。ただし、ここ一年ほど、この俺が立て続けに難事件を解決に導いたものだから、最近の長嶺はすっかり俺のことを《胡散臭い奴》と思い込んでいるらしい。普通は素直に《頼れる名探偵》と認めるところだが、きっと彼の中のプライドと偏見が、俺を認めることを断固拒んでいるのだろう。要するに可哀想な友人である。

「長嶺は現場を散々に調べ上げて、関係者の話を聞いて回った。そして順三氏の死について、こう語ってくれたよ。『順三氏は酩酊した状態で風呂に入り、湯に浸かったまま眠ってしまった。その結果、運悪く溺死した。すなわち、これは不幸な事故だ』——ってな。どうだ、有紗、いかにも長嶺らしい手堅い見解だろ。俺はあいつの見立てに賛成だな」

「溺死という点は間違いないわけ？　他の死因はまったく考えられないの？」

「それは考えられない。遺体は監察医の手で検案がおこなわれ、後に解剖までされて詳しく調べられたそうだ。順三氏の溺死は疑いようがない。死後半日ほどが経過していたらしいから、逆算すると死亡したのは前日の夜。誰もが普通に風呂に入る時間帯だ」

「だから事故だったっていうわけ？」

「そうだけど、それだけじゃない」俺は回転椅子の上でブンと首を左右に振って、指を一本立てた。「何度もいうが現場は完全な密室だった。それが何より大きい」

「それ、ホントに密室だったの、良太？　建物のどこかに抜け穴か何かあったんじゃない？　屋根裏とか床下とか、警察はちゃんと調べたのかしら？」

やれやれ、なんと疑り深い小学生だろうか。これほどまでに他人を疑ってやまないお姫様では、どんな真面目な王子様が現れたところで、最終的には不倫疑惑を掛けられて逃げ出してしまうことだろう。俺はこの少女の行く末を案じずにはいられない。そこで俺は、信じる気持ちを忘れてしまった哀しい少女に、教師のような顔で金言を与えた。

「有紗さん、他人を信用できない人間は、他人からもけっして信用されませんよ！」

「……そんなこと、いったってさあ！」と有紗はプーッと可愛く頬を膨らませる。

「そんなも、あんなもありません、キイッ！」俺は怖い顔で少女を睨みつけると、口調を元に戻して続けた。「そもそもいまどきの建築物にある屋根裏とか床下って、そこから外に出られるような構造にはなっていないはず。だから間違いない。玄関にはドアガードが掛かっていたし、人の出入りできる窓にはクレセント錠が掛かっていたんだ。これじゃあ人の出入りはまったく不可能に決まってるって」

「そうとはいえないと思うよ」有紗は平然といってのける。「例えば、前の晩に順三さんを溺死させた犯人が、そのまま翌朝まで建物の中に潜んでいたとしたら、どう？」

「どうって……家の中には誰もいなかった。俺もこの目で調べたぞ」

「じゃあ良太が調べるよりも前に、そいつが家から出ていったのだとすれば？」

「ははん、判ったぞ、有紗。おまえ、坂口敏夫のことを疑っているんだな」

どうやら図星らしく、有紗は黙って頷く。俺は話を続けた。

「確かに敏夫は俺よりもひと足先に、ひとりで室内へと足を踏み入れた。だから彼には、俺や美里さんや政子夫人の目の届かないところで、ひとりで何事かをおこなう機会があった。そこで敏夫は、潜伏中の犯人を密かに窓から外へと逃がしてやったわけだ。その後、敏夫はまた窓のクレセント錠を掛けなおしてから、何食わぬ顔で風呂場を覗きにいった――」

「そう、そこで敏夫は溺死体を自ら《発見》。その直後に、さも驚いたように悲鳴をあげたってわけ。――ねえ、何が駄目なのよ。充分あり得る話だと思わない？」

「要するに坂口敏夫とその潜伏者がグルって話だな。でも、それは駄目なんだ。まあ、考えてもみろ。その程度のトリックとも呼べないような小細工の可能性くらい、あの凡庸極まる長嶺刑事だって自分の頭で考えつくはずじゃないか」

「そうね、長嶺さんは凡庸じゃないから考えつくかもね」有紗は長嶺の肩を持つと、「てことは、有紗がいまいったようなやり方は、もう否定されているってことなの？」

「ああ、物をいったのは防犯カメラの映像だ。坂口邸には四台の防犯カメラが設置されていた。四台のカメラは、坂口邸の四角い敷地の四辺を隈なく視界に捉えていた。正門のある方角、裏門のある方角、両隣の家との境界線、それぞれをカメラが映していたんだ」

「つまり現場にひと晩、潜伏していた犯人がいたとした場合、その人物は敏夫の協力を得て建物から逃げることができたとしても、敷地の外には逃げられないってこと？」

「そうだ。無理に逃げようと思えば、そいつの姿は必ずカメラに映る。だが長嶺がいくら確認してみても、残された映像の中に、そんな怪しい人物の姿は映っていなかった。つまり、そんな奴は最初からいないんだよ。坂口邸の敷地内にいたのは亡くなった順三氏を除けば、他は坂口敏夫と政子夫人の夫婦、その娘である美里さん、そしてこの俺だけだ」

指を折りながら話を聞いていた有紗は、やがてコクンと頷くと、

「そう、判ったわ。要するに、容疑者はその四人に絞られるってわけね」

「違うって、これは殺人じゃないんだって！」――まったく何度いえば判るんだよ。それと、容疑者にこの俺を含めるんじゃないっての！　俺は憤りを露にしていった。「殺人じゃないんだから容疑者なんて当然ゼロだ。誰もあの密室から抜け出せるわけがない。建物の外から窓や扉をロックすることだって、きっと不可能なはずだ」

「そんなこと調べてみなけりゃ判らないでしょ！」俄然ファイトを掻き立てられたように、探偵少女の眸が爛々とした輝きを帯びる。そしてベッドの端からすっくと立ち上がった有紗は、有無をいわせぬ口調で俺に命じた。「ねえ、良太、いますぐ私を坂口さんのお屋敷まで連れていってちょうだい。この目で現場を見てみたいの。――さあ、早く！」

5

数日振りに訪れる坂口邸の母屋はシンと静まり返っていた。死体発見の当日にあふれかえっていた警官の姿も、いまは見当たらない。屋敷全体が眠っているかのようである。

そんな屋敷の門前に佇みながら綾羅木有紗は、期待を込めた視線を俺へと向けた。

「ねえ、良太、家の人に頼んで現場を見せてもらうことって、できるかしら？」

「まあ、普通じゃ無理だな。だが上手くやれば可能性はあるかも。――よし、俺に任せろ」

勢い込んで門柱のインターフォンへと指を伸ばす俺。だが、その指先がボタンをプッシュするより先に、坂口邸の母屋の玄関扉が突然のように開かれた。姿を現したのは順三氏の孫娘、坂口美里だ。俺の姿を認めた美里は、「あら!?」という表情。自ら門前まで歩を進めると、「先日の便利屋さんですね。その節はどうもご迷惑をお掛けしました」

そういって丁寧に頭を下げる。俺は「良太です、橘良太」と自らの本名を熱烈アピールしつつ、照れくさい思いで頭を掻いた。「いやぁ、迷惑だなんてとんでもない。僕のほうこそ急に押しかけてしまって……」

「はあ、今日は何かうちにご用でも？」

「まあ、用といえば用なのですが……」ポリポリと頭を掻き続けながら、俺は用意していた嘘の台詞を口にした。「この度は突然のご不幸で、さぞやお気を落とされていることでしょう。僕も順三さんの依頼をお引き受けすることができなくなり、残念でなりません。ああ、あの家の壁！　あのくすんだ壁に塗ってみたかったなあ、僕のペンキを！」

「は、はあ……そんなに？　ペンキを？」美里は怪訝そうに首を傾げる。

「そうですとも！」俺は断固として言い張った。「そこで美里さん、いかがでしょう？　やはり、あの家の壁、塗り替えてみませんか。この際です、故人への香典代わりに格安料金でお引き受けいたしますよ。どうですか、美里さ……」

「いいえ、結構です」美里は俺の台詞を皆まで聞かずに首を振った。「祖父の家は壊して更地にすることが決まりました。いまさら壁の塗り替えは必要ありません」

「え、マジで!?」思わず愕然とする俺。

そのとき背後からロリータ服の少女が顔を覗かせながら、いきなり口を挟んだ。

「だったらペンキの塗り替えとか、どうでもいいからさー、お姉さん、この人に順三さんの家を見せてあげてよー。この人、順三さんの死に疑問を持ってるんだってー」

すると美里は、少女の可憐なルックスとあどけない口調、そしてそれらとは少々ギャップを感じさせる発言内容に「ハッ」と心打たれた様子。俺と少女の姿を交互に指差しながら、

「えーっと、あの、この子は便利屋さんのムス……」

「違います！　娘じゃありません。僕、独身ですから」その点だけは譲れないとばかりに完全否定してから、俺は別の答えを探した。「んーと、この子は、そう、僕の姪です」

「違うよ！　姪っ子じゃなくて遠い親戚だよ。うーんと遠い親戚だから！」

と、有紗はどうでもいい部分にこだわる。思わず俺はジロリと彼女のことを見やった。

――そんなに嫌か、有紗!?　俺の姪っ子と呼ばれるのが、そんなに不満か!?

ムッと口許を歪める俺。その隣で美里は尊いものでも拝むように両手を合わせながら、

「まあ、そうなんですか。可愛い親戚ちゃんですね！」

といってキラキラと目を輝かせている。彼女の俺に対する態度が軟化したのは、もちろん有紗の存在のお陰だろう。《可愛い子供を連れている大人は、とりあえず善人に見える》という謎の理論が、ここでも実証されたわけだ。もちろん俺は彼女の勘違いに乗っかることにした。

「ええ、この子の名は有紗。僕にとっては何より自慢の《遠い親戚》ですよ」

「そうなんですか」明るく頷いた美里は、ふと真面目な表情に戻ると、「で、便利屋さんは祖父の死に疑問をお持ちだというのですね？」

「ええ、はい」正確にいうと、順三氏の死に疑問を抱いているのは有紗のほうなのだが、面倒くさいので代わりに頷いておく。「そうです。僕は順三さんの遺体を発見した直後から、彼の死に疑念を抱いていました。――本当にあれは不幸な事故だったのか、と」

適当な言葉を並べる俺だったが、意外にもその言葉は彼女の心を揺さぶったらしい。美里は思い詰めた表情で頷いた。「実は私も同様の考えを抱いていました。現場の状況を見れば入浴中の事故としか思えない。そのことは充分に理解しているつもりなのですが」

「腑に落ちない部分があるというわけですね。だったら、いかがですか。これから僕ら二人

でもう一度現場を調べてみま……んぐッ！」突然、背中に激痛を感じて、俺の台詞が途切れる。顔をしかめながら後ろを振り向くと、目の前にはツインテールの暴君が仁王立ち。小さなゲンコツを見せつけながら、こちらを睨んでいる。

――ああ、判ってる判ってる！　べつに、おまえのことは忘れちゃいないって。だから拳で背中をぶん殴るのはやめてくれ！

そう視線で訴えた俺は、再び美里に向きなおる。そして先ほどの台詞をいいなおした。

「もう一度現場を調べてみませんか。――僕ら三人で」

そんなこんなで、俺と有紗は坂口美里によって順三氏の家へと案内された。

警察は完全に順三氏の死を事故であると断定したらしく、あたりに捜査員の姿はない。平屋建ての家は主を失った空き家状態だ。俺たちは、さっそく独自調査に取り掛かった。

「ねえ、有紗が玄関先に出ているから、良太はその扉をロックしてみてよ」

要するに、俺が死体を見つけたあの日の状態を、有紗自身の目で確かめたいというのだろう。俺が「ＯＫ、判った」と頷くと、有紗はひとり玄関扉から外へと飛び出した。

さっそく俺は扉の前へと歩み寄った。胸の高さぐらいの位置にＵ字形の金具がある。Ｕの字を真横に倒して、そのまま十センチぐらい長く引き伸ばしたような形状。だから正確には

《ユー字形》ではなくて《ユーーーーー字形》の金具とでも呼ぶべきか。施錠する際は、それをバタンと九十度の角度で壁側に倒す。すると壁側にある金属の突起物がU字形の金具の付け根の部分にスッポリと収まって、これで施錠は完了だ。俺は扉の向こうで待つ探偵少女に呼び掛けた。

「おおい、いいぞ、有紗。開けてみろよ」

すると俺の前で黙って扉が開かれる。だが当然ながら、その扉は細長い金具の長さ分しか開かれることはない。結果、扉と枠の間には五センチ程度の隙間ができあがっただけだ。

その僅かな隙間から有紗がつぶらな眸を覗かせる。そんな彼女の様子を、俺は室内側から見やりながら、「――な、これっぽっちの隙間じゃ、どうすることもできないだろ」

「うーん、そうだね。でも、ひょっとして何かできるかもよ……」

と諦めの悪い探偵少女は、僅かな隙間から細い腕を差し入れて、U字形の金具や壁の突起物などをまさぐる仕草。だが、もちろん掛けられたU字の金具が、扉の外から外せるわけがない。逆にいうなら、外にいる人間がU字形の金具を壁の突起物に掛けることも、また不可能ということだ。結局、有紗の差し入れた手は、壁の突起物の傍に掛けてあった細長い備品を探り当てただけだった。「……ん、何よ、これ……ゴルフクラブとか!?」

「いや、それでゴルフは無理だと思うぞ。――だって、それ、靴ベラだからよ」

「なによ、もう！」怒ったような声をあげながら有紗は靴ベラを手放す。隙間から腕を引き抜いた彼女は、扉の向こうから俺に呼び掛けた。「もう、いいわ。ここ開けてよ、良太」

俺は要求に応えてドアガードを解除。玄関扉を一気に開け放つと、

「どうだ、有紗。何か判りそうか」

「うん、ひとつ判った」しっかりと頷いた探偵少女は、独自の調査結果を告げた。「この玄関から犯人が出入りするのは、どうやったって無理みたいね！」

「まあ、そうだろうな」俺は力なく頷くしかない。これが仮にチェーンロックならば切断したり繋げたりと、まだしも細工の余地があるかもしれない。だがドアガードでは、それも無理だろう。頭を捻って、どうこうなる代物ではないのだ。「てことは、やはり怪しむべきは玄関よりも窓のほうか……」

「そうだね。今度はそっちを見てみようよ」

有紗は靴を脱ぐと、あらためて順三氏の自宅へと上がり込む。俺たちは短い廊下を進み、揃ってリビングへと足を踏み入れた。対面式のキッチンでは、美里が俺たちに振る舞うための飲み物を用意してくれている。通電中の電気ポットからは白い湯気が立ち昇っていた。

俺がこのリビングに足を踏み入れたのは、あの死体発見の朝以来だ。ざっと眺めてみたところ、部屋は特に変わった様子もない。部屋の中央には昔ながらのコタツがあり、コタツ布

団が広がっている。壁際には大画面テレビと洋酒が並ぶサイドボード。大きな掃き出し窓には、重厚なこげ茶色のカーテン。それは左右に引かれて、いまは庭の様子が透明なガラス越しに一望できる。

だが俺たちが眺めたいのは、素敵な庭の景色ではない。問題はサッシ窓にあるクレセント錠だ。さっそく俺と有紗は窓辺に歩み寄り、クレセント錠の様子を観察した。

それはいまどき主流となった感のある、黒いレバー部分が長く伸びた、ちょっとスタイリッシュなクレセント錠だ。俺の自宅兼事務所の窓にあるような、銀色のカタツムリに似た金具がギシギシと軋(きし)みながら回転するやつとはレベルが違う。指で摘んで動かしてみると、その動きは滑らかでありながらも適度な抵抗がある。つまり、それなりに力を加えなければ、レバーを動かすことはできないということだ。「これだと糸やら針やらを使って外側からレバーを倒す、みたいな手口も使いにくいだろうな」

「そうだね。もっとも、そんな古臭いトリック、有紗は最初から考えてないけど」

「おおお、俺だって考えてないさ、そそそ、そんな古臭いトリックなんて！」

動揺を隠せない俺に助け舟を出すかのように、そのときキッチンから美里が姿を現した。手にしたお盆の上には、湯気の立つ珈琲のカップが二つ。もうひとつのカップの中身は、ホットチョコレートらしいから、これは有紗用だろう。美里はそのお盆をコタツの天板の上に置きながら、「どうですか、便利屋さん、何か判りそうですか」

「いえ、とりあえず玄関扉のロックは、どうも無理っぽいと確認できたくらいで……」

そう答えながら俺はコタツの前であぐらをかき、珈琲をブラックのまいただく。有紗は「わあ、美味しそう。いただきまーす」と無邪気に声をあげて、薫り高いホットチョコレートを啜る。美里は自分の珈琲カップを手許に引き寄せながら、俺の言葉に頷いた。

「ああ、そうですね。あのドアガードは、どうにもなりませんよね。――でも私、あのドアガードについて、ひとつ気になっていることがあるんです」

「――というと？」

「あの日、玄関の扉には確かにドアガードが掛かっていました。けれど通常の鍵、いわゆるサムターン錠のほうは掛かっていませんでしたよね。だから扉は五センチ程度ならば開けることができました。そこから中を覗くことも……」

「ええ、確かにそうでした」俺は死体発見当時の光景を脳裏に呼び戻しながら、ふと首を傾げた。「そういや、なぜ順三さんはサムターン錠のほうを掛けなかったんですかね？」

「片方で充分だと思ったんじゃないのー？　ドアガードがしっかり掛かっているから、平気だってー」と、これは探偵少女が敢えて素人臭さを演じながら口にした凡庸な意見だ。

俺は精一杯賢いフリをしながら答えた。「いや、それは違うと思うぞ、有紗。ドアガードとサムターン錠、両方あるなら両方ロックするのが、大多数の人の戸締りだと思う。ここ一年ほど毎月のように凶悪事件が頻発している《南武線沿線きっての犯罪都市》溝ノ口の住人ならば、なおさらのことだ」

「な、南武線沿線きっての犯罪都市って、良太ぁ、それは……」

いや何もいうな、有紗！　俺は強い視線で少女の言葉を封じた。判っている。溝ノ口がここ一年ほど猛烈に犯罪都市化した原因は、おそらく一年前に俺と有紗が出会ったからだ。有紗の探偵少女としての覚醒。そして、この俺の便利屋としての奮闘。その両者が相まって、ここ溝ノ口に凶悪かつちょっと不思議な難事件を数多く招き寄せたのだ。

若干オカルトじみているが、そうとでも考えなければ俺と有紗の行くところ行くところ、事件が起こる理由が説明できないではないか！

ま、それはともかくとして、とりあえず話を戸締りの件に戻すと――「これが真夏ならば、ドアガードだけを掛けた状態で扉をほんの少しだけ開けて風通しを良くする、というケースが考えられる。だが、いまは三月だしな。風通しのことを考えて、そうしたわけではないはずだ。――美里さんは何か理由を思いつきますか」

「そうですねぇ」美里は珈琲カップを両手で包み込むようにしながら、「ひょっとして中に人がいる、祖父が室内にいる、そのことをアピールする狙いだったのではないかと」

「はぁ、どういうことですか」呆けたように聞き返す俺。

するとき隣に座りながらカップのホットチョコレートをフーフーと吹いていた有紗が、「えー、判んないのー、良太ぁ！」と落胆の声をあげた。「サムターン錠とドアガード、両方とも掛かっていたら扉は一ミリも開かないでしょ。それだと順三さんが室内にいるのか、それとも外出中なのか、外からは全然判らないじゃない」

「ああ、そういうことか」俺はようやく腑に落ちた。「確かに死体発見時、俺と美里さんはドアガードが掛かっているのを見て、室内に順三氏がいるはずと考えた。だからこそ書斎の窓ガラスを破壊してまで、室内に飛び込んでいったんだ。とすると犯人の狙いは――って仮に犯人がいた場合の話だけれど――そいつの狙いは、ひょっとして《窓ガラスを破壊してもらうこと》、その点にあったのかもしれないな」

俺の鋭い指摘に、美里の表情もハッと強張る。「では書斎の窓ですね！」

6

飲み物をいただいた俺たちは、さっそく書斎へと向かった。死体発見時にゴルフクラブで破壊された腰高窓は、いまもほぼ当時のまま。割れたガラスに段ボールやガムテープで応急処置がしてあるだけだ。俺は壊れた窓を開けたり閉めたり、あるいはクレセント錠を動かすなどして、トリックの可能性を考える。だが脳裏に降りてくるものは何もない。

　書斎のクレセント錠も形状はリビングや和室のものと同じ。小細工してロックできる代物ではないように思える。と同時に、俺は重大な事実を思い出した。

「そういや、俺が割れたガラスの隙間から手を差し入れて、窓の施錠を解いたとき、このクレセント錠はダブルロックになっていた。黒いレバーが上向きになっていただけじゃない。レバーの傍にあるボタンが『閉』の状態だった。だからあのとき俺は黒いレバーを簡単に倒すことができなかったんだ」

「そういえば、そうでしたね」美里も思い出したように頷いた。「ダブルロックの状態にあったということは、なおさらトリックの入り込む余地はないみたいですね」

「ねえねえ、リビングや和室の窓も、全部ダブルロックになっていたのー？」

と無邪気そうな声で、有紗が鋭い質問。これには当時の状況を知る、この俺が答えた。

「ああ、そうだ。風呂場の遺体を発見した後、俺がこの目で確認したんだ。間違いはない」

ただし――と俺は心の中で付け加えた。リビングと和室の窓については、最初からダブルロックの状態だったか否か、実は判らない。俺より先に室内に飛び込んでいった坂口敏夫の存在があるからだ。彼が書斎を出て俺たちの視界から消えた後、リビングや和室でクレセント錠のボタンを密かに動かした。その可能性は確かにある。やはり敏夫は怪しい。

だが疑えるのも、そこまでだ。敏夫が室内に飛び込む以前から、クレセント錠の黒いレバーは、いずれも真上を向いていた。書斎の窓はもちろん、リビングも和室もすべてだ。そのレバーを上向きに倒すためには、そこに何らかの物理的な力が加えられる必要があるはずだ。だが、そのような特殊な装置か何かが、当時この建物の中にあったか。いや、なかったと思う。唯一の住人である順三氏が風呂場で溺死を遂げて以降は、この家の中には猫一匹いなかったはずなのだ。そこまで考えを巡らせて、俺は溜め息をついた。

「やはり難しいな。これを《誰かの手で作られた密室》だと考えるのは無理がある……」

俺は思わず音をあげた。――というより、そもそも俺は最初から《不運な事故説》なのだ。それに対して《密室殺人説》を唱えていたのは、有紗のほう。その有紗はというと、やはり上手いアイデアが浮かばず苦戦中らしい。剝いたゆで卵のようなツルンとしたおデコに無理やり皺を寄せて、「うーん」と腕組みするばかりである。

そんな探偵少女の様子が一変したのは、それからしばらく後。独自の調査が惨めな空振りに終わって、いよいよ順三氏の家を辞去しようとしたときのことだった。

トボトボと玄関に向かい、靴を履こうとする有紗。だがご自慢の赤い靴が、少々履きにくかったのだろうか。有紗は扉の傍にぶら下がった靴べラに右手を伸ばす。だが次の瞬間、少女は何を思ったのか、伸ばしかけた右手を引っ込めると、眉根を寄せながらその靴べラをシゲシゲと見詰める。その様子を見て、咄嗟に俺は声を掛けた。

「おいおい、有紗、何やってんだ？　その靴べラが気に入らないのか。そりゃまあ、知らないおじいさんが愛用していた靴べラなんて、女の子であるおまえにとっては、あんまり触りたくもないアイテムかもしれないが、それは亡くなった順三さんに失礼ってもんだぞ」

「そんなこと、誰もいってないでしょ！　逆に失礼だよ、良太！」

「失礼ですよ、便利屋さん」美里も有紗と一緒になって、こちらに軽蔑の視線を向ける。

どうやら失礼だったのは俺のほうだったらしい。「すみません……」と恐縮して身を縮ませる俺の前で、有紗は何かを探し求めるかのごとく、盛んに周囲へと視線を巡らせる。

その姿に、俺と美里は揃ってキョトンだ。すると少女の視線は玄関扉の上のスペースに吸い寄せられていき、そこでピタリと静止した。そこにあるのは、たくさんのスイッチが整然と並んだ箱形の物体だ。箱の左端には、ひと際目立つ白いレバーが斜め上を向いている。レバーの傍には《20A》という文字。それを見れば、この箱形の装置の正体は歴然だ。どんな家にも必ずある家庭用分電盤、いわゆるブレーカーである。

「ブレーカーが、どうかしたのか、有紗？」

「ううん、まだ判んないよ」と慎重に答えを保留した探偵少女は、ふいにあたりを見回しながら、「ねえ、何か台になるものないかな？　台、台……」

「はあ、台って!?」俺は首を傾げながら、「何だよ、有紗、要するに、あのブレーカーを間近に見たいってことか。だったら俺が肩車してやるよ。――ほら、遠慮すんな」

そういって少女の股ぐらに自ら顔を持っていこうとする俺。すると、そんな俺の献身的な振る舞いをどう曲解したものか、突然「きゃあぁぁッ」と耳をつんざくような少女の悲鳴が狭い玄関に響き渡る。続いて「この変態！」と耳を疑うような罵声が頭上から浴びせられたかと思うと、次の瞬間、振り返った少女の可愛らしいはずの膝小僧が、殺意のこもった凶器となって俺の顎を真っ直ぐ撃ち抜いた。すべては一瞬の出来事だった。

俺は「ぶうッ」と豚に似た呻き声を発すると、それからしばらくの間ではあるが、気を失ったようだ。混濁して薄れゆく意識の中で、確かに俺は叫んだ。――畜生、有紗の奴め、なに勘違いしてんだ！　俺の肩車に下心なんかあるわけねーだろ！

それから少なくとも一分以上は経過したころ。「ハッ……」と目を覚ました俺が身体を起こすと、その視線の先では、美里が有紗のことを肩車していた。女子大生の肩に跨る有紗の頭は、もはや天井にくっつきそうな高さだ。その状態で彼女はブレーカーとその周囲の壁の様子を丹念に観察している。俺の肩車をあれほど拒絶した少女も、同性の大学生の肩車には抵抗がないらしい。俺はまったく釈然としない気分で、二人の様子を見詰めた。

やがて気が済んだのか、少女は美里の肩から降りると、「ありがとう、お姉さん」と丁寧なお辞儀を披露。そして優しいお姉さんに甘えるような声でいった。「ねえ、また今度、ここに遊びにきてもいいかなぁ？」

すると美里は嬉しそうな微笑みを浮かべながら答えた。

「ええ、もちろんいいわよ。いつでも遊びにきてね」

7

——とはいったものの、『いつでも遊びにきてね』の言葉を真に受けて、翌日も有紗が坂口邸へ出掛けていくとは、俺も予想外だった。すでに記憶した坂口邸への道のりをズンズンと突き進む探偵少女。そのロリータ服の背中を追うようにして、俺は呼び掛ける。

「おいおい、有紗、なに考えてんだ？　確かに美里さんは、ああいったけれど、昨日の今日じゃ、さすがに迷惑なんじゃないのか。だいいち今日は土曜日だぞ。普通の女子大生なら、きっと渋谷とか立川とか武蔵小杉にお出掛けしているはずだろ。絶対そうだって」

「いいから、とにかくいってみようよ。美里さん、いるかもしれないでしょ」

と、まるで行き当たりバッタリなことをいって、溝ノ口の住宅街を進む有紗。やがて坂口邸の門前にたどり着くと、何の躊躇もなく門柱のインターフォンを鳴らす。応答したのは女子大生の華やいだ声ではなく、くぐもった男性の低音だ。坂口家の人間の中で当て嵌る人物は坂口敏夫しかいない。――ほら、見ろ！　いわんこっちゃない！

思わず顔をしかめる俺をよそに、有紗は何ら臆することなくインターフォンに向かって、

「美里さんの友人で綾羅木有紗っていいます。美里さんはいますかー？」

と問い掛ける。たちまちスピーカー越しに聞こえる男性の声が、怪訝そうな色を帯びた。

「ん、綾羅木……ああ、ちょっと待っってて！」

そう答えたきり、インターフォン越しの会話がいったん途切れる。だが、しばらくすると、坂口邸の母屋の玄関が開かれて、中から長袖のポロシャツを着た中年男性が姿を現した。印刷関連会社の社長、坂口敏夫に間違いない。

敏夫は門前に佇むツインテールの美少女を目に留めると、たちまちニコリとした笑顔。だが少女の傍に俺の姿を認めると、ギョッとしたように目を見張る。そんな敏夫は俺たちの間近にまで歩を進めると、不思議そうに聞いてきた。

「やあ、君には先日も会ったね。確か武蔵新城の便利屋さんだ。その君が、どうして？　君、

美里ちゃんと親しいのかね？」

「え⁉　えーっと、いえ、美里さんと親しくなったのは、この子のほうでして……」

俺は隣に立つロリータ服の小学生を片手で示しながら、「でも、どうやら美里さんは、お留守のようですね」

「ああ、残念ながらね。彼女はサークル仲間と一緒に武蔵小杉に出掛けているよ」

やっぱりか。やっぱり南武線沿線の最近の若者は武蔵小杉に集まるのか——と、俺が密かに敗北感を味わっていると、何の脈絡もなく有紗が口を挟む。

「有紗ね、お姉さんと約束していたの」

「ほう、約束ねえ」敏夫は腰をかがめて、少女と視線を合わせると、「約束って、どんな約束だい、お嬢ちゃん？　おじさんにも聞かせてもらえるかな？」

「んとねー」有紗は、はにかむような笑みを覗かせながら、「もしも密室殺人のトリックが判ったときは、きっとお姉さんに教えてあげる——って、有紗そう約束したのー」

あどけない口調ながら、喋っている内容は突拍子もない。しかも俺の知る限り、彼女の言葉は真っ赤な嘘だ。有紗と美里の間で、そのような約束が交わされたという事実はない。

——有紗め、なんでそんな余計なことを？　いったい、どういうつもりだ？

思わずムッと眉根を寄せる俺の前で、坂口敏夫は一瞬考え込む表情。それから一転して優しげな顔と声で少女にいった。「そうかい。じゃあお嬢ちゃんはトリックが判ったんだね？　だったら、そのトリックとやらを、おじさんにも教えてもらえないかな？」

え!?　いやいや、それはまた別の機会にでも――と俺が口を開くよりも先に、

「うん、いいよ」と、あまりにも素直に有紗が頷く。

おい、いいのかよ――と、俺は不安で仕方がない。

こうして俺と有紗、そして坂口敏夫の三人は順三氏の家へと向かった。玄関を上がった敏夫は、短い廊下を進んでそのままリビングへと足を踏み入れていく。そして、くるりと振り向くと、いきなり有紗に問い掛けた。「で、お嬢ちゃん、順三さんを殺した犯人は――まあ、そんな犯人が仮にいるとしたならば、という話だけれど――そいつは何をどうやって施錠された窓から出入りすることができたのかな？」

すると有紗は怯むことなく、キッパリと首を左右に振った。

「ううん、順三さんを殺した犯人は――そんな犯人が絶対にいると、私は思っているんだけど――そいつは窓から出入りしたんじゃないよ。犯人が出入りしたのは玄関だから」

「な!?」敏夫の表情に驚愕の色が滲む。「玄関だって!?　そ、それは無理じゃないかな、お嬢ちゃん。君、そこの便利屋さんから話を聞かなかったのかい？　死体発見当時、この家の

玄関には中からドアガードが掛かっていたんだよ。扉はほんの五センチばかり開くのみだ。その状態で、どうやって犯人はそこを出入りできるっていうんだい？」

「簡単だよ。犯人は扉がまだロックされていない状態で外に出たの。その後で、扉は内側からロックされたってわけ」

「ドアガードが？　内側から？　ははッ、誰の手で？　ふははははッ」敏夫の哄笑がリビングに響き渡る。そして彼はふと真顔になると、「そんなこと絶対に不可能だ。――なあ、便利屋さんだって、そう思うだろ？」といって、いきなり俺に話を振る。

俺は一瞬のアイコンタクトで有紗の意思を読み取る。そして敏夫にも負けない高らかな笑い声を響かせた。「あはははッ！　実はそれができるんですよ。なんなら、ここでいまからご説明しましょうか、僕ら二人で」

「な、なに……よ、よし、そうまでいうなら、ぜひ教えてもらおうじゃないか。扉の外にいながらドアガードを施錠する、その方法というやつを！」

こうして俺たち二人と敏夫は、再び玄関へと舞い戻る。不安いっぱいの俺は、有紗の耳許に口を寄せながら、「お、おい、これで良かったんだよな？　本当にできるんだよな？」

「うん、大丈夫、こっちの期待どおりの展開だよ」小さく頷いた有紗は、片手をエプロンドレスのポケットに突っ込みながら、もぞもぞと何かを探す仕草。やがて取り出したのは、金色をした小さな金具だ。正式名称は知らないが、家庭でもよく見かける《?》マークを模したような形状のフックである。少女はそれを俺に手渡すと、「じゃあ、良太その金具を、壁のあそこにねじ込んでみて」

そういって彼女が指差したのは、玄関扉の上のスペース。ブレーカーのすぐ横に広がる何もない壁だ。怪訝な表情を浮かべる俺に、有紗が自信ありげに指示する。「良太の手が届くぐらいの高さに、小さい穴が開いているの。そこにそのフックをねじ込んでね」

俺は金色のフックを手にしながら、いわれたとおり壁面に開いた穴を探す。なるほど、手を伸ばせば届きそうな高さに、おあつらえ向きの小さな穴がすでに開いている。金色のフックをねじ込んでやると、それは難なく壁に固定された。何もなかった壁に小さなフックがひとつできた。これが果たして何の役割を果たすのか、俺にはサッパリ判らない。

だが、ふと振り返った際に見えた敏夫の顔は酷く紅潮しており、内心の興奮と動揺を如実に示している。少女の打った最初の一手は、間違いなく彼の痛いところを突いたらしい。俺はあらためて有紗のほうを向くと、「で、次にどうするんだ?」

「次は、これだよ」といって有紗が取り出したのは、割り箸にぐるぐる巻きにされた細い糸だった。凧揚げもしくは肉料理に用いる丈夫な糸。いわゆるタコ糸だ。有紗はそれを割り箸ごと、こちらに手渡しながら、「この糸の端をU字形の金具の先端に結び付けてほしいの。

できれば固く結び付けるんじゃなくて、糸の端を引っ張ると簡単にほどけるような結び方が理想なんだけど……無理だよね、良太には。やっぱり普通に結ぶだけでいいよ」

「こらこら、勝手に諦めるな！　要するに引き解け結びにすりゃいいんだろ。そんなの簡単じゃねーか」と安請け合いしてから完了するまでに数分を要したものの、とにかく俺は糸の端をU字の先端、というかU字の底、つまりU字のカーブした部分に結び付けた。「それで？」

「その糸を伸ばすんだよ、――で、その糸をここに掛けるの」

そういって少女が指差したのはドアガードのすぐ横にある壁。そこにぶら下がった例の靴ベラだ。俺はパチパチと目を瞬かせながら、

「タコ糸を靴ベラに掛けるのか!?」――随分と奇想天外なトリックだな、おい！

「違うよ。靴ベラに掛けるんじゃなくて、靴ベラがぶら下がっているフックがあるでしょ。そのフックに糸を掛けるの！」

「ああ、そうか。そういうことか」見れば、確かに靴ベラは壁のフックにぶら下がっている。

俺は指示どおり、そのフックに糸を通すと、「――それで？」

「そこから、さらに糸を伸ばして、今度はあっちのフックに――」といって彼女が次に指差したのはブレーカー横の壁。先ほど俺が取り付けたばかりのフックだ。俺はいわれるままに

糸を伸ばして、そのフックに糸を掛けた。割り箸に巻かれた糸の残りは、あと僅かだ。

そこで有紗は再びエプロンドレスのポケットに手を突っ込みながらゴソゴソ。やがて取り出したのは、意外にも巾着袋だった。袋の部分が赤で、紐は紺色。掌にスッポリ収まるほどの小ささだ。だが何気なく受け取ると、見た目以上にズッシリとした重みがある。

「な、何だよ、この巾着袋⁉　中に鉛でも入ってるのか」

「うん、小さな鉛の文鎮が入ってるの」

なんだ、当たりかよ――「これを、どうするんだ？」

「その糸のもう一方の端に結び付けてね。べつに固結びで構わないから」

「ふむふむ」俺は割り箸に巻かれたタコ糸をすべてほどくと、現れた糸の端を巾着袋の紐の部分に固く結び付けた。「それで、この巾着袋をどうする？」

「その巾着袋の紐をね、そこのブレーカーの白いレバーに引っ掛けるの」

「ん⁉」俺は眉をひそめながら問題の白いレバーを見上げた。それは斜め上を向いており、なるほど巾着袋の紐を引っ掛けるには、おあつらえ向きの形状に思える。しかし――

「大丈夫なのか？　重い物を引っ掛けたら、あの白いレバーが下向きになる。いわゆる《ブレーカーが落ちた》状態にならないか？」もしそうなれば、いまは天井のライトで照らされているこの玄関も一気に薄暗くなるはずだが――「ホントにいいのかよ？」

「たぶん問題ないはずだよ。ブレーカーのレバーって結構、力を込めないと上げ下ろしできないようにできてるから」

そういえば、そうかもしれない。過去の経験から納得した俺は、タコ糸を結んだ巾着袋を頭上に持ち上げて、その紺色の紐を白いレバーに引っ掛けた。ブレーカーは落ちない。玄関は明るいままだ。俺はホッと胸を撫で下ろし、その一方で敏夫の顔は紅潮した赤から血の気の引いた青へと、面白いほどの変化を遂げている。その表情を横目で眺めながら、俺はあらためて玄関に施された《仕掛け》を確認した。

U字形の金具の先端から伸びたタコ糸は、すぐ横にある壁のフックに引っ掛けられて上向きに方向転換。ブレーカー横のもうひとつのフックを経由して、それは最終的にブレーカーの白いレバーに引っ掛けられた巾着袋へと繫がっている。ただし、張り巡らされたタコ糸はピンと張り詰めているわけではない。たるんだ糸には、まだまだかなりの遊びがある。試しに扉をゆっくり開けてみると、それは普通に開いた。糸に余裕がある限り、扉はいくらでも開けることができるのだ。

「なるほど、これなら大人が外へ出ていくことも充分可能だな」

俺は再び扉を閉めると、あらためて敏夫の顔色をチェック。それはいまや恐怖の青から完全無表情の白へと変化している。果たして、これ以上の実演が必要だろうか。正直そんな気がしたが、しかしせっかくここまで凝った《仕掛け》を張り巡らせたのだ。このメカニズムが期待どおりに機能するか否か、ぜひ見届けたいところだ。俺はブレーカーの傍に書かれた数字を見上げながら独り言のように呟いた。

「ふむ、20Aか。てことは洗面所のドライヤーとキッチンの電気ポット、それとリビングのコタツ。この三つをいっぺんに使用すれば、おそらくは……」

「うん、そうだね……」

互いにニンマリとした笑みで頷き合った俺と有紗は、茫然自失となった敏夫を玄関に放置して洗面所からキッチン、そしてリビングへと順に回る。そして三つの家電製品のスイッチをそれぞれオンにしてフル回転させた。ドライヤーは洗面台を乾かし、電気ポットは誰も飲まない湯を沸かす。コタツはコタツ布団だけを無駄に温めはじめた。

そんなシュールな状態は数分間も続いた。これだけ時間的な余裕があれば、犯人が慎重に扉を開けて外に出て、またゆっくり扉を閉めなおすことも簡単だろう。

そう思った次の瞬間、ついにそのときがきた。頭上でバチンと大きな音がすると同時に、白いレバーが弾かれたような勢いで下を向く。ブレーカーが落ちたのだ。玄関の天井の明かりが消える一方、いままで白いレバーに引っ掛かっていた巾着袋が、下向きになったレバーの先から滑り落ちる。巾着袋はタコ糸に遊びのあった分、一メートル半ほども落下して、扉の下側で宙ぶらりんの状態になった。瞬間、ピーンと張り詰める糸。巾着袋の落下のエネルギーは、糸を引っ張るエネルギーへと変換される。そして、それは二つのフックによって方向を変えられて、最終的にはU字の金具を壁側に強く引っ張る力となる。

結果、U字形の金具はガタンと音を立てて壁側に九十度倒された。目論見どおり、扉はドアガードが掛かった状態になった。俺は五センチ程度しか開かなくなった扉を開けながら、

「なるほど。この状態で犯人はタコ糸と巾着袋を扉の外から回収したわけだな。それはこの五センチ程度しかない隙間からでも可能だ。引き解け結びにした糸の端を引っ張ってやれば、U字形の金具の先から糸が外れる……」

その言葉どおりに俺はタコ糸の端を引いた。糸がほどけると同時に、いままで宙ぶらりんだった巾着袋が、扉の傍に落下した。有紗はそれを指差していった。

「そう、あとはもう、この巾着袋をタコ糸ごと手前に引き寄せて回収するだけ。そのためには先の曲がった棒か何かがあると便利なんだけどなあ……」

少女の意味深な口調に、俺はピンときた。そういえば、あのとき敏夫はおあつらえ向きの道具を手にしていたではないか。その光景を思い返して、俺は呟くようにいった。

「そうか、ゴルフクラブだな……」

その言葉を耳にした瞬間、ついに坂口敏夫は観念したらしい。彼は言葉にならない呻き声

を発して、自ら床に膝を屈したのだった。

「くそッ、完璧なトリックだったのに……それを完璧にやり遂げたはずだったのに……」

しゃがみ込む坂口敏夫の口から、悔しさと嘆きに満ちた言葉がこぼれ落ちる。

俺はそんな彼を見下ろすようにして口を開いた。「いいえ、敏夫さん、あなたのトリックは完璧ではなかった。重大な欠点があったんです。扉の外に出て密室の完成を確認したあなたには、しかしもはや室内に戻る術がない。つまり室内でオンになっている家電製品のスイッチをオフにすることができない。もちろん落ちたブレーカーを元に戻すことも不可能。その状態で順三さんの遺体が発見されたなら、警察じゃなくたって当然ながら不審に思うでしょう。だから、あなたは敢えて死体発見の場面に立ち会う必要があった。そして自らが第一発見者となって、誰よりも先に現場に入り、トリックの後始末をする。どうしても、そうする必要があったんです。――そうですよね、敏夫さん？」

「ああ、そうだ。君のいうとおりだよ。だからこそ僕はわざわざ順三さんに成りすまして、『なんでも屋タチバナ』に電話を掛けたんだ。僕が第一発見者になるとき、それを傍で見ていて、確かに現場が密室であることを証明してくれる。そんな善意の第三者の存在が、このトリックには必要不可欠だったからね。だから便利屋を呼んだのさ」

「なるほど、そうだったんですか……って、ええッ！」俺は彼の意外すぎる告白に思わず両目を見開いた。「え、え!?　あの電話って、順三さん本人じゃなかったの……!?」

「当たり前でしょ、良太ぁ」有紗は蔑むような視線を俺に浴びせながら、「ていうか、なんで良太、その電話を順三さん本人からの依頼だと思い込んだわけ？　良太は生きている順三さんとは一度も会ったこと、なかったんでしょ？」

「い、いわれてみれば確かに……」俺は自分の迂闊さを呪った。そもそも俺は順三氏の声を知らない。ただ電話の向こうで年寄りっぽい口調の男が『坂口順三』と名乗ったから、それを信じただけ。そして実際に順三氏と対面したときには、彼はもう物言わぬ骸となっていたから、当然その声を聞くことは叶わなかった。有紗のいうとおり、あの依頼の電話が、順三氏本人からのものだと決め付ける根拠など、そもそも何もなかったのだ。

思いがけない衝撃を受けた俺は、折れそうになる心を励まして態勢を立て直した。

「ま、まあ、いいでしょう。とにかく、あなたはトリックの後始末をおこなった。ごく自然な形で自分ひとり書斎の窓から室内に入ったあなたは、順三さんの姿を捜すフリをしながら、各々の部屋を見て回った。その際に家電製品のスイッチをオフにし、ブレーカーを元に戻したってわけです。ああ、そうそうブレーカーの傍にねじ込んだフックを外したのも、このときですね。それだけのことを素早くおこなった上で、あなたは風呂場に入り、そこで初めて順三さんの遺体を発見したかのように悲鳴をあげた。だが実際には、あなたがその遺体を見るのは二度目のこと。前の晩に、順三氏にたらふく酒を飲ませた挙句、酔った彼を浴槽に沈めて殺害したのは、坂口敏夫さん、あなただったのですから！」

しゃがみ込む彼をズバリ指差して、俺はその罪を糾弾する。敏夫は不思議そうな顔で、

「そ、そのとおりだが……おい、それって君が推理したことなのか!?　急に名探偵っぽく振る舞っているが、君ついさっきまでは、そっちの女の子のいいなりだったような……」

「目の錯覚ですね！」俺は断固として言い張った。「この子はただの小学生ですよ。そりゃまあ、普通の小学生に比べれば、随分とデキる子ではありますけどね」

「そうなのか!?　しかし『綾羅木』というのは、あの有名な探偵の名字と同じだよな」

「ははぁ、あなたがいっているのは、綾羅木孝三郎氏のことですね？」

「誰だ、そいつ？　知らんぞ、そんな奴」敏夫はキッパリ首を振る。遠いどこかで孝三郎が盛大にくしゃみする姿を、俺は想像した。敏夫はなおも続けて、「僕が知ってるのは、あの世界的な名探偵『ケイコ・アヤラギ』のことだ。その有紗という子は、まさか……」

「仮に、その《まさか》だったとしたら、どうだというんです？」

「どうって……いや、べつに同じことか」敏夫はガックリと肩を落としながら、「ただ運が悪かったというだけの話だ。まさか溝ノ口で、そんな天才児に遭遇するなんて……」

8

こうして密室の謎は解き明かされ、事件は無事に解決へと導かれた。だが問題なのは、この後のことだ。その場で溝ノ口署に電話して長嶺刑事を呼ぶことも考えたのだが、それだと話が面倒くさくなりそうだ。そこで俺たちはとりあえず敏夫の身柄を妻の政子と、帰宅した美里にゆだねると、簡単なトリックの解説だけを済ませて坂口邸を辞去した。

政子と美里の親娘が、敏夫に自首を勧めるか、それともすべてを隠蔽するか、それはあの親娘が決めることだ。——まあ、俺たち二人の存在がある以上、いまさら隠蔽はできないわけだが。

いずれにせよ、俺と有紗は意気揚々として帰宅の途についた。すでに三月の陽は西に傾き、溝ノ口の街に夕暮れ時が訪れようとする、そんな中——

綾羅木邸にたどり着いた俺と有紗は、「ただいまー」と声を合わせながら玄関ホールへと足を踏み入れる。出迎えたのは家政婦の長谷川さんだ。彼女は滅多に見せないような慌てた様子で、「た、大変でございます、お嬢様。奥様が……慶子奥様が！」と、まるで要領を得ない口ぶりだ。瞬間、有紗の表情に、いままで意図的に忘れていた不安が蘇った。

「ママが⁉　ママが何⁉　どうしたの……」

とにかくリビングへ――という長谷川さんの言葉に追い立てられるように、有紗は廊下を駆け出すと、一目散にリビングへと飛び込む。遅れて俺もたどり着くと、そこには俺がいまだかつて一度もお目にかかったことのない世界的名探偵『ケイコ・アヤラギ』その人の姿が――もちろんあるはずもなくて、代わりにその旦那の見慣れた姿があった。

有紗は白いスーツ姿の父親を見るなり、アテが外れたといった表情で首を傾げた。

「あれ、パパ？　もう帰ってたの？」

「なーんだ、孝三郎さんですか。どうしたんです？」

「どうしたもこうしたもないよ」孝三郎は憤懣やるかたないといった表情で、早すぎる帰還の訳を説明した。「実は、とある孤島に建つ八角形の館での殺人事件というのは、とんだガセネタだった。よくある悪戯だよ。地図に示された孤島に渡ると、そこに八角形の館などはなくて、ただ大きな水族館があるばかりだった。静岡県の淡島という小島らしい」

「………」それって、たぶん『あわしまマリンパーク』ですよね！　なんで島に渡る前に気付かなかったんですか！

呆れて物もいえない俺の隣で、有紗はなおも心配そうに唇を震わせた。

「そ、そう、パパのことはどうでも……うぅん、どうでもいいってことはないけど……それよりママは？　ママに何があったの？」

「そう、聞きたいのはそっちです。奥さんの身に何か起こったんですか」

「うむ、実はそのことなんだが、先ほどこの家に戻ってみると、イギリスにいる慶子からメールが届いていたのだよ。――ほら、このメールなんだがね」

といって彼が差し出したのは、一見して海外からの郵便物だとわかる横長の封書だった。

「……メールはメールでも、エアメールですか。渋いですね、いまどき……」

「見せて」有紗は父親の手から封筒を奪い取ると、焦った仕草で中の便箋を引っ張り出す。

俺は彼女の背後から、その文面を覗き込んだ。初めて見る綾羅木慶子の文字は、意外に繊細で優しい印象を与える美麗な文字。だが、その書き出しは独特で、『前略　あなた、仕事してますか？』とある。孝三郎は仕事をしない亭主だと、奥方からはそのように睨まれているらしい。俺は声を出さずに、その文字の並びを視線で追った。

【前略　あなた、仕事してますか？　私は毎日、大忙しです。つい先日もライヘンバッハという滝のあるアルプスの山奥で、悪党をひとり滝つぼに叩き込んでやりましたわ。まあ、滝といっても、そいつが落っこちた滝は落差三メートルほどでしたから、きっと良い水浴びになったことでしょう。その事件が片付いたいま、私は急遽ロンドンに渡って、また新たな悪党を追っています。あなたも名前ぐらいは、きっとご存じのはず。『怪盗ウェハース』という、ふざけた名前のコソ泥ですわ。まあ、本人は義賊を気取っておりますがね。正直ネーミングセンスは《？》ですけど、盗みのセンスはなかなかのもの。逃げ足の速さにかけては超一流と呼んで差し支えないでしょう。かなりの曲者ですわ。正直いって苦戦中です。ひょっとして私ひとりの手には負えない相手かも。そこで折り入って、あなたにお願いがあります。どうかこのロンドンまで有紗を連れてきてください。そうすれば私にとって何よりの援軍となることでしょう。怪盗ウェハースとの戦いは長期戦が予想されます。ひょっとすると数ヶ月から数年ほど、こちらに滞在してもらうことになるかもしれません。でも大丈夫。細かな手続きなどは、すべて今回の依頼人であるイギリスの大富豪、ロジャース氏が手配してくださいます。ですから面倒な手間はいっさいかかりませんわ。そういうことですので、あなた、何卒よろしくお願いしますよ。しくじったら即離婚ですからね。草々】

「確かにママだわ。これママの字だもの！」有紗が嬉しそうに声を弾ませる。

一方、俺の声は微妙なトーンだ。「そ、そうか。これが有紗のママなのか……」

ウッカリ本人と顔を合わせなくて正解だったのかもしれない。手紙の文面からも世界的名探偵のとんがった個性は、こちらにビンビンと伝わってくる。だがそれ以上に俺は、この手紙の内容そのものに驚きを禁じ得なかった。「……いったい、どういうことなんだ？　有紗のママがロンドンで怪盗ウェハースを追っているって……」

怪盗ウェハースとは過去に俺と有紗も一度だけ遭遇している。手紙に書かれているとおり、実に逃げ足の速い奴だった。この一年で有紗が取り逃した唯一の悪党。それが怪盗ウェハースなのだ。それがなぜロンドンに？　溝ノ口とロンドンって結構遠いぞ！

俺と有紗は互いに怪訝そうな顔を見合わせる。そんな中、孝三郎が悠然と口を開いた。

「ふむ、ここに書いてあるとおりだよ。これは慶子が応援を求める手紙。彼女は夫であるこの私に、イギリスまできてくれと、そのように懇願しているわけだ。あのプライドの高い慶子が、このように私に助力を願い出るとは滅多にないことだ……」

「え!?」思わず声をあげた俺は、有紗の持つ手紙の文面を、もう一度読み返す。そして密かに首を捻った。――微妙だけど、どうだろう？　これって孝三郎に『きてくれ』という話じゃなくて『有紗を連れてきてくれ』っていう内容なんじゃないか。有紗にきてほしいけれど、有紗はまだ小学生だから、ひとりで海外渡航は無理。だから仕方なく孝三郎に『連れてきて』とお願いしているのでは？

少なくとも俺にはそう読める。というか、そうとしか読めないのだが――「そ、それで孝三郎さんは、このとおりに？　有紗ちゃんを連れてイギリスに渡るのですか？」

「いや、確かにその手紙には、『有紗も連れてきて』と書かれているが、私はその必要はないと思う。有紗も来月にはもう小学五年生、十一歳になる。ひとりで留守番もできるし、長谷川さんもいる。それに橘君もな」

「はあ……」頼りにしてもらえるのは大変に有難いのだが。――しかし孝三郎さん、この手紙には『有紗も』ではなくて『有紗を』連れてきてって、そう書いてあるんですよ。それなのに、あなただけでイギリスに渡ったら、その場で離婚されちゃいますよ。だって『しくじったら即離婚』ってハッキリそう書いてあるんだから！

そんな不安を覚える俺の隣で、そのとき突然、有紗が決然と顔を上げる。そして自慢のツインテールを激しく揺らす勢いで、彼女はこう叫んだ。

「いいえ、私もいくわ！　パパと一緒にイギリスへいく。そしてママを助け……」

「あ、あ、有紗ぁ〜〜〜ッ」

瞬間、リビングに感極まったような声が響き渡ったかと思うと、孝三郎が目の前の娘をヒッシと抱きしめる。そして彼は感激の涙をドバドバ流しながら、「ありがとう、有紗！　有紗はそんなにパパと一緒がいいんだね。そうか、そうか、判ったよ。一緒にいこう。パパと一緒にロンドンへいこう。――な、有紗！」

これが親子の固い絆なのか、はたまた擦れ違いの感情が絆に見えただけなのか。いずれにしても父と子の感動的な場面を前にして、無表情な長谷川さんの目にも涙だ。

こうして『ママを助ける』という探偵少女の決意表明は、すっかりウヤムヤ。父親によって抱きしめられた有紗の身体は、例によってアンコが飛び出す寸前の鯛焼き状態だ。そんな中、苦しげな表情を浮かべる少女の視線が、一瞬こちらへと向けられる。すると次の瞬間、彼女の小さな唇が「ゴメンね、良太……」と、そんな言葉を発したように見えた。

だが、もちろん彼女が俺に謝ることなど何もない。

十歳の天才探偵少女、綾羅木有紗のワトソン役を務めたこの一年は、この俺にとっても楽しく忘れられない日々になったのだから――

9

さてと、これで俺と有紗の一年にわたる探偵ストーリーはすべて終了。最後は密室殺人の謎が見事に解かれて、まさに大団円って感じだったな。――え、何だって？　まだ納得いかない？　羽田やら成田やらを舞台にした、涙ナミダの別れのシーンはないのかって？

ああ、残念ながらそれはない。もちろん綾羅木親子が旅立っていったのは、国際線が飛ぶ空港だ。だって電車や船でいくような場所じゃないだろ、イギリスって国は。でも俺が二人を見送ったのはエアポートのターミナルじゃない。見送りの舞台はＪＲ武蔵溝ノ口駅。南武線の川崎行きが発着するホームだ。どうだい、これ以上ないシチュエーションだろ。溝ノ口が生んだ天才探偵少女、しかも南武線大好きの有紗にとっては、まさに聖地だもんな。

ちなみに旅立ちの当日は、桜も見ごろとなった四月の初め。その日に至るまで、どうやら彼女は自分のポリシーを曲げなかったらしい。小さな旅行鞄を抱えながら駅へとやってきた有紗は、旅行用のファッションではなかった。普段と変わらぬ青地に白のエプロンドレス姿。二つ結びにした髪も、いつもどおりだ。それを見るなり、いささか俺は不安になった。

「おいおい、大丈夫か、有紗？　おまえ、その恰好でイギリスいくのかよ？」

小声でそう尋ねる俺に、彼女はツンと澄ました顔でこう答えた。「べつに、おかしくないでしょ。知ってる、良太？　ルイス・キャロルってイギリスの人なんだよ」

なるほど、だったら問題ない――と、この俺が安心できるわけもない。確かに『不思議の国のアリス』はイギリスの児童文学かもしれないけれど、「だからって、イギリスが不思議の国ってわけじゃないんだからな。そのへんのこと、判ってるのか、有紗？」

俺の不安はますます募ったが、愉快な会話も、ここで時間切れ。やがて警笛を鳴らしながら南武線の快速列車が、俺たちのいるホームに滑り込んでくる。残された時間は、あとほんの僅かだ。さあ、ここで何というべきか。語彙力とセンスと瞬発力が試される場面だ。

そこで考えに考えを巡らせ、脳ミソを振り絞った俺は、軽く右手を挙げながら、彼女にこういってやった。――「元気でな」と、ただそれだけ。しかも、わりと小声で。

ああ、確かに平凡だ。だが仕方がない。仮に何か上手いことをいったところで、どうせ向こうは忘れるさ。なにせ有紗は小学生だ。時間の流れる速さが違う。あと重みもだ。

考えてみると、出会ったころの有紗は超絶的に泣き虫で、犯人に凄まれてはメソメソ泣いてばかりだった。いやまあ、誰でも泣くか。殺人犯に凄まれたりしたら、俺だって泣く。

だが、それがどうだ。一年経ったいま、悲しい別れの場面でも有紗は涙ひとつ見せない。

どっちかっていうと泣きそうなのは、三十過ぎてめっきり涙腺が弱くなった俺のほうだ。

だが幸か不幸か、一緒にいた孝三郎が妙に感傷的になったらしく、マジ泣きしていたものだから、お陰でこっちの涙は綺麗に引っ込んだ。俺が有紗パパに対して、仕事をくれること以外で感謝の念を抱いたのは、後にも先にもこの一度きりだ。

そんな綾羅木親子は揃って電車に乗り込み、その一方でひとりホームに残る俺。やがて扉が閉まり、電車が動きはじめて――そして探偵少女はとうとう溝ノ口を旅立っていった。

え、隠すなって？　俺べつに何も隠してないけどよ。

――ああ、有紗のいった別れの言葉か。いや、彼女は別れの言葉を口にしなかった。彼女が俺に向けていった最後の言葉は、右手を小さく振りながら、「またね」だ。

これまた平凡。でも、しょうがないだろ。

だって綾羅木有紗は、やっと十一歳になったばかりなんだからよ！

この作品は二〇二一年十一月小社より刊行されたものです。

幻冬舎文庫

●最新刊
僕の姉ちゃん的生活
明日は明日の甘いもの
益田ミリ

相手から返信がなくても落ち込まない、誘った勇気までが私のもの。朝の支度をしてくれるロボットは欲しいけど、仕事は私がいく！　今宵も、恋と人生についての会話が始まります。第四弾！

●好評既刊
監禁依存症
櫛木理宇

性犯罪者の弁護をし、度々示談を成立させてきた悪名高き弁護士の小諸。ある日、彼のひとり息子が誘拐される。これは、怨恨かそれとも。ラスト一行まで気が抜けない、二転三転の長編ミステリー。

●好評既刊
まだ人を殺していません
小林由香

「悪魔の子」と噂される良世を引き取り育てることになった翔子。何も話さず何を考えているかわからない彼に寄り添おうとするが、ある日、蟻を「作業」している姿を目撃し――。感涙のミステリ。

●好評既刊
文はやりたし
中谷美紀

ご縁あってドイツ人男性と結婚して始まった二拠点生活。一年の半分は日本でドラマや映画の撮影に勤しみ、残りはオーストリアで暮らしを楽しむ。不便だけれど自由な日々を綴ったエッセイ。

●好評既刊
リボルバー
原田マハ

パリのオークション会社に勤務する高遠冴の元にある日、錆びついた一丁のリボルバーが持ち込まれた。それはフィンセント・ファン・ゴッホの自殺に使われたものだという。傑作アートミステリ。

幻冬舎文庫

●好評既刊
もう、聞こえない
誉田哲也

傷害致死容疑で逮捕された週刊誌の編集者・中西雪実。罪を認め聴取に応じるも、動機や被害者との関係については多くを語らない。さらに、突然「声が、聞こえるんです」と言い始め……。

●好評既刊
玉瀬家の出戻り姉妹
まさきとしか

バツイチ引きこもり中の41歳、澪子。ある日、売れっ子イラストレータの姉が金の無心にやってきて、流れで一緒に実家に出戻ることに。帰ればそこに家族がいて居場所がある。実家大好き小説誕生。

●好評既刊
レインメーカー
真山　仁

病院で二歳児が懸命の救急治療も及ばず亡くなった。両親は医療過誤だと提訴。そこで病院の弁護に立つのは、この手の裁判にめっぽう強い雨守誠だ。雨守は執念で医療現場の不条理に斬り込む。

●好評既刊
かくして彼女は宴で語る
明治耽美派推理帖
宮内悠介

明治末期、木下杢太郎や北原白秋、石川啄木ら若き芸術家たちが集ったサロン「パンの会」。ここでは、持ち込まれた謎を解くべく推理合戦が繰り広げられていた。傑作ミステリ。

●好評既刊
［新装版］嫌われ松子の一生（上）（下）
山田宗樹

昭和四十六年、中学教師の松子はある事件で学校をクビになり故郷を飛び出す。それが彼女の転落人生の始まりだった。人生の荒波に翻弄されつつも小さな幸せを求め懸命に生きる一人の女の物語。

探偵少女アリサの事件簿

さらば南武線

東川篤哉

令和5年11月10日　初版発行

発行人――石原正康
編集人――高部真人
発行所――株式会社幻冬舎
〒151-0051東京都渋谷区千駄ヶ谷4-9-7
電話　03(5411)6222(営業)
　　　03(5411)6211(編集)
公式HP　https://www.gentosha.co.jp/
印刷・製本―中央精版印刷株式会社
装丁者――高橋雅之

幻冬舎文庫

ISBN978-4-344-43329-8　C0193　ひ-21-3